수 상 한 천 국

수상한 천국

저자 타마

목차

제1장

천국을 만드는 사나이

좌우로 다양한 테이블이 놓여 있고 그 위에는 오래된 캐논 필름 카메라와 노트북, 모니터가 놓여 있다. 뒤죽박죽 어수선한 공간 사이 TV 속에서는 뉴스 소식이 전달된다.

"지름 약 300km의 소행성이 지구로 접근하고 있습니다. 12년 전 처음 관측된 해당 소행성의 지름은 약 120km로 추정되었지만 지금은 300km의 정정된 크기로 추정된다고 합니다. 또한 소행성은 최초 3,700광년가량 떨어져 있다고 하였으나 현재는 1,500광년으로 거리가 줄었다고 합니다. 지금까지 소행성 중 형태와 거리가 급격하게 변화된 경우는 처음이며 현재 NASA는……."

그다지 영향력 없어 보이는 뉴스 소식에 가벼운 손놀림으로 TV 리모컨의 전원 버튼을 눌러 버리는 '이재용', 그는 말랐지만 길게 죽 뻗은 팔과 다리를 주황색 소파에 늘어놓고 마치 죽은 오징어처럼 퍼질러 누워 있다. 이재용은 창밖의 빛을 막고 있는 회색 커튼 사이로 미세하게 스며드는 노란빛이 거슬렸다. 커튼을 다잡으러 가야 할지 고민하던 찰나 핸드폰이 울렸다.

발신자: 받아야 함

"대표님, 지난번……."

"그렇게 해요."

"아니, 들어 보세……."

"적극적으로 찬성해요."

"아니, 들어 보시라고요. 좀!"

"네."

"지난번 에티오피아와 캄보디아 구호금 집행 건에 대해 최종 확인 요청 부탁드립니다. 이사회에서 건의한 대로, 액수가 지나쳐 보인다는 의견은 많이 들어 보셨을 거예요. 해당 집행 건에 대한 책임을 회피하시긴 어렵습니다. 이대로 승인안 제출해도 괜찮겠어요? 저도 마지막으로 묻는 거예요."

"네. 그렇게 해 주세요."

"알겠습니다."

평소 기업의 중요한 사안들을 포함하여 모든 업무를 지금 전화를 한 강윤서 비서가 도맡아 하고 있다.

이재용은 13년 전 무심코 갔던 도쿄의 어느 라이브 카페에서 강윤서를 처음 만났다. 그녀는 여자치고는 조금 큰 키에, 볼륨감은 있지만 운동을 해서인지 몸이 탄력 있어 보였다. 구릿빛 피부에 진한 색의 청바지를 입고 있던 그녀는 긴 생머리를 뒤로 넘겨 생기 있고 활력적인 이미지였다. 쌍꺼풀은 없지만, 약간 냉정해 보이면서도 사슴처럼 영롱한 눈빛이었으며 도톰한 코와 입술까지 매력적인 여자였다. 그 당시 조촐한 복장으로 혼자 위스키를 마시던 이재용은 평소 수줍음이 많았지만 절반가량 남은 위스키 한 병을 혼자 비우고 귀가하기는 아쉽다고 생각했다. 그는 결국 아름다운 여성에게 남은 위스키를 함께 마시자고 제안했다. 그때 그녀는 본인이 마시고 있는 칵테일 한 잔을 마실 돈만 가지고 있다며 부담스러워했지만 부담스러워하지 말라며 애쓰는 이재용의 사정에 함께 술을 나누게 되었다.

그는 그녀와 몇 가지에 관해 이야기를 나누었다. 그녀는 미국 프린스턴 대학교 학생이었으며 고향은 한국, 현재는 일본 여행 중이라고 했다. 이재용보다 한 살이 더 많은 그녀의 사정을 들어 보니, 그녀는 프린스턴 대학교 경제학부 3년 과정에서 처음으로 장학금을 받지 못했다고 했다. 형편이 어려웠던 그녀는 장학금을 받지 못하는 상황에서 학위 이수가 불가했기에 충격을 받은 상태로 잠시 휴학 신청을 하고 그녀의 원래 고향인 한국을 거쳐 일본까지 오게 되었다고 했다. 그 외에도 그녀와 여행지, 미국 대통령, 인종에 관해 다양한 이야기를 나누던 이재용은 정작 본인의 이야기는 많이 하지 않았다. 그는 그저 그녀의 강단 있어 보이는 생각과 모습 속에서 매력을 느꼈다. 이재용은 그 당시 돈이 많고 젊은 청년이었다. 물론 현재 재산만큼의 부자는 아니었지만 말이다.

이재용은 시골 어느 노부부 밑에서 성장했다. 그 노부부는 때로는 엄격하게 이재용을 키웠고 노부부와 이재용은 소박한 음식과 함께 소탈하게 지냈다. 노부부는 이재용이 고등학교에 입학할 무렵 이재용의 부모님에 관한 이야기를 해 주었다. 집에 강도가 들어 이재용의 부모님을 살해했고, 한참 뒤 굶주린 상태로 발견된 이재용은 보육원으로 보내졌는데 이때 노부부가 그를 입양하여 키웠다고 했다. 그 보육원은 현재 사라져 이재용은 자신의 정체성에 대해서 혼란스러워하였으나 인성이 올바른 노부부 아래에서 크게 어긋나지 않고 자랄 수 있었다.

13년 전 이재용은 대학교를 중퇴하고 2년 동안 개발한 모바일 기본 설정에 대한 특허를 출원했다. 그는 그 기술에 대한 로열티로 부자가 될 수 있었다. 스마트폰의 인공 지능과 디자인, 성능에 대해 기업 간의 경쟁이 치열할 때 이재용은 인간이 적당하게 제어할 수 있는 스마트폰 기능을 개발했다. 스마트폰에 기본적으로 내장된 해당 프로그램을 실행하면, 필수 기능인 전화 통화, 문자, 위치 추적 등을 제외한 모든 기능을 설정 시간 동안 정지할 수 있는 기능이다. 설정 시간 동안은 어떤 방법을 가하더라도 스마트폰이 제어가 되지 않는, 알람과 비슷한 단순 프로그램을 개발한 것이다. 해당 프로그램은 현재 'FIND ME'로 불린다.

　처음 이재용이 스마트폰에 이 기능을 넣겠다고 발표했을 때 투자자들은 프리미엄 스마트폰의 주요 고객인 학생 소비자층이 외면해 스마트폰 판매량이 줄어들 것을 우려했다. 하지만 우려와는 달리 교육 기관은 학생들의 학습 참여율을 높이며, 스마트폰을 압수하지 않아도 되는 이 기능을 아주 마음에 들어 했다. 교육 기관은 일제히 학부모들에게 해당 기능이 내장된 스마트폰을 대대적으로 권장하였고 곧 학부모들에게도 인기를 얻게 되었다. 더 나아가 학생뿐만 아니라 자격증과 시험을 준비하는 사람들에게도 많은 인기를 얻게 되었고 해당 기능이 들어가 있지 않은 폰은 사람들이 구매하지 않을 정도였다. 이 기능은 현재 스마트폰에 대부분 설치되어 있는 필수적인 프로그램이다. 제2의 자아라고 불리는 스마트폰이 인간의 삶에 필요 이상으로 개입한다고 생각했던 이재용의 아이디어가 그에게 큰돈을 쥐여 준 것이다.

　다시 그녀 이야기로 돌아가면, 이재용은 그녀의 매력에 심취해 있었다. 이재용은 그녀에게 이성적으로 빠진 것인지, 그저 그녀의 성격이 마음에

든 것인지는 불분명한 표정으로 그녀에게 한 가지 제안을 했다. 장학금 프로그램을 운영하는 기업인을 잘 알고 있는데 다음 주 화요일에 강원도에 있는 별관에서 그 사람을 만나게 해 주겠다는 제안이었다.

약속한 날짜, 약속한 그곳에서 그녀는 어느 나이 든 기업인을 만나게 되었다. 장학금의 조건은 대학 졸업 후 최소 1년 이상 해당 기업에 입사해서 일해야 한다는 것이었다. 하지만 1년 이상 근무한 이후에는 퇴사나 이직이 자유로운 협약이었다. 그녀는 본인의 상황에서 아주 좋은 기회라고 생각했고 즉시 미국으로 돌아가 다시 학업에 전념했다. 그녀는 졸업 학위를 남보다 6개월 먼저 취득하며 졸업했다. 나중에 그녀는 장학금 면접을 봤던 기업인이 이재용에 의한 사람이라는 것을 대략 눈치채긴 했지만, 굳이 물어보지는 않았다. 강윤서는 입사하고 보니 생각보다 선진적인 경영 문화를 갖고 있을 뿐만 아니라 투자 성공으로 규모가 더욱 확대되어 가는 이재용의 회사가 마음에 들었고 지금까지 그와 함께하게 되었다.

CEO와 COO를 겸하고 있던 이재용은 CFO 자리에 강윤서를 적극적으로 추천하였으나, 그녀는 끝없이 사양했다. 이재용은 본인의 업무를 나눠 주는 비서로서 강윤서와 함께하고 있었지만 사실상 기업 내부의 분위기는 강윤서를 기업 2인자라고 생각하고 있었다. CFO 자리는 '김보경'이 차지하고 있었는데, 김보경은 묵묵하지만 은근히 무리를 이끄는 성격으로 알려져 있었다.

그는 이재용의 의지대로 회사의 뒷받침을 해 주고 전략적인 인물이 되어 주었지만 기회주의자였으며 철저하게 본인의 무리를 챙기는 성격이었다. 회사를 집어삼키려는 야욕이 있다는 소문도 있었다. 그는 이재용이 가정용 클린룸 사업에 투자할 당시 영입되었다. 그리고 4년 전 핵심 글로벌 마케

터로 임명되었으며, 머지않아 지금의 위치까지 올라서게 되었다. 이재용을 좋아하지도, 싫어하지도 않는 알 수 없는 표정을 하고 있으며 현재 강윤서와는 냉랭한 관계이다.

다시 소파에 누워 있는 이재용으로 돌아와서, 강윤서에게 전화를 받았던 이재용은 무슨 생각이 들었는지 최소 3m는 되어 보이는 큰 보드 판에 메모를 하기 시작했다.

'수익은 제품 구매력 향상과 자발적 기부', 다양한 문장들 사이로 마침내 물음표(?) 아래 등호(=)와 함께 '어떤 단어'를 적은 이재용은 다시 소파에 누웠다. 그리고 입가에 미소를 띠며 눈을 감으려던 찰나, 항상 이재용을 긴장하게 하는 전화(발신자: 받아야 함)가 다시 울렸다.

"네."

"아니, 대표님! 아니……. 이재용 씨! 도대체 요즘 뭐 하세요? 뭐 하길래 하루에도 수십 건씩 쏟아지는 업무를 저에게 모두 맡기시냐고요? 제가 이러다 회사를 한번 뒤집어 봐야 그때 정신 차리실 거예요? 어딜 가면 사람들이 저에게 대표님이라고 잘못 부르기까지 한다고요!"

"미안해요. 내가 지금 답을 내렸으니 만나서 설명해 드릴게요."

"답이요? 무슨 답이요? 저에게 두둑한 퇴직금을 챙겨 주시려는 답이요? 답이 있기나 한 건가요?"

"오늘 저녁에 회사로 갈게요. 제가 맛있는 저녁 사 드릴 테니 화 풀어 줄래요?"

"제가 지금 저녁밥에 화가 풀리겠어요? 그 답이 저에게 충분한 안정을 가져다줄 답이기를 기도하면서 오시는 게 좋을 거예요. 회사에서 봐요."

이재용은 아찔한 전화를 끊고 극도로 표정이 어두워졌다.

하지만 얼마 지나지 않아 개운하다는 듯 냉장고 안에서 자몽주스 하나를 꺼냈다. 그리고 '받아야 함'에게 받은 스트레스를 해결하고 본인이 어떤 문제 하나를 해결했다는 축하도 하기 위해 자몽주스를 벌컥벌컥 마셨다. 미소를 머금고 주스를 들이켜며 만족해하던 이재용은 잠깐 낮잠을 자고 다시 핸드폰이 울리기 전 서둘러 욕실로 향했다. 뜨거운 물로 샤워를 하고는 평소 중요한 발표를 할 때마다 즐겨 입는 코르덴 추리닝을 위아래로 입고 거울을 보며 뽐냈다. 그리고 선물을 받아 5년 넘게 신은 하얀 스니커즈를 신고 차량으로 가서 시동을 걸었다. 수행 비서를 곁에 두지 않고 본인의 행보에 대해 자유로움을 중요시하던 이재용은 촌스러워 보이는 구식 아우디 R8을 타고 강윤서를 만나러 출발했다. 회사 근처에 도착한 이재용은 회사 진입로로 들어가지 않고 입구에서 강윤서에게 전화해서 그녀를 회사 밖으로 호출했다. 회사에 들어가면 많은 업무가 쏟아질 것이 걱정되었던 건지도 모른다.

"저기, 윤서 씨. 내가 지금 회사에서 이야기하기가 조금 그런데, 밖에서 식사하면서 이야기할까요?"

"하……. 네, 지금 내려갈게요."

"네, 입구에서 기다릴게요."

15분 뒤, 흰색 셔츠의 양 소매를 걷어 올리고 단출한 검은 바지와 중간 높이의 힐을 신은 강윤서가 급하게 나오는 모습이 눈에 띄었다. 강윤서는 두툼한 갈색 코트를 왼팔에 걸치고 나와 단번에 이재용의 차를 알아보고는 옆 좌석에 탑승했다.

"대표님?"

"네."

"이재용 씨."

"네……."

"재용아!!!"

"흐읍!"

한껏 소리를 지른 강윤서는 이재용을 때리지는 않았지만, 이재용은 차라리 강윤서가 자신을 때렸으면 좋겠다는 표정을 지었다. 그리고 둘은 곧장 자주 가던 회사 근처 포장마차로 향했다. 이 주황색 포장마차는 이재용이 어렸을 적 그를 키워 주었던 노부부와 함께 자주 찾던 곳이다. 이재용이 고기가 먹고 싶다고 하면 할머니는 이재용을 이곳으로 데려와, 닭똥집이나 곰장어를 저렴한 가격에 사 먹였다. 3년 전부터 재개발로 인해 이곳에서 더 이상 장사를 할 수 없게 되었지만, 이재용의 도움으로 계속해서 장사를 할 수 있게 되었다. 심지어 대한민국에서 가장 비싼 땅 중 한 곳인 이재용의 건물 옆에서 말이다. 포장마차의 영업시간은 새벽 4시까지였고 포장마차의 주인 할머니는 포장마차를 저녁에 설치하고 아침에는 철거하는 작업을 반복했다. 이재용이 철거하지 않고 해당 자리에서 고정 영업을 할 수 있도록 허락하였으나 회사 외관에 방해를 주기 싫다며 기존 영업 방식을 고수하던 주황색 포장마차다.

키가 작고 왜소하지만, 손끝이 야무진 할머니 한 분이 오랜만에 찾아온 자식을 대하듯 이재용과 강윤서를 보며 반갑게 인사했다.

"얼마 만이냐? 이쁜이는 얼굴이 왜 이렇게 상했어? 재용이 네가 좀 잘하라니까."

"건강해 보이셔서 다행이에요. 너무 오랜만에 오게 돼서 죄송해요. 중요하게 생각할 게 있어서 조금 쉬었어요."

"할머니, 재용 씨 좀 혼내 주세요. 제 몸이 열 개라도 부족해요."

"아이고, 이놈아. 우리 이쁜이 힘들게 하면 내가 불시에 건물 꼭대기에 찾아간다고 했지!"

"두 분 모두 항상 감사합니다. 하하……."

"그래, 이 시간에 온 걸 보니 식사는 안 한 것 같고, 국수랑 닭똥집 해 줄 테니까 조금만 기다려."

"감사해요."

할머니는 조리실과 테이블도 없는 포장마차의 바닥에서 쫄깃해 보이는 면발을 한 움큼 쥐더니 국수를 삶기 시작했다.

"대표님, 말씀 좀 해 보세요. 항상 잠적 아닌 잠적을 하실 때마다 저는 하늘을 바라볼 시간조차 없다고요. 물론 그동안 좋은 사업 아이디어를 많이 내놓으신 건 다 알아요. 하지만 이번에는 저의 체력도 생각해 주실 만한 일이었으면 좋겠네요."

이재용은 항상 좋은 사업 아이템이 있을 때마다 이곳에서 그녀에게 제안하고 조언을 얻었다. 어차피 단 한 번도 그녀의 반대에 굴복하여 본인의 사업 추진을 뒤로한 적이 없었기 때문에 그녀 또한 애초부터 받아들여야 한다는 사실을 알고 있었다. 하지만 그녀는 제발 사소한 사업 계획이길 바라는 눈치였다.

"윤서 씨, 세상에 본인이 100을 가졌다면 옆에 당장 죽어 가는 0을 가진 사람을 돕기 위해서 얼마만큼 지불할 수 있을까요?"

강윤서는 잠깐 고민하더니 이재용에게 말했다.

"대표님, 무슨 말인지 잘 모르겠네요."

"제가 만약에 불공평하고, 불리한 자들을 위해 회사의 자산을 이용한다면 과연 어느 정도를 이용할 수 있을지 묻는 거예요."

"임직원들의 인성을 떠나서 대표님이 보유하고 계신 지분을 제외하고는 임직원들은 단 한 푼도 용납하지 않을 거예요. 회사의 임직원들은 본인의 생계를 위해 그리고 그들의 가족을 위해 돈을 벌고 있으니까요. 합당하게 높은 임금 대비 충분할 만큼 사회적으로 많은 액수를 지불하고 있기 때문에 그 외적으로는 전혀 용납하지 않겠죠."

"윤서 씨, 지분이 13% 맞지요?"

"갑자기 저의 지분을 말씀하시니 참 불안하네요."

"저는 회사를 윤서 씨에게 넘겨줄 생각입니다."

"거절합니다."

"들어 보세요. 당장에 그렇게 하겠다는 게 아니라 저도 이 회사를 많이 사랑합니다. 정말이에요."

"대표님, 사랑은 마음속으로만 하는 게 아니라 행동으로도 계속 관심을 주는 거라고요. 하물며 물을 많이 먹지 않는 선인장조차 물을 줘야 한다고요. 대표님이 물을 언제 마지막으로 주셨는지 생각해 보셨어요?"

"맞아요. 하지만 저는 조금 다른 효율을 생각했어요."

"사랑에도 효율이 있나요? 말씀해 보세요. 도대체 무슨 계획인지."

"천국을 만들고 천국을 판매할 겁니다."

"하……. 할머니! 여기 소주랑 맥주 하나만 주세요."

강윤서는 최대한 진정하려는 듯 입은 꾹 다문 채, 눈을 최대한 크게 뜨고는 소주와 맥주를 본인 맥주잔에 가득 따랐다. 그리고 크게 한숨을 쉬더니 술을 한 번에 들이켰다. 그 모습을 바라보던 이재용은 또 한 번 겁을 내며 조금 움츠러든 모습으로 강윤서의 눈치를 살폈다.

"대표님, 성경에 나오는 평화로운 천국이요? 아니면 김밥천국이요?"

"조금만 진정하고 저의 이야기를 잘 들어 주세요. 새로운 사업 방향을 생각했고, 저는 천국처럼 평화롭고 편리한 세상을 만들 거예요. 그리고 평화로운 세상을 구성하는 기술들로 장사할 생각입니다."

"오늘 그 이야기를 듣기에는 조금 피곤한 것 같아요. 오전부터 이어진 결재에, 위생 공익 광고에 관한 결정까지 너무 힘들었어요. 대표님 생각을, 아니 대표님의 이야기를 지금은 도저히 들어 줄 수 없을 정도로 과로인 듯하네요. 오늘은 여기까지 이야기하고 내일 오후에 다시 만나죠. 정신 차리고 출근할 테니 오후에 저에게 생각을 정리해서 이야기해 주시겠어요? 현실적인 스타일로요."

"네, 그래요. 오늘은 최근에 힘들었던, 아니 항상 힘들었던 윤서 씨를 위해 함께 한잔하죠."

마침 할머니는 기다렸다는 듯 이 둘 사이에 하얀 멸치국수를 한 그릇씩 놓아 주었다.

"새로 삶은 면이라 꼬들꼬들할 거야. 많이 먹어."

분위기가 그렇게 좋지는 않았지만 둘은 무언가 부족한 속을 채우듯 대화는 미루어 둔 채 허겁지겁 국수를 먹기 시작했다.

그런데 갑자기 강윤서가 먹는 것을 멈추고 젓가락을 내려놓더니 웃기 시작했다.

"푸하하하하! 하하! *끄윽……. 끄으윽……*. 하하!"

"왜 그래요, *윤서 씨?*"

이재용은 강윤서가 엄청난 업무량으로 인해 드디어 미쳤다고 생각했다.

"하하하! 아니 생각해 봐요! 오랜만에 만나서 한다는 이야기가 갑자기 하나님처럼 천국을 만들겠다고 하는데, 그 이야기를 듣고 진지하게 되물었던 저도 너무 웃기지 않아요?"

"하하…….. 그렇긴 하네요."

강윤서는 한참이나 웃더니 간신히 차려진 음식을 다 먹었다. 이재용은 강윤서의 푸념과 하소연 그리고 비웃음을 모두 견디고 나서야 집에 갈 시간과 가까워짐을 느꼈다.

국수를 다 먹은 둘은 곰장어와 함께 소주 다섯 병은 족히 비우고 나서야 자리에서 일어났다.

"윤서 씨, 데려다줄게요."

"어디를요! 어허! 오늘도 동시에 사라지는 걸로!"

"정말 괜찮겠어요? 먼저 택시 타세요."

마침 노란 택시가 강윤서의 앞에 다가왔고 이재용은 강윤서를 배웅했다.

"대표님, 한 가지만 이야기할게요. 전 사실 대표님의 반도 못 따라가기에 모든 계획이 과분해요. 그렇지만 대표님이 추진하시는 건 어떤 것도 믿는 것이 사실이에요. 그러니 내일 이야기 잘 준비해서 나와 주세요. 내일 오후에 뵐게요. 아! 그리고 내일 오전에 김보경 CFO가 결재 건 관련해서 대표님을 찾아뵌다고 했으니 알아 두세요!"

"잘 들어가요."

이재용은 포장마차로 돌아와서 혼자 남은 소주를 마셨다.

한참을 멍하니 생각하던 이재용은 그녀에게 '천국 사업'에 대해 이야기했다는 사실 자체만으로 입가에 살짝 뿌듯한 미소가 번졌다.

한편 집에 도착한 강윤서는 잠옷을 입고 침대에 누웠다. 아주 오랜만에 느끼는 짧은 휴식인 만큼 평온하게 천장을 바라보며 몸을 침대에 푹 담갔다.

그리고는 내일 출근할 이재용의 오전 상황을 떠올렸기 때문인지, 본인이 오전 반차를 사용했기 때문인지, 그것도 아니면 천국 이야기가 너무 황당했기 때문인지 잘 모르겠지만 피식 웃더니 바로 잠이 들었다.

조금은 후련했을 하루를 보낸 이재용은 본인이 작성한 사업 계획서를 마저 정리하고는 내일 강윤서와 할 미팅을 준비했다.

다음 날, 피곤하지도 않은지 이재용은 평소보다 이른 시간에 일어났다. 이재용은 파란색 곰돌이 잠옷을 훌렁 벗고는 샤워실로 들어갔다. 이번에도 뜨거운 물로 샤워를 마친 이재용은 면도를 말끔히 하고 머리는 오랜만에 스프레이로 잔뜩 힘을 주었다. 평소 신지 않았던 반짝이는 검정 구두를 신고 짙은 남색 정장도 말끔하게 입었다.

오늘 이재용은 누가 봐도 젊은 CEO의 모습이었다. 그는 강윤서에게 설명해 줄 자료와 계획서들을 챙겨 구식 아우디 R8 조수석에 툭 던져 놓고는 차에 시동을 걸었다. 대부분 전기 차와 수소 연료 차를 타는 시대에 가솔린 특유의 소음을 뿜어 대며 회사에 도착한 이재용은 임원 여러 명이 마중을 나와 있을 거라 기대하며 회사에 들어갔다.

오랜만에 회사에 나온 이재용은 기대한 것처럼 임원 십수 명이 나와 있자 그래도 본인이 회사 대표는 맞는 것 같아 살짝 흐뭇해졌다.

"하하하! 오랜만이네요. 김보경 사장님(부사장이지만 평소 사장님으로 높여 부름), 오! 얼굴이 좋아지셨네요. 게일! 풍선처럼 빵빵하고 좋아요!"

이재용의 인사에도 반응들이 시큰둥했다.

"하루 종일 대표가 오는지 주차장만 보고 계셨나 봐요? 이렇게들 나와 주시고……."

방긋 웃으며 사람들에게 인사를 하는 순간 이재용은 알 수 있었다. 지금 사람들은 마음속 한편에 화가 나 있고 조금이라도 더 빨리 이재용을 들볶

수상한 천국

기 위해 마중을 나온 것이라는 것을 말이다.

이재용의 그룹은 'AL 그룹'으로 불린다. 'AL 그룹'은 여러 계열사를 중심으로 이루어진 대한민국 최고의 그룹이자 자랑이다.

이날 몇몇 대표 계열사의 대표이사가 마중을 나와 있었다.

위생 용품 계열 (주)매너 대표이사 '임우연'

세계 유학 플랫폼 (주)프리가이딩 대표이사 '구지경'

음료 포장재 제조업 (주)프로텍트co.pet 대표이사 '안성율'

캐주얼 정장 신발 (주)체인지풋 대표이사 '홍제희'

통합 기술소장 '노엘 거트'

핵융합 전략실 차장 '게일'

그리고 임원들 사이에서 기자 회견을 방불케 하는 아우성이 쏟아졌다.

그 가운데 김보경 CFO만 옅은 미소를 지으며 차분하게 이재용을 자리로 안내했다. 이재용은 이제야 회사에 다시 돌아왔다는 실감을 하게 되었으며 회의실로 도피하듯 이동했다. 회의실에서는 그동안 방향을 잡지 못했던 여러 기획안이 이재용에게 쏟아졌다.

이재용은 각 대표이사가 찾지 못했던 사업 구조의 방향을 엄청난 속도로 손보고 대표이사들에게 제안했다. 계열사의 문제점과 주요 전략들을 생각보다 손쉽게 처리하고 제안하는 이재용의 모습을 바라보던 김보경 CFO는 내심 감탄하는 듯 보였다. 이재용은 점심시간을 가질 새도 없이 각 대표이사와 정신없는 시간을 보내다가 문득 강윤서를 떠올렸다.

"잠깐만! 모두 내가 회사에 오는 걸 귀신같이 알고 있던 것 같은데, 혹시 강윤서⋯⋯."

이재용은 이내 무엇인가 깨닫고 점심시간도 훌쩍 지난 시간에 막 CEO실로 들어온 강윤서와 마주쳤다. 강윤서는 아주 활기차고 개운한 모습이었다. 밝은 미소는 한껏 머리를 올려 묶은 그녀의 청량한 아름다움을 더 돋보이게 했다. 강윤서는 이재용이 당연히 식사를 하지 못했을 거로 생각했는지 양손 가득 간식을 싸 왔다.

"윤서 씨, 왔어요? 하하! 저 점심도 먹고 나름 배부른데 간식까지 가져오다니……. 정말 완벽한 비서님입니다."

이재용은 최대한 태연해 보이기 위해 신경 쓰며 말했다.

"아, 식사하셨어요? 아니, 그런데 얼굴이 조금 야위어 보이시네요? 오랜만에 말끔하게 차려입으시고 한바탕 운동하신 것 같아요. 배부르다고 하셨으니 비프 샌드위치와 샐러드, 자몽주스는 다른 대표에게 전달할까요?"

"하하! 저는 선물을 받은 건 절대 남에게 주지 않습니다. 그리고 혹시 어제 잠들기 전, 웃은 적 없어요?"

"그게 무슨 소리예요?"

"아무것도 아니에요."

이재용은 강윤서에게 회사의 업무가 힘들었다는 내색을 할 수 없었고, 하면 안 되었기에 애써 태연한 척했다.

회사 건물 생각 공원으로 향하는 이재용의 뒤를 쫓는 강윤서는 어느 정도 다 알고 있다는 듯 씩 웃으며 따라나섰다.

생각 공원 입구에 들어선 이재용은 오랜만에 공원의 경치를 바라보았다. 환상적인 공원에서 수많은 직원이 각자의 시간을 보내고 있었다. 몇몇 사람은 이재용을 오랜만에 봐서인지 빤히 쳐다보기는 하였지만 회사의 대표임에도 불구하고 누구도 인사조차 하지 않았다. 사실 이재용의 생각 공원은 이재용이 만든 한 가지 철저한 규칙이 있었는데 절대 누구에게도 인사

또는 아는 척을 해서는 안 됐다. 즉, 함께 온 사람과의 대화는 가능하지만 기존에 입장한 사람과는 대화가 금지됐다.

초기에는 인사를 하지 않는 것이 아주 어색해 실수로 인사를 하거나 아는 척을 하는 경우가 많았는데, 김범철 공원장이 그런 사람들에게 가차 없이 2주간의 출입 금지 조치를 내렸다. 그리고 지금은 인사나 아는 척을 하는 것이 오히려 눈에 띄는 장소가 되어 버린 공원이다.

이재용이 설계한 생각 공원에는 연녹색 잔디가 광활하게 펼쳐져 있고 눈과 비를 어느 정도 막아 주는 돔까지 설치되어 있었다. 공원 입구에는 항상 세척 후 살균해 놓은 돗자리가 있었고 입구는 안면 인식으로 되어 있었다. 생각 공원은 회사의 그 어떤 시설보다 넓게 마련되어 있어 주변의 소음 또한 거슬리지 않을 정도로 밀도가 낮았다.

생각 공원 서문에는 구상나무 수십 그루가 심겨 있었는데, 겨울에는 공원의 돔을 개방했기 때문에 눈을 맞은 구상나무 풍경이 어느 무엇보다도 황홀했다.

사계절 내내 구상나무의 주변은 사원들에게 가장 인기 있는 자리였다.

동문 근처에는 전나무 수십 그루가 심겨 있었는데, 전나무가 사람 열 명키는 될 정도로 어느 정도 자란 나무들이어서 이곳도 인기가 많았다. 나무가 일정 크기 이상 자라게 되면 산으로 옮겨 심었기 때문에 대부분 나무의크기가 비슷했다.

AL 그룹 서울 본사 생각 공원의 잔디와 나무들을 가꾸는 정원사는 스무 명이 넘었다. 모두 베테랑이었으며 정규직으로 근무하고 있어 스스로자부심과 긍지가 대단했다. 지금은 자리가 없지만 정원사 모집 경쟁률이 2000:1에 육박할 정도로 치열했다. 그도 그럴 것이 이재용은 생각 공원을 특별하게 여겼으며 이 공원을 관리하는 정원사의 연봉이 일반 사원들보다 높았고 또한 안정적이었기 때문이다.

북문은 투명한 유리로 벽이 형성되어 있었다. 서울에서도 가장 높은 AL 그룹 빌딩 옥상에서 바라보는 풍경은 굉장히 운치가 있었다.

생각 공원은 일반인이 이용할 수 없었기 때문에 AL 그룹을 다니고 있는 사원들에게는 자부심을 품게 하는 복지 시설이었다. 가끔 해외에서 바이어가 오는 경우에도 출입이 허용되었는데 그때마다 바이어들은 감탄을 자아내고는 본인의 그룹에도 건의하여 모방한 공원이 몇몇 생겨나기도 했다. 채용 박람회나 취업 사이트에서는 생각 공원의 사진이 가장 앞 장에 소개될 정도였고, 실제 생각 공원에 가고 싶어서 입사를 지원한 사원도 여럿 있었다.

"잘 먹을게요, 윤서 씨."

"많이 드세요, 대표님."

이재용은 배부르다고 하였으나, 강윤서 앞에서 최대한 차분하게 음식을 먹으려던 의지와는 달리 맛있는 비프 샌드위치를 허겁지겁 먹었다.

차분하게 식사하는 이재용 앞에서 강윤서는 흐뭇하게 그를 바라봤다.

이재용은 회사의 대표보다는 마치 동생 같은 느낌이 강했다.

"양이 늘었나 봐요. 배부른 데도 잘 드시네요."

"아무리 배불러도 비프 샌드위치는 정말 잘 먹을 수 있어요. 맛있어요."

"아, 오전에 김보경 부사장이 대표님에게 결재해 달라고 했던 건은 어떻게 결정하셨어요?"

"아, 인적 자원과 인수 합병(M&A) 관련된 사항들을 조금 더 간소화해서 운영하도록 하자는 업무 지침 유동성에 대해 결재했어요."

"네? 어떤 결재인지 잘 모르지만, 대표님! 그건 회사의 운명과 방향을 좌

수상한 천국

지우지할 수도 있는 결재였어요. 조금 더 신중했어야 하지 않나요?"

"제가 회사에서 일일이 챙겨야 하는 부분도 이해는 하지만 요즘 같은 시대에는 하루 사이의 결단으로 운명이 달라질 수 있다고 생각해요. 조금 더 업무의 분산과 간소화를 통해 속도감 있는 회사의 운영이 적합하다고 생각해서 흔쾌히 수락했습니다. 회사는 차지하기 위한 수단이 아니라고 생각해요. 때로는 제가 물러나는 것도 회사의 자정 작용일 수 있죠.

언젠가 제가 물러나도 모두 자정 작용이에요. 좋은 쪽으로 향하기 위한 과정이겠죠. 그리고 김보경 CFO가 저의 피로도를 고려했기 때문이라고 말했으니 괜찮을 거예요."

"그걸 곧이곧대로……."

"항상 저는 회사에 필요한 존재가 되어 주어야 하죠. 그렇지만 머무르는 사람이 되고 싶지는 않아요. 김보경 부사장은 유능해요. 함께하는 저희 사원들을 신뢰해야죠."

"알겠습니다. 많이 고민하시고 내린 판단이시겠죠. 이제 회의실로 가실까요?"

강윤서는 이재용의 마음가짐이 본인과 확연히 다름을 다시 한번 인지한 후 체념한 듯 말을 돌렸다.

"오랜만에 생각 공원에 오니 너무 좋네요. 딱 30분만 쉬었다가 들어갈게요. 30분 뒤에 회의실 C룸에서 봐요."

"네, 그렇게 하죠. 아! 그리고 옷깃 반쪽 올라갔어요. 정리하는 게 좋겠어요."

"하하! 고마워요."

머쓱한 듯 옷깃을 정리한 이재용은 생각 공원에 앉아 멍하니 생각에 잠겼다. 분명 강윤서가 어제 잠들기 전 한 번은 웃었을 거라고 생각하면서 말이다.

이재용은 한참 생각에 잠겨 있다가 공원의 마스코트인 동진이와 서진이 (골든레트리버 두 마리)가 오랜만에 방문한 이재용의 얼굴을 핥으며 방해하자 정신을 가다듬고는 회의실 C룸으로 향했다.

잠시 뒤 양치를 마친 이재용은 헝클어진 머리를 단정히 했다. 그리고 재 킷은 벗고 셔츠만 입은 상태로 회의실 C룸으로 향했다. 회의실 앞에서 기 다리던 강윤서와 인사를 나누며 이재용은 회의실 C룸으로 들어갔다.

회의실 C룸 천장은 어둡고 짙은 색이었지만 바닥과 벽은 온통 하얀색으 로 되어 있어 마치 정신 병원 독방 같은 아득한 느낌까지 들었다. 하지만 벽에는 어떤 메모도 가능하도록 다양한 색상의 전자 보드 마커와 지우개가 준비되어 있었고 바닥은 디지털 도화지로 되어 있어 터치 펜과 보드 마커 로 어떤 것도 그릴 수 있었다.

"시작해 볼까요?"

"네, 대표님. 기대되네요."

이재용은 굵직한 검정 보드 마커를 들어 올리고는 한 치의 망설임도 없이 벽에 펜을 휘날리며 순식간에 본인의 시나리오를 구성했다.

"이번 천국 산업의 핵심 수익은 새로운 재화의 탄생입니다."

"네, 들어 보죠."

"저는 저희 그룹 핵심 계열사의 인력과 기술 특허, 자본을 바탕으로 국내 뿐만 아니라 타국의 기업들과 거대한 재단을 만들려고 합니다. 인간에게 꼭 필요한 기술 개발을 나열하고 나열된 필요 기술을 경쟁이 아닌 융합으 로 개발에 돌입하는 거죠. 각 다국적 기업과 인력이 보유하고 있는 기술과 자본이 하나의 목표를 이루어 내기 위해 통합적 개발에 돌입한다면 엄청난 속도로 혁신적인 기술을 얻어 낼 수 있을 겁니다. 또한, 재단에 참여한 기업들은 그 분야에서 얻어 낸 극도의 기술들을 활용할 수 있게 됩니다. 물론 재단에 참여한 지분에 따라 로열티를 각기 다르게 지불해야 하고요. 이렇게 만들어진 기술은 돈을 받고 각 기업의 수익을 위해 활용되기도 하겠으나 최빈국처럼 인간의 기본적인 삶을 누리지 못하는 곳에는 무료로 선보이기도 할 겁니다."

"그렇게 도움을 받은 사람들이 재단에 도움이 되어 줄 거로 생각해서요?"

"저는 기부 재단을 만드는 것은 아니에요. 다만 제가 만든 재단이 언젠가 상징성을 갖게 된다면 훌륭한 인재들이 그 도움을 기반으로 성장해서 우리 재단의 인재로서 활약하게 될 수도 있겠죠. 그리고 그 인재들을 활용하여 기술을 만들게 하고 수익을 창출할 것입니다."

"아무리 선행을 한다고 해도, 대부분은 고마운 줄도 모를 거예요! 안다고 해도 그 재단은 막대한 손실을 겪을 거고요."

"제가 만들려는 재단의 선의는 많은 직간접 경로를 통해 세상에 공개될 것이고, 점차 동참하는 사람으로 넘쳐 나게 될 겁니다. 기술 융합으로 그 기술을 나눠 가지고 돈을 다시 벌어들이는 것, 정말 단순하죠. 최종 필수 기술에 대한 목표치를 달성한다면 그땐 이 세상의 모든 사람에게 기본적이고 인간다운 삶의 기회 정도는 부여할 수 있죠. 모바일 기기는 편의를 위해 만들어졌지만, 이 기기를 기반으로 생명과 재산이 지켜지고 있듯이 말이에요."

"어떻게 모든 인간에게 기본적인 삶의 기회를 보장한다는 거죠?"

"제가 생각한 인간의 필수 요소는 10가지예요. 그 10가지를 전 세계 어디에서도 부족하지 않게 하는 것이 재단의 기술 개발 목표입니다.

이 필수 10가지를 풍족하게 얻어 낼 기술이 만들어진다면 결핍된 이들에게 결과물이 전달될 것입니다. 우선 저의 구상으로 필수 10가지는 물, 음식, 보호 공간, 의류, 질병, 장애, 교육, 위생, 일, 분석이죠."

"참 많네요?"

"네, 조금 안심되는 부분은 저희 그룹이 이미 10가지 분야 다 어느 정도는 하고 있다는 사실이죠."

"설마 회사의 핵심 기술들을 재단에 참여한다는 회사들과 공유하려는 건가요?"

"나중 문제지만 그렇죠. 그 양이 많을수록 다시 회수해 오는 기술과 자본은 많아질 테니까요."

"저 열 가지를 어떻게, 어떤 방향으로 만들어 가신다는 건지 전혀 감이 잡히지 않네요."

"네, 이미 방향은 모두 잡았습니다. 함께해 줄 그룹들과 자본력이 필요할 뿐이에요."

"저 10가지를 세상 모두에게 전달하는 것이 목표라……. 또 그것을 세상 모두에게 기부하면 그것 자체가 수익이 될 수 있다. 대표님!"

"네?"

"솔직히 돈 벌 생각 없으시죠? 그냥 그러한 선행의 기술 발전들은 유니세프에나 맡기시고 저희 그룹만 신경 쓸 수는 없어요?"

"모두 세상을 살 수 있을 만큼 돈을 벌고 싶어요! 그럴 수 없으니 차라리 세상에 돈이 필요 없게 만들고 싶었던 거죠. 이 프로젝트가 완성이 되어 갈 때쯤이면 비록 저는 나이가 많이 들었어도 지구는 전체적으로 완전히 달라져 있을 거예요."

이재용은 조금 더 구체적으로 강윤서를 설득하였고, 강윤서의 머릿속에는 마지못한 이해들로 가득 차게 되었다. 이번에 또 크게 변하게 될 그룹의 모습을 머릿속에 정리하니, 새로 내용을 구성하고 정립할 생각에 머리가 너무 아팠다.

"오늘 오전에 업무를 보셔서 아시겠지만…… . 아니, 알겠어요."

강윤서는 어떤 설득도 의미가 없다는 것을 곧 알아차리고는 기운이 없고 걱정이 많은 표정으로 물었다.

"그럼, 어떻게 할까요?"

"최대한 이른 시일 내에 경영진 소집해 주세요. 그리고 주요 국가 통·번역 가능한 인재들을 구성해 주세요. 윤서 씨는 당분간 그룹의 주요 결재에 있어 선승인 및 거절 후 나중에 중요한 점만 추려 저에게 전달해 주시면 됩니다. 저의 대행이 되어 주세요."

"네, 다시 바빠지겠네요."

"저도 오랜만에 일하겠네요."

"그나저나 대표님, 그 양말은 뭐예요. 아까부터 심각하셔서 웃음은 참았는데, 빨간 양말이라니 촌스러워요."

"빨간 양말은 행운을 가져다준다는데요?"

"가시죠."

이재용은 회의실을 나갔다. 그리고 뒤따라가는 강윤서가 회의실 입구에 있는 출력 버튼을 누르자 여기저기 낙서처럼 필기한 내용들이 곧장 프린트되어 나왔다. 꼼꼼하게 챙긴 강윤서는 이재용의 뒤를 따라갔는데, 회사 엘리베이터를 타자 이재용이 중얼거렸다.

"아주 오랜만에 경영팀이 이기겠네요."

엘리베이터 벽면에는 디지털 바둑판이 놓여 있었다.

경영팀과 기술팀이 흑과 백으로 나뉘어 전자 투표로 두는 바둑이었다.

승리한 팀에게는 반기마다 한 번씩 성과급이 지급되는 생각보다 큰 경기였다.

"그러네요. 이번에는 기술팀이 초반부터 혁신적인 수를 두더라고요. 그게 잘 먹히지 않은 것 같네요."

"혁신적인 시도가 그 경기를 지게 하여도, 혁신적인 시도는 모든 경기 중 가장 기억에 남죠. 그 기억이 언젠가 영감으로 돌아오기도 하고요."

며칠이 지나고 경영진과 주요 기술자가 참석한 AL 그룹 최대 경영 회의가 열렸다.

오랜만에 이재용의 발표를 듣기 위해 모인 참석자들은 일사불란하게 움직이고 있었으며 각 대표이사는 핵심 인력들을 동원하여 회의 시작 한참 전부터 회사에 와 있었다. 식사를 마치고 가장 인기 있는 휴식 공간은 단연 생각 공원이었다.

김범철 공원장은 오랜만에 몰려드는 사람들 때문에 신경이 제법 날카로웠으며, 생각 공원에 들어가는 경영진에게 인사가 불가하다는 점을 다시 한번 직접 전달하였다. 사람들은 공원 안에 들어서자 나누던 잡담들을 뒤로하고 혼자 주머니에 손을 넣고 걷기도 했고 돗자리에 누워 대자로 자기도 했다. 경영진은 해당 빌딩에서 일하던 과거 추억을 떠올리며 오랜만에 방문한 서울 도심의 풍경을 한껏 즐겼다. 사람들은 각자 다양한 모습으로 생각 공원을 즐기고 있었다.

강윤서와 이재용은 각자 발표 준비를 마치고 평온하게 점심 식사를 함께 했다. 둘은 발표 내용이 아닌 오늘 음식 중 고기가 조금 더 익혀 나온 것 같다는 가벼운 이야기를 나누며 여유를 즐겼다.

잠시 뒤 회의실 S룸에 모두 입장하였고 회의가 곧 시작되었다.

회의실 S룸은 작은 원형 테이블을 중심으로 6겹의 큰 원형 테이블로 이루어져 있으며 발표자가 한가운데서 칠판에 필기를 하면 사방으로 똑같이 복제되어 필기 내용이 공유되는 방식이었다. 자리에 가득 찬 경영진의 반짝거리는 시선을 받고 있지만 이재용은 여유로운 모습이었다. 어수선함이 어느 정도 진정되자 이재용의 발표가 시작되었다.

"오랜만입니다. 대표님들! 모두 평안하신가요?"

"아니요!"

익살맞게 받아치는 (주)그린룸 대표이사 '김인성'이다.

"아! 대표님, 오랜만입니다. 수익이 작년 대비 나쁘지 않던데요?"

"요즈음 술 문화가 점점 점잖아지다 보니 고객 수가 현저하게 줄어드는 듯합니다. 그나마 부가 서비스를 늘려 수익을 만회하고 있지만요."

"그럼 마케팅을 술 문화를 아름답게 만들어 가는 공익 형태로 해 보는 건 어때요?"

"그건 너무 정신 병원 같은 느낌인데요? 차라리 더 난폭하고 과격한 술자리를 연출하는 드라마들에 협찬을 늘리라고 조언해 주시죠, 대표님."

"그건 대표님이 알아서 하시고요, 하하."

가볍게 이야기를 나눈 후 이재용은 드디어 발표를 시작했다.

"자! 오늘 여러분께서 자리해 주신 이유를 말씀드리겠습니다. 저는 우리 그룹을 세포 분열할 생각입니다. 세포 분열이란 양분을 나누어 또 하나의 건강한 집단을 만들어 낸다는 거죠. 제가 보낸 제안서를 사전에 어느 정도 읽어 보셨을 거로 생각하기에 이해가 안 되시지는 않을 겁니다. 우선 계획은 국내 그리고 해외 주요 기업들에게 공동 재단 운영에 대한 제안서를 보내려고 합니다. 재단의 방향성은 세계 인류의 공통적인 문제를 해결하고, 그에 따르는 부수적인 수익(참여 그룹 이미지 개선 효과, 자발적 기부 차원의 동참, 그물망 기술 교류의 시너지) 창출을 기대하며 이는 기업으로 일구는 세계 중심의 재단 설립과 세계 평화를 이루는 중심 기관이 되는 것을 목표로 합니다. 목표 달성을 향해 나아간다면 아마 생각지도 못했던 인류를 위한 기술들이 쏟아져 나오겠지요. 제가 세계적 기업들과 힘을 합해 추진하려는 재단의 기술 사업 10가지를 나열합니다.

첫 번째, 식량 기술

두 번째, 물 기술

세 번째, 보호 공간 기술

네 번째, 의료 기술

다섯 번째, 장애 극복 기술

여섯 번째, 교육 학습 기술

일곱 번째, 직업 기술(취업 및 일자리)

여덟 번째, 의류 기술

아홉 번째, 위생 기술

열 번째, 재단 차원의 조사 활동(재단 자체 검열, 외부 활동 지역 탐구)

이렇게 총 10가지 기술력을 세계 최고 수준으로 가지려고 합니다.

제가 추진하는 글로벌 재단은 기술력 발전의 성과를 기반으로 재단으로부터 창출된 수익과 인지도를 세상이 지켜보는 가운데 분배하고 공개하게 될 것이며 어떠한 국가나 기업에서도 시도하거나 성공하지 못했던 만큼의 성과를 이루어 낼 계획입니다.

스마트폰이 지구촌 사회를 크게 바꾼 것과 같이 최후에는 우리 재단의 설립이 인류의 사회적, 인문학적, 문화적 경제 구조를 완전히 변화시키게 될 것입니다. 그래서 요청합니다. 저희 최고의 AL 그룹에 속하신 경영진께서는 각 계열사 20%에 해당하는 유능한 인재를 선발해 글로벌 재단으로의 인사 이동을 준비해 주시고, 인사이동을 하는 인재들의 수준 등을 고려하여 각 계열사의 3년 치 성장률은 제가 부담하도록 하겠습니다. 질문을 받겠습니다."

다수의 대표이사가 인재 차출에 관해서는 처음 알게 되어 당황한 듯 보였다. 이재용은 대표이사들이 옆 사람과 이야기를 나누는 모습을 지켜보며 질문을 기다렸다.

통합기술소장의 노엘 거트 박사는 양손을 턱에 괴고 먼 산을 바라보듯 고민하는 모습이었다.

김보경 CFO는 발표 사항을 본인의 메모장에 열심히 필기했다.

잠시 후 김보경 CFO가 가장 먼저 질문했다.

"대표님의 발표는 잘 들었습니다. 제가 듣기로는 비영리 단체를 저희 그룹으로부터 창출하고, 해당 비영리 단체는 세계인들의 기본권을 위한 재화와 서비스를 제공하는 것으로 이해가 되는군요. 하지만 이미 전 세계의 비영리 단체만 80만 개가 넘고 저희 그룹의 에너지를 사용하면서까지 굳이 공익적인 활동을 할 필요가 있을까요? 이미 저희는 기부도 많이 하고 있습니다."

이재용이 대답했다.

"비영리 단체가 아닙니다. 우리는 철저히 영리를 추구할 계획이며 제가 추구하는 재단은 열심히 기술을 만들어 우리 직원들이 살고 싶은 집, 타고 싶은 차, 사랑하는 사람의 건강을 지키는 건강한 삶 등 모두 가질 수 있게 해 주고 싶어요."

"그럼 대표적인 유니세프나 다른 NGO와의 차이가 무엇인가요?"

"기존 NGO는 너무 느립니다. 기술 발전 속도가 해당 NGO의 규모에 비하면 너무 느립니다. 저는 공익적 기술 발전을 추구하지만, 해당 기술들이 세계 최고 수준으로 성장하게 된다면 해당 프로젝트에 참여한 기업들 또한 엄청난 기술력을 습득하게 됩니다. 이 기술력은 또다시 우리에게 수익을 가져다줍니다. 우리가 발전을 거듭할수록 우리에게 이뤄지는 투자와 자발적 기부는 늘어나게 될 것입니다."

"기술도 발전하게 하고 돈도 벌며 세상을 이롭게 하겠다는 거군요? 낭만적이기는 한데, 다른 기업들이 굳이 이 재단을 만드는 사업에 참여하겠습니까?"

(주)그린룸 대표이사 김인성이 옆에서 추가 질문을 했다.

"아마 그렇게 될 겁니다. 저는 동시다발적으로 전 세계의 대부분 기업에 해당 제안서를 보낼 겁니다. 기업들은 혹시라도 이 기술 융합 사업에 참여하지 않았을 때 일어날 엄청난 기술 격차로 인한 기업의 몰락을 진지하게 계산하겠죠. 제안서는 동시에 보낼 것이고, 선택의 시간은 많이 주지 않을 겁니다. 위험을 감수하고 선진적인 세계 최초의 재단에 탑승하여 자신들의 위치를 선점하느냐 아니면 그저 바라보며 기회를 놓치느냐. 계산기가 있다면 선택은 어렵지 않을 겁니다."

"해당 제안서 내용 중, 한 가지가 그 기술들이 생존을 위해 필요한 사람들에게는 무상으로 돌아간다고 하셨는데 과연 그게 정상적인 경제 상황에 맞는 걸까요? 수익이 계속 떨어진다면요?"

그룹 회계팀장이 질문했다.

"그렇지 않을 겁니다. 저는 생명을 가장 기본적인 가치로 두기 때문에 사람을 우선 살리는 것입니다. 기술과 경제보다 중요한 건 인류애죠. 차후 재단으로부터 사랑을 받고 자라난 인재들이 원한다면 저희 그룹의 일원이 될 수 있는 자격을 부여할 것입니다. 재단에 참여하려는 모든 이는 경제적 수익의 일부를 재단에 후원하도록 계약을 맺고 고용하려고 합니다. 우리에게 도움을 받은 사람들뿐만 아니라, 일반인들도 우리 재단의 일원이 되어 기본권을 보장받고 일부는 재단에 수익을 제공하는 방향으로 고용 형태를 만들려 합니다."

"아니 무슨 교회도 아니고, 십일조를 내는 것처럼······."

이야기를 듣던 대표이사 한 명이 중얼거렸다.

"맞네요. 교회! 기술 융합적이고 원자력을 다루는 교회 같은 집단이요. 하하!"

사람들은 또다시 웅성웅성 이야기를 나누었고 곧이어 'AL 원자력 에너지' 원장 '프랑키'가 질문했다. 프랑키는 AL 그룹 원자력 연구소 박사였다. 현재 핵폐기물과 담수화, 원자력 배터리 사업 등의 핵심적인 역할을 담당하는 박사이기도 했다.

"지금 잘하고 있고 세계 최고 수준의 기술을 가진 우리 기업이 굳이 이렇게 무리할 필요가 있을까요?"

"우리는 제법 편리한 세상에서 살고 있습니다. 한 번도 만나 보지 못한 과거 위인들과 현시대 천재들의 결실이지요. 여러분! 우리도 멈추지 맙시다. 그리고 이 정도 속도로 만족하지 맙시다. 우리의 성과로 이 세상이 조금 더 풍요로워진다면 우리 자녀들은 경쟁이 아닌 서로를 돕는 세상, 즉 천국 속에서 살아가게 될 수 있습니다. 우리 자녀의 또 그 자녀의 또 그 자녀가 말이죠. 그 시작을 두려워하지 말고 조금 더 빠르게 나아가 보는 건 어떻겠습니까? 아마 의료가 빠르게 발전한다면 거트 박사님 당뇨도 문제없이 치료할 수도 있단 말이죠. 하하하."

하지만 웃는 사람은 이재용 한 사람뿐이었다.

경영 회의가 종료하고 회의 참석자가 모두 빠져나갈 때 이재용은 각 대표이사에게 술을 한잔하자며 붙잡았지만 너 나 할 것 없이 모두 할 일이 또 많아졌다며 끝내 거부하고 돌아갔다.

그중 최민식 이사 겸 홍보팀장만 이재용에게 간신히 넘어가 주었다.

최민식 이사는 말랐음에도 노련해 보이는 얼굴로 평소 인자한 표정을 짓고 다녔는데, 말끔하고 깔끔한 이미지와 달리 회사 사원들은 최민식 이사 앞에서 잔뜩 긴장하는 모습을 보였다.

최민식 이사는 '그룹의 강줄기'라는 별명이 있는데, 이재용은 처음 스타트업을 시작할 때부터 최민식 이사와 인연이 있었다. 이재용은 우연히 대만에서 만난 최민식 이사를 본인 스타트업의 자문 역할로 영입했다. 그리고 현재 회사의 홍보 및 사보들은 모두 최민식 이사가 관리, 감독하고 있다. 특이하게도 홍보팀에는 AL 그룹에 대해 자유롭게 평가할 수 있는 사보 부서가 세 팀이나 존재했다. 이 부서는 경영진과는 완벽히 독립된 힘을 가졌으며 비판과 고민이 자율적으로 서술되는 상당히 독특한 부서이기도 했다. 해당 부서의 운영 방침은 이재용이 모두 설정하였으며 정기적으로 간행되는 사보를 읽으며 이재용 또한 그룹의 전체적인 흐름과 계열사의 다양한 방향 등을 설정하는 것에 있어서 도움을 많이 얻었다. 최민식 이사는 아마 그룹의 내부적인 사정들을 가장 잘 아는 인물임이 틀림없었다. 또한, 인사권에도 막강한 권한을 행사할 수 있었다.

"제일 사랑하는 최 이사님! 주황색 포장마차 괜찮으시죠?"

"그렇겠죠. 물론, 허허허."

애써 웃으며 최민식 이사는 이재용을 따라나섰다.

그리고 포장마차에 앉아 이런저런 이야기를 나누던 중 이재용이 한마디를 했다.

"이번 사보 잘 봤어요. 하하하! 하마터면 너무 긴장되어서 구호금 집행을 중단할 뻔했지 뭐예요! 하하하!"

이재용이 잔에 맥주와 소주를 섞어 채우며 말했다.

"대표님의 중대한 선택들은 제가 참 많이 믿고 있지만, 이번 분기에는 성과급에 신경 좀 써 주세요. 직원들은 본인의 성과가 다른 곳에 더 가는 듯하게 느껴질 수 있으니까요."

"구호금 집행이 언젠가 저희의 운명을 좌지우지하게 될 수도 있을 텐데 말이죠. 모쪼록 저희 임직원분들의 성과급은 이미 충분하다고 생각되지만, 최 이사님 말씀이라면 틀림이 없죠. 꼭 반영하겠습니다."

이때 비좁은 주황색 포장마차의 문이 열렸고 가장 먼저 들어오는 사람은 바로 강윤서였다.

아까 술자리를 거절했던 대표이사 몇몇도 포함되어 있어 각 대표이사와 이재용은 서로 당황했다.

하지만 어색한 상황도 가벼운 술 몇 잔에 금세 편해졌고 천국을 발표했던 멋진 하루도 잔잔한 밤바람과 영롱한 조명들 속에서 마무리되어 갔다.

제2장

재단 설립

5개월 뒤, 진녹색을 띠는 화창한 봄 날씨가 생각 공원에 스몄다. 구상나무와 전나무는 푸르게 변하고 있었으며, 동진이와 서진이는 털갈이를 하는 통에 김범철 공원장은 잔뜩 예민했다. 날씨가 좋은 탓에 공원에 머무는 사원 수가 많이 늘어났다. 한편 AL 그룹 내부 분위기는 상당히 분주하며 어수선했다. 이재용은 경영 회의 직후 본인의 제안서를 번역하여 타 국가에 속해 있는 다양한 기업에 보냈다. 이재용이 제안서를 보낸 기업들은 기술과 경영 이념을 고려한 세계 상위 2,000개 그룹이었다. 해당 제안서는 각 국가에 맞게 내용을 수정했고 모든 제안서의 최종 확인은 이재용이 도맡았기 때문에 그를 비롯한 다수의 임원은 눈이 빠질 지경에 이르렀다.

놀라운 사실은 이재용의 제안서를 받지 못한 기업들이 재단 설립 관련 소식을 알아채고 AL 그룹 본사 입구에 진을 쳤다는 것이었다.

이재용의 행보에 평소 눈독을 들였던 기업의 임원들이 줄을 서서 프로젝트에 참여 의사를 밝히며 면접 아닌 면접을 보는 진풍경이 벌어진 것이다.

수상한 천국

몇몇 기업은 기업 규모가 작지만 해당 프로젝트에 참여하게 해 달라며 적극적으로 나서기도 했는데, 순수 기술 공유의 목적도 컸으나 대부분 프로젝트에 얽히고 싶어 하는 눈치였다. 이재용은 언론에 공표하지 않고 제안서를 보냈지만 제안서를 받은 한 기업이 제안 내용을 세상에 밝히면서 세상에 빠르게 알려지기 시작했고 이 프로젝트는 이미 전 세계 언론의 관심을 잔뜩 받고 있었다.

프로젝트에 참여할 기업들을 예측하는 기사가 만연했고 이 프로젝트 소식이 세계 주식 경제에도 영향을 미치자 이재용은 극도의 압박과 부담을 받을 수밖에 없었다.

현재 AL 그룹은 모든 참여 기업에 기술 공유를 하는 것까지는 어렵다고 판단하여 지분만 투자하는 기업과 기술과 지분 모두 투자하는 기업 등 기업 분류 작업이 한창이었다.

또한 10가지의 재단 목표를 분야별로 나누어 참여 기업을 선별해야 했고 이재용은 직접 규정한 조건들을 안내하고 계약하고 있었다.

처음 기업 내부에서 국제 기업들이 관심조차 없으면 어떻게 하나 걱정하던 것은 이재용의 의도처럼 전혀 문제가 되지 않았고 오히려 반대의 상황이 되자 이재용의 경영은 다시 한번 기업 내부에서 인정받게 되었다.

현재는 너무 많은 관심을 받는 탓에 이재용은 을에서 갑이 될 정도였으며 자본력과 기술력이 모여들어 이재용은 모든 행보에 있어 상당히 조심스러웠고 겸손해졌다. 이렇게 주목을 받을 때 가장 큰 도움이 된 기업은 '테슬라'였다.

일론 머스크는 전 재산을 재단에 투자한다고 밝혔다. 머스크는 투자하기 전, 이재용과 일주일 넘는 시간 동안 함께 다니며 이재용을 유심히 관찰했다. 그리고 그는 이재용은 미래를 열어 줄 사람이라 확신하고 전 재산을 투자하겠다고 밝힌 것이다. 당연히 테슬라 기업에서는 머스크의 투자에 반대하였고 이에 머스크의 지분만큼만 투자가 이루어지게 되었다. 이 소식은 뉴욕과 중국, 일본, 유럽 등에서도 대서특필이 되었고 기업인들은 눈치만 살피던 중 머스크로 인해 선착순처럼 재단에 참여 의사를 밝혔다.

처음 AL 그룹에 방문한 머스크는 창의적인 사내 건물 장식과 아이디어들에 감탄하였으며 이재용과 생각 공원에서 가장 많은 시간을 보냈다.

머스크는 처음 생각 공원에 아무 생각도 없이 들어갔다가, AL 그룹 사원들이 아는 척은 하지 않으면서도 모두 자신만을 뚫어지게 쳐다봐서 상당히 소름이 끼쳤다고 했다.

이재용은 말했다.

"머스크, 너무 당황하지 말아요. 내가 갑자기 당신의 회사 휴게실 중간에 있다고 생각해 봐요. 사람들이 놀라는 건 당연해요."

"그다지 놀랄 것 같지는 않지만······."

머스크는 전혀 공감되지 않는 눈치였지만 받아들이려 어느 정도 노력하고 나서 조금씩 적응하기 시작했다.

"윤리 또는 사회 규범을 내세우는 반대에 대해 꼭 잘 준비하세요."

머스크가 걱정하며 말했다.

"저의 노력을 방해하는 건 행복한 세상을 막는 악마들이 아닐까요?"

이재용이 말했다.

"세상에는 정말 다양한 종류의 악이 있죠. 물이 필요해서 물을 만들어 내는데, 물을 못 만들게 방해한다면 그것 또한 악이 될 것입니다."

머스크가 의미심장하게 말했다.

"기술의 규모와 실력을 단시간에 키워 언젠가 세상을 뒤엎을 날이 오겠죠. 그 기술이 경지에 다다르기까지 긴 여행이 필요하죠. 그 발걸음을 저희가 함께하는 거예요."

"이재용, 당신은 왜 이런 사업 구상을 하게 된 거죠?"

"하하. 못 믿으시겠지만, 제가 지구에 다시 태어났을 때 그 세상은 천국이길 바라는 거죠.

질량 보존의 법칙이 사실이라면, 어떤 형태로든 지구에 남게 될 테니까요. 저의 정신이나 영혼 또한 분명 중력에 의해 이 세상에 흡수되겠죠. 어디에선가는 얼굴도 기억나지 않는 저희 부모님 또한 어떤 질량으로 저와 함께 존재하겠죠. 질량 보존의 법칙이 사실이라면 저희 부모님은 지금쯤 다시 무언가 일부분이 되어 있을 겁니다. 그래서 전 세상이 하나와 같다고 생각했어요. 제가 좋은 사람이면 세상도 좋아지고 제가 똑똑해지면 세상도 더 똑똑해진다고 생각했죠. 내가 편리해지면 세상도 편리해지고 내가 친절해지면 세상도 친절해진다. 그래서 바꿔 보자 생각한 겁니다. 아주 지극히 자본주의적이고 실용주의적인 철학이 아닌가요?"

"삶을 바칠 만한 가치가 있는 신념일 수 있겠네요. 저와 조금은 닮아서 신기하기까지 해요. 우리는 조금 더 일찍 만났어야 했는데 말이죠."

일주일 동안 이재용은 머스크와 함께 AL 그룹 본사의 전경을 둘러보았다.

이재용은 머스크의 끝없는 질문에 답변하느라 진땀을 흘렸지만, 그와의 이야기를 통해 재단 사업에 있어서 더욱 체계가 잡혀 가는 느낌이었다.

머스크는 AL 그룹의 많은 긍정적인 부분을 본인의 기업에도 접목하려 했다.

이재용은 하루도 쉴 틈 없이 재단 참여 기업들과 전 세계의 인사들을 만났다. 이재용은 국제적으로 보면 결국 하나의 경제인에 불과했고 자칫 정계 인사들의 심사를 뒤틀리게 할 때는 재단과 그룹이 어려워지기 때문에 그들에게 휘둘릴 수밖에 없었다.

이재용을 가장 강하게 압박한 인물들은 다름 아닌 대한민국의 정치인들이었다.

대한민국 대통령은 재단 본사 건축물을 당연히 국내에 짓도록 요청하였으며 다양한 세금 혜택과 부동산 혜택을 주겠다며 회유했다. 국회의원들 또한 해당 산업은 대한민국 경제 발전의 밑거름이므로 반드시 국내에서 시작하고 유착되어야 한다고 주장했다.

일부 국회의원과 장관은 AL 그룹과 이재용이 비협조적일 경우 보복을 암시하기까지 했다. 언론사에서도 대한민국 기업을 중심으로 한 세계 최대의 그룹 통합 프로젝트가 실현될 듯하다며 기사를 다루었다.

국내의 대통령뿐만 아니라 해외 대통령들과 정치인들도 이재용과의 만남을 고대했다.

강대국의 경우 정치적인 이해관계를 들먹이며 적극적인 포섭을 시도하고 위협하는 경우가 많았고, 약소국의 경우 인간의 기본 기술에 관한 관심과 열정에 기대와 지원을 아끼지 않는다고 회유했다. 물론 그들은 그들이 가진 넓은 영토와 많은 수의 빈민이 다양한 사회적 실험에 유리하다는 사실을 적극적으로 전달했다.

이재용은 쏟아지는 국내, 국외 정치에 지칠 수밖에 없었다.

이재용은 거듭 기업들의 효율적인 의사 결정과 자율적 기술 통합에 정치가 크게 관여되지 않을 수 있도록 부탁했다.

하지만 각 국가의 수장과 접견하던 이재용에게 모두 영향을 미치지 않았던 것은 아니었다.

한번은 이재용이 큰 결심을 하게 된 특별한 일이 있었다. 이 특별했던 일은 향후 재단이 최초 설립될 국가 선정에 영향을 미치기도 했다.

수상한 천국

어느 날, 에티오피아 대통령이 대한민국과 외교 회담 후 AL 그룹에 깜짝 방문을 했다. 이재용은 한창 바쁜 나날을 보내고 있었으나, 자국 대통령의 요청으로 AL 그룹에서 에티오피아 대통령과 단독으로 접견하게 되었다. 이재용은 AL 그룹 본사 A형 접견실에서 에티오피아 대통령과 이야기를 나누게 되었다. A형 접견실 실내는 다양한 디스플레이 벽면으로 되어 있었다. A형 접견실은 주로 국가의 정상이나 정치인들을 접대하는 접견실이었다.

해당 접견실은 AL 그룹 자체 AI가 접견 대상자를 분석하고 대상자가 소속한 국가에 관한 고화질 영상들을 계속 재생시켰다. 전 세계 모든 국가의 유의미한 영상 자료는 해당 국가의 정치인들조차 감동할 정도로 교훈적인 내용이 가득했다.

이러한 환영 방식은 어떤 대화와 교류에 있어 진실성을 느끼게 해 주었고 매끄러운 접견이 될 수 있도록 도와주었다.

에티오피아 대통령은 접견실에 들어가자마자, 천장과 벽면에 에티오피아의 커피 농장과 청나일 폭포, 랄리벨라 암굴 교회, 고대 도시 악숨, 최근 발전된 수도 모습 등의 고화질 영상물을 보며 감탄했다.

때마침 이날 대부분의 영상은 최민식 이사가 직접 촬영한 것이었다.

그리고 에티오피아 대통령은 여느 대통령이나 정치인들과 다르지 않게 눈물을 보이며 말했다.

"지금처럼 먼 곳에 와 있는 낯선 상황에서 생각지도 못한 영상을 본다면 당신이라도 분명 눈물을 흘렸을 거예요. 정말 고마워요."

에티오피아 대통령은 눈시울을 적신 후 접견장에 앉아 이재용과 비밀 접견을 시작했다.

에티오피아 대통령은 본인의 국가를 대표하여 이재용에게 연거푸 감사와 덕담을 전하였다. 이재용 또한 몸 둘 바를 모르며, 혁신적인 기업의 대표로서 감사의 답을 전했다. 세 시간가량 사회적이고 협력적인 이야기를 나눈 두 사람은 생각 공원에 가게 되었다.

이재용은 함께 이동하며 생각 공원에서의 규칙을 잠깐 설명해 줬다. 김범철 공원장은 평소와 달리 에티오피아 대통령을 굉장히 공손하고 친절하게 맞이했다. 다만 공원 내의 규칙을 다시 한번 일러 주었다.

공원에 입장하고 이재용은 에티오피아 대통령 주변만 배회했다. 에티오피아 대통령은 공원에 들어가자마자 옆에 있는 사람과도 절대 말을 못 나누는 걸로 착각했는지 한마디의 말도 없이 공원 이곳저곳을 살피며 거닐기 시작했다. 한참 공원을 관찰하던 에티오피아 대통령은 전나무와 구상나무를 거쳐 강화 유리 난간으로 가더니 난간에 기대어 흐느끼기 시작했다. 그리고 이재용은 수행원 없이 둘만 있는 것이 천만다행이라 생각할 정도로 큰 소리를 내며 펑펑 우는 에티오피아 대통령을 조금 먼발치에서 바라보았다. 그녀의 곁에는 누구도 다가가지 못했다. 그렇게 한동안 하염없이 울던 에티오피아 대통령에게 돌발 상황이 발생했다. 전나무 근처에서 간식거리를 구걸하던 동진이가 빠른 속도로 에티오피아 대통령에게 달려가더니 큰 앞발로 에티오피아 대통령의 옆구리를 밀어 버린 것이다.

땅 위에 내동댕이쳐진 에티오피아 대통령은 몇 발자국만큼 나뒹굴었다.

이재용은 뒤통수가 오싹해지며 대통령에게 달려갔고 김범철 공원장 또한 구상나무 정리를 지휘하다 말고 그곳으로 달려왔다.

"주드 대통령님! 괜찮으세요?"

놀란 이재용은 에티오피아 대통령을 잔뜩 걱정된 눈빛으로 바라보며 이름을 불렀다.

그런데 에티오피아 대통령은 여전히 울고 있었고 눈치 없이 계속 그녀를 핥는 동진이는 김범철 공원장이 떼어 냈다.

"재용씨, 왜 우리 에티오피아에는 이렇게 아름다운 곳이 없을까요? 왜 수많은 국가가 재용 씨에게 아낌없이 투자하겠다며 구애할 때, 왜 저는 애원만 하면서 미안할 정도로 받기만 하는 걸까요? 엉엉…….

더 이상, 애원할 명분과 염치도 없다는 것이 왜 이렇게 서글프고 마음이 아픈 걸까요. 그동안 당신의 도움에 제 모든 것을 걸고 정말 감사합니다."

이재용은 주드 대통령을 일으키고 손수건을 건네주었으며 등을 토닥이며 위로해 주었다.

"어려움을 보고 돕는다는 것은 자기 자신에 대해 축복을 내리는 것과 같습니다. 도움을 받는 것도 용기이며, 도움을 주는 것은 그보다는 더 작은 용기입니다."

국내의 정치인뿐만 아니라, 전 세계의 정치권에서도 만남 요청이 쇄도했다.

이재용은 얼마 지나지 않아 미국 대통령을 제치고 세계에서 가장 영향력 있는 인물 1위를 차지했다.

AL 그룹의 주가는 한동안 사상 초유의 고공 행진이 벌어졌다. 이재용은 짧은 기간 동안 세 번이나 AL 그룹 주식 액면 분할을 시행하였으며 향후 거취에 대해 집중적인 관심을 받았다.

AL 그룹 홍보팀은 국내, 국외의 언론사와 정치권에서 계속 쏟아지는 질문들에 답변하느라 진땀을 흘렸으며, 이재용은 어떠한 계획도 노출하지 않을 것을 당부하였다.

그렇게 15개월 뒤, 어느 여름날 이재용은 본인의 사업 내용을 이해시키고 프로젝트에 참여하는 기업을 세 가지로 나누었다.

핵심 공동 연구 개발 기업 220개, 라이선싱 투자 기업 712개, 순수 투자 회사 약 8,000개 등 이재용의 재단 프로젝트 참여 요청보다 400% 이상 많은 수의 기업이 직접 참여하였으며 소식을 듣고 조건 없이 투자하겠다고 하는 기업과 개인도 있었다.

아마도 이재용의 동시다발적인 참여 독려가 좋은 결과를 낳았을 것이었다.

만약 기술 연합에 참여하지 않는 경우 짧은 미래에 재단에 과도한 로열티를 부과하거나 로열티를 부과하겠다고 하더라도 재단에서 승인을 얻지 못하면 파생된 기술을 사용하지 못할 위험까지 존재했다. 이로 인한 '경쟁력 하락에 대한 리스크'가 주요 참여 동기 부여가 되어 주었다.

제안서의 주요 내용 중 일부는 이러했다.

1. 핵심 공동 연구 개발 기업은 재단의 기술 발전으로 얻은 기술력을 별도의 로열티 없이 사용할 수 있으며, 이로 인한 재단의 운영 수익은 기여도를 산정하여 분배한다.
2. 라이선싱 투자 기업은 본인들의 참여 지분율에 따라 향후 재단의 기술을 일정 로열티 지급 후 사용이 가능하도록 한다.
3. 순수 투자 기업과 개인은 해당 재단에서 파생되는 기술력을 향후 사용할 수 있게 하는 심사의 후보 자격 요건을 갖는다.

한편 이러한 움직임에 따른 가장 큰 문제 중 하나는 기존 NGO 단체들의 반발이었다. 재단 사업 소식을 엿들은 NGO 단체들은 이렇게 주장했다.

"인간의 필수적인 부분들을 해결한다는 것은 기술과 자본의 단합을 '정의'라는 요소로 합리화하고 포장하는 비열한 경제 행위다."라고 말이다.

또한 자본과 기술 단합을 활용하여 수익 창출을 근본으로 삼고 있으며 수익을 추구하는 재단은 한계가 있고 미래 경제를 파괴할 수 있다고 지속 비판했다.

일부는 본인들에 대한 기부가 줄어드는 것을 상당히 우려하기도 했다. 그도 그럴 것이 기존 NGO에 고정적으로 내던 기부금이 해당 재단으로 옮겨가려는 움직임이 다수 감지되었기 때문이다.

전 세계의 사회학 전문가 중 일부는 기존 NGO의 운영 방식보다 기술 협약을 하여, 참여 기업에는 높은 기술력과 일정 부분 수익을 얻어 가게 하고 사람에게 꼭 필요한 기술력을 얻게 하는 것은 향후 인류의 발전에 긍정적인 영향이 있을 수 있다고 밝혔다. 또한 이는 미래적인 관점에서 자연스러운 격변일 수 있다고 하였다.

하지만 일부 전문가와 자유 시장 국가들은 자본주의의 괴물 집단이 등장하였고 이는 세계 질서와 자유 시장 경제 체제를 파괴할 수 있다며 우려했다.

또한 시장이 파괴되고 다음 세상의 질서 유지의 체제와 수단이 없는 상태에서는 더욱 위험하다며 만류했다.

세계적인 기업들의 공동 연합 수장이 되어 버린 이재용은 계속되는 기술력 독점이라는 음모와 세계 경제 붕괴에 대한 공포에 대해 중간발표를 하게 되었다.

"여러분, 우리 기술 연합 재단의 목적을 다시 한번 말씀드립니다.

저는 기술 연합체의 최고의 수장이 될 것입니다. 저의 구상은 이렇습니다.

우리 재단의 발전이 이루어지고 초기 투자금이 회수되어 수익이 골든 크로스가 되는 시점에서 결국 최대의 수혜자는 현재 참여 기업들의 수장이 아닙니다. 바로 이 세상의 약자와 우리의 후손이 그 수혜의 대상입니다. 현재 해당 프로젝트에 참여해 준 기업들은 모두 훌륭한 가치와 자산을 투자하기로 한 선의의 기업들입니다.

현재 NGO로 활동하며 세계의 평화와 번영을 위해 힘써 주신 이 세상 모든 분의 노력에 감사합니다.

하지만 저희와 함께하는 최고의 기술력과 창의력을 갖춘 인재들이 서로 화합하고 힘을 모으게 된다면 NGO만큼이나 세상을 효율적으로 도울 수 있다고 생각했습니다. 애석하게도 일정 부분 저희에게 투자가 되기도, 수익이 나기도 합니다.

그 원동력이 저희 기업들의 핵심 가치는 아니지만, 톱니바퀴를 돌게 하는 에너지가 되어 주는 것은 사실입니다.

저는 저의 전 재산을 모두 투자하고 향후 환원할 것을 약속했습니다. 만약 단순한 시장 경제 속에서 우위를 점하거나 독점을 목적으로 했다면 누가 봐도 효율적이지 못한 판단이라 생각하실 겁니다. 저는 요양원에 계시는, 마음으로 저를 키워 주신 할머니 외에 가족이 없습니다. 저는 삶은 행복해야 하고 삶은 놀이이며 삶의 다음인 죽음 또한 준비해야 한다고 생각하는 무모한 사람임이 틀림없습니다. 조금 더 이롭게 제가 쓰이고 조금 더 재미있게 사는 것이 저의 목표이며, 그러기 위해서는 어느 정도의 물질적인 부분이 필요한 것도 사실입니다.

저의 삶에 대한 놀이와 열정이 끝나고 나면 남은 것은 모두 돌려드리고 최후에는 좋은 재단을 후손에게 남겨 세상에 보탬이 되어 세상을 떠나는 것이 저의 목적입니다.

수상한 천국

그래서 이름 지었습니다.

프로젝트명 'Heaven Project(HP)'

연합체 이름 'Heaven Foundation(HF)'

제가 죽을 때쯤, 여러분께 천국을 선물하겠습니다. 부디 믿고 응원해 주시길 바랍니다."

유튜브로 영상을 공유한 이재용은 순식간에 영상이 기사화되며 전 세계에서 댓글이 달리는 것을 보고 더욱 큰 책임감과 중압감을 느꼈다. 그리고 이날 강윤서와 함께 포장마차에 가게 되었다.

"재용아, 세상천지 너의 얼굴로 도배가 되었던데, 무슨 일이냐?"

포장마차 할머니가 물었다.

"저번에 이야기했었는데, 천국 만드는 일 좀 하고 있어요."

"허이고, 훤칠한 녀석이 장가나 가고 너처럼 훌륭한 자식이나 낳고 살면 되지, 네가 무슨 하나님이냐?"

"하하, 오랜만에 선물을 좀 가져왔어요. '테즈'라고 아프리카에서 보내 준 술이에요. 너무 발효되면 독해지니, 너무 늦지 않게 드셔 보세요."

이재용은 잔뜩 꾸며진 술병을 건넸다.

"병이 이뻐서 못 먹겠다. 그나저나 우리 이쁜이는 살이 너무 빠졌네."

"할머니, 아무래도 재용 씨가 천국을 만들기도 전에 저는 진짜 천국에 갈 것 같아요."

"너 재용이, 저번에도 이야기했지! 우리 이쁜이 계속 고생시키면 정말로 내가 테즈인가 재즈인가 이 술 마시고 회사 찾아가서 뒤집어 버린다고!"

"세상 좋은 일은 제가 다 하려는데, 저의 주변 사람들에게 정말 미안하네요."

이재용이 조금 풀이 죽은 듯해 보이자 옆에 있던 강윤서가 한마디 거들었다.

"그러니 보여 주세요. 저의 노력과 고생이 납득되는 대표님 세상을 꼭 보여 주세요. 그때까지는 저만 믿으시고요."

강윤서의 말 한마디에 이재용은 금세 얼굴이 밝아졌다.

"할머니, 여기 테즈 한 잔만 주세요!"

"뭐야? 이건 선물이 아니잖아, 이 녀석아! 네가 먹으려고 가져온 거잖아!"

본인이 선물한 술을 바로 나눠 달라는 이재용과 강윤서 옆에 앉아 할머니도 달콤한 술을 나누어 먹었다.

술을 한 잔 마시고는 이재용의 등을 토닥이며 위로해 주는 할머니의 모습은 정말 또 다른 어머니 같은 느낌이었다.

5개월 뒤 추운 겨울이 찾아왔다.

드디어 HF는 몇 가지 놀라운 발표를 했다.

첫 번째는 전 세계가 주목한 HF의 본사와 최대 규모의 연구소 건설 장소였다. 건설 장소는 아프리카로 최종 선정되었으며 자세한 국가와 지역은 생략하였다.

해당 발표를 하자마자, 이재용의 파격적인 행보에 세계는 다시 한번 놀랐다.

이재용은 Foundation의 핵심 기술을 가장 필요로 하는 국가와 지역을 선택하게 되었다고 하였으며, 아프리카 연합 AU에서는 Foundation이 무상으로 국토와 자원을 활용할 수 있도록 허용한다며 적극적으로 환영했다.

전 에티오피아 대통령이자 현 아프리카 연합의 수장인 주드가 적극적으로 이재용을 도와주었다.

두 번째는 Foundation의 핵심 공동 연구 개발의 과제인데, 연구 개발 참여 기업들의 의견을 종합하여 최종 10가지 사업이 선정되었으며 이재용의 최초 구상과 크게 달라지지는 않았지만 일부는 수정되었다.

수상한 천국

1. **식량** – 분말 형태의 필수 영양소 식량을 개발한다.

2. **물** – 방사성 폐기물을 활용한 제습+기화 방식의 댐(밀폐 형태) 건설 및 수력 발전소의 공존, 방사성 폐기물을 아프리카에서 재활용하며 폐기물 보관에 따르는 비용은 수익으로 기대한다. 안정성에 관한 연구는 Foundation에서 보증한다.

3. **집** – 세상에서 가장 효율적으로 많은 인원을 수용할 수 있는 초고층 아파트 또는 친환경적인 건설 방식을 채택한다. 해당 건축물의 20%는 상업 시설이며 나머지는 무상으로 저소득 가정을 우선으로 선발하여 입주시킨다. 해당 프로젝트에 참여한 재단 소속의 직원들은 우선 무상 입주할 수 있는 자격을 얻는다.

4. **옷** – HP 브랜드로 레드, 그린, 블루, 화이트, 블랙 5가지 색상의 남녀 속옷, 반소매, 반바지, 긴팔, 긴바지, 사계절용 외투, 겨울용 외투를 하나의 종류로만 생산하여 전 세계에 무료로 보급하는 것을 목표로 한다.

5. **질병** – 바이러스, 세균, 나노 세 가지 의료 및 공학을 기반으로 한 최대의 질병 치료 기술을 개발하고 40년 내 전 세계 불치병 100% 해결을 목표로 한다.

6. **장애** – 선천적, 후천적 모든 장애의 치료 기술을 개발한다(로봇 공학의 집중 발전).

7. **교육** – 플랫폼 유튜브 등을 기반으로 하며 각 국가의 언어별 무료 교육을 실행하고 동서양 인문학을 필수 과목으로 하고 나머지는 자율 형태의 교육을 실시한다.

8. **위생** – 전염을 유발하게 하는 생활 방식 및 위생용품, 예방 문화 개발, 전염병 발생 시 전염 확산에 대항하는 차단의 주최를 목표로 한다.

9. **일** – HF의 일원을 늘리고 지속 고용을 창출하는 활동이며 자급적인 재단을 만드는 것을 목표로 한다.

10. **분석** – 재단 내·외부의 문제점 및 모순을 분석하며 효율을 이끌어 내는 독립적인 체계의 재단 기관을 만든다(향후 AL 그룹 홍보팀 대표이사가 수장으로 오게 된다).

해당 프로젝트에는 전 세계 약 160여 개의 국가에 소속된 기업과 기관이 참여하게 되었다. HF는 각 국가의 이해관계가 개입할 수 없도록 지리적인 요건과 참여 기업 선정을 까다롭게 진행했다. 그중 일부 기업은 정부 기관과 연계한 주요 기밀 기술 공유에 대해 조건부 동의하였다. 이재용은 악의적인 기술 탈취 시도나, 사익을 위해 재단을 이용하는 등의 행위를 방지하기 위해 규정을 만들었고 그 규정들을 나열하고 공표하느라 진땀을 뺐다.

　기존 기술을 보유한 기업들은 그 기술들을 재단 내부에 공개해야 했으며 그로 인한 이익률과 관계도 역시 상세하게 나열해야만 했다. 또한 차후 공적인 기술력을 사적인 기업 이익에 활용하면 영구 제명 및 손실 복구 노력에 따르는 손해 배상을 청구할 수 있도록 규정했다.

　그리고 얼마 뒤, 곧 세계 기업들이 들이닥친다는 이야기에 아프리카에 심혈을 기울였던 중국 및 일부 세력들이 황량한 벌판을 잔뜩 사들이거나 아프리카 정치인들을 매수하고 있다는 소문이 돌기 시작했다. 해당 재단에 참여하는 기업의 국가들은 이러한 소문에 대해 국제 연합의 이름으로 강력한 경고성 입장을 발표했다.

　이재용은 HF에 대한 전 세계의 관심 속에서 지속적인 해명 발표를 할 수밖에 없었으며, 때로는 기업의 움직임에 따라 각 국가의 이해관계가 엉키는 모습을 보고 크게 실망과 걱정을 할 수밖에 없었다. 자칫 정치적인 이해관계에 의해 재단의 큰 도전이 방해를 받을 수도 있었기 때문이다. 이재용은 강대국 CEO들에게 국가 차원의 돌발 상황들을 억제할 수 있도록 의미 있는 발표를 함께해 달라고 부탁하였으며 그것은 제대로 효과를 발휘했다.

　다양한 기업과 인물이 입장을 발표했고, 때로는 예상치 못한 세력이 견해를 밝히기도 했다.

» 이재용(AL 그룹 CEO, Heaven Foundation 설립자)

"해당 프로젝트는 이 세상 모든 약자를 위함이며, 그 약자는 이 세상 모든 인간이다. Foundation 내·외부에 세상의 평화보다 사익에 큰 가치가 있다고 믿는 존재는 우리와의 관계 대상이 아니다."

» 일론 머스크(테슬라 CEO, Heaven Foundation 고문)

"세상에는 강자와 약자가 존재한다. Foundation의 새로운 개념의 도전은 새로운 시대의 탄생이며, 지구의 더 나은 신개념 혁명이다. 숭고한 의지가 어긋나지 않도록 지켜봐 주고 도와 달라."

» 마윈(알리바바 창립자, Heaven Foundation 고문)

"기업 간의 극도의 기술력 경쟁은 정치보다 숭고하지는 못해도 인류의 문화를 수천 배 빠르게 변화시켰다. 정치는 그 변화의 시작을 보호해 주는 장치여야 한다."

» 소말리아 해적 수장

"우리는 어부였다. 지금은 타락하여 해적이 되었지만, Heaven Foundation은 바다 관련 사업도 한다고 들었다. 다시 우리가 인간답게 살 기회가 되길 희망한다."

» 어나니머스(미상)

"새로운 세상의 탄생이다. Heaven Foundation은 네트워크로부터 우리가 항상 수호할 것이다."

하지만 부정적인 의견을 표출하는 집단도 만연하였다.

» UNICEF

"빈곤국을 이용한 신개념 노동 착취 형태의 연합으로 여겨진다. 각 기업은 차라리 우리에게 기금을 투자해 달라. 우리에게도 기하급수적인 자금과 인력이 있다면 Heaven Foundation보다 더 정직하고 신속한 양질의 도움을 줄 수 있다."

» EU

"세계 최대의 화폐 단일화와 국가 통합 체계를 이룩한 우리 땅에서 Heaven Project를 진행했어야 했다. 해당 프로젝트에는 유럽 기업이 두 번째로 많이 참여하는데, 여러 가지 요소로 아프리카에서 프로젝트가 진행된다는 것은 이해하기 어려운 결정이다."

» 미국 공화당

"비(非)우방 국가가 참여하는 해당 프로젝트는 경제 및 안보에 위협이 될 만큼의 심각한 문제의 원인이 될 수 있다. 수많은 국가를 대표하는 기업을 민간 기업이 통제하는 것이 어떻게 가능하다는 것인가?"

» 북한

"북한의 위대한 최첨단 기업 '별(북한 통신 기업)'이 Heaven Project에 참여할 수 없도록 방해하는 미제 악당들은 큰 대가를 치르게 될 것이며 이는 국가의 주권과 자유권을 침탈하는 극악무도하며 악랄한 행위이다."

어느 봄날, 이재용은 강원도 동해에 있는 AL 그룹 생각 센터에서 Foundation Task를 꾸렸다.

AL 생각 센터는 커다란 돔 형태였으며 대한민국 최대 건축 구조를 갖추고 있었다. 19층으로 이루어진 실버 돔 내부에는 콘퍼런스실과 연구실이 마련되어 있었다. 돔 내부에는 AL 그룹의 프랜차이즈 카페인 'UNIVERSE'와 다양한 문화의 음식점도 마련되어 있었다.

내부의 나열된 구조는 눈이 돌아갈 정도의 풍경을 자아냈다. 돔의 특성상 빛을 완벽히 차단하는 것이 가능했는데, 1층은 셔터를 모두 내려 항상 야경을 바라보는 느낌이었다. 또한, 건물 내부의 다양한 조명 때문에 우주 속에 들어와 있는 착각까지 들 정도였다.

매주 주말에는 1층만 일반 사람들에게 개방하였는데 서비스 시설 이용객의 수는 대한민국 최고 수준이었다. 애당초 생각 센터는 기술 연구 및 아이디어 창출과 임직원 복지만을 위해 만들어졌기 때문에 AL 그룹의 임직원만 이용이 가능했다.

하지만 건축할 때 발생한 잔여 대출금과 운용비가 생각보다 엄청나, 강윤서의 권유로 일부 상업 시설이 들어서게 된 것이다. 동해에는 AL 그룹 계열사 중 하나인 AL 중공업이 개발하고 운용하는 거대한 해수 담수화 시설이 있다. AL 생각 센터의 용수는 100% AL 중공업의 담수를 사용하고 있었다.

전력 또한 동해에 있는 AL 에너지의 원자력 발전소에서 제공하는 에너지로 100% 충당하였다. 매주 주말이면 AL 생각 센터는 이곳에서 시간을 보내려는 시민과 외국인으로 넘쳐 났고 강원도의 경제는 AL 생각 센터에 의해 좌지우지되는 실정이었다.

이곳과 연결된 주요 도로에서는 교통경찰들이 분주하게 움직였다.

한편 AL 생각 센터 내에 재단(HF) 관련자들과 AL 그룹 사원들만 공동 출입할 수 있게 허용한 층에서 진풍경이 벌어졌다. 기존 AL 그룹 사원들과 외국 기업들의 임직원이 서로 대화를 나누며 여러 가치와 정보를 공유하였는데, 서로의 취향에 따라 많은 수의 친구 관계가 형성되었다.

최근 바빠진 이재용이 회복을 위해 며칠 휴무 일정을 잡았다. 이날은 이재용이 그동안 밀린 잠을 푹 자고, 강윤서 비서와 밀린 이야기를 하고 싶어 하던 날이었다. 그날 이재용은 구식 아우디 R8을 타고 말끔한 차림으로 비서실로 향했다. 오랜만에 강윤서 비서와 동해에서 맛있는 수산물을 먹으려 했는지, 옅은 미소와 함께 발걸음이 가벼워 보였다.

그런데 3층 프레시테리아(프레시테리아는 카페이다. 천장은 공기를 흡입하는 거대한 흡입구가 있다. 흡입구 내부에는 저소음 흡입기가 가득 들어 있고 투명한 바닥 아래에는 물이 흘렀는데, 천장으로 흡입된 공기가 바닥의 물 흡수 필터 막을 뚫고 나오며 공기가 정화되는 방식이었다. 이곳은 적정한 습도를 유지하고 공기 정화를 해 주는 공간이다.) 유리창 너머로 미국 아이디어 플랫폼을 개발한 유니콘 기업 CEO인 '제프리 캠벨'과 즐겁게 대화하는 강윤서를 발견했다.

이재용은 당황한 기색을 숨기지 못했다. 이재용은 잘못이라도 한 듯 숨어서 강윤서를 살펴보았다.

최근 유니콘 기업의 CEO들은 강윤서에게 접근하기 시작했는데, 그녀가 미혼이라는 것과 AL 그룹의 지분을 상당량 보유한 미녀 기업인이라는 소문이 한몫했을 것이다. 심지어 중국 최대 전선 회사 CEO는 강윤서에게 푹 빠져 지분 투자액을 어마어마하게 늘렸다는 소문이 돌기도 하였다.

프레시테리아 주변에서 범죄자처럼 기웃거리던 이재용의 뒤로 누군가 슬그머니 다가왔다. 길을 지나던 최민식 이사였다. 최민식은 한동안 이재용의 뒤에서 조심스럽게 강윤서를 관찰하는 이재용의 모습을 보고 있었다. 최민식은 더 이상 못 참겠는지 이재용에게 점점 더 가까이 다가갔다. 하지만 최민식이 이재용의 뒤에 바짝 다가올 때까지도 이재용은 알아차리지 못했다.

그리고 최민식은 이재용의 귀에 속삭였다.

"대표님."

"악! 아악! 언제 오셨어요, 이사님?"

"방금 지나가던 길이에요. 뭐 하세요?"

"아, 캠벨 CEO와 잠깐 이야기를 나누려고 했는데, 마침 강윤서 비서와 대화 중이네요. 하하. 그래서 기다리는 중이었어요."

"아, 그럼 저희 대화는 나중에 할까요?"

"아, 아니요. 지금도 괜찮습니다. 저는 나중에 다시 이야기하면 됩니다. 차 한잔하고 싶은데, UNIVERSE로 가시죠."

이재용이 더듬으며 말했다.

UNIVERSE에 도착한 이재용은 당황스러운 마음을 추스르고 아이스커피를 가득 들이켰다. 그리고 그의 표정은 형편없었다.

"대표님, 사실 정계와 여론이 매우 시끄럽습니다. 대표님?! 대표님!!"

"아! 죄송합니다. 네, 아, 지금 조금 컨디션이 안 좋아서요. 아, 다시 말해 주세요."

"그럼 다시 말하겠습니다. 지금 정계와 여론이 시끄럽습니다. 물론 대표님의 결단이 항상 좋은 상황을 만들어 내긴 했고 국가와 정부가 AL 그룹의 성장에 도움을 주고 외교적인 협상에도 도움을 주었던 것도 사실입니다. 그래서 AL 그룹을 축으로 하는 재단의 본사 설립과 주요 연구소 건립이 아프리카에서 시작된다는 것은 너무 뜬금없고 국익 요소가 전혀 없다는 평가가 주를 이루고 있습니다. 여론 또한 대한민국에도 어렵고 배고픈 계층이 많은데 돈은 대한민국에서 벌고 혜택은 아프리카로 간다는 의견이 많습니다. OECD 하위 국가에서 상위 국가로 도약하는 것은 대한민국 건국 후 최고의 목표였고 드디어 발판이 생겼는데, 전혀 다른 길로 어렵게 가는 것이 아니냐는 걱정도 많습니다. 어떤 큰 결심이 필요할 것 같아요."

"충분히 알고 있습니다. 재단은 저의 것도 어느 누구, 어느 기업의 것도 아닙니다. 그렇기에 장기적으로 대한민국에서 해당 프로젝트를 진행하는 것은 불가능한 일입니다. 재단의 시작에 국익과 정치적인 요소가 개입하거나 충분한 의심을 받을 만큼의 여지가 있다면 시작조차 하지 않는 것이 좋습니다. 잘못된 시작은 일을 분명 그르칠 테니까요. 사실 저도 어느 정도 큰 결심을 하고 있습니다. 그건 최민식 이사님과 차후 이야기를 나누려고 합니다."

"네, 회사 내·외적으로 수습이 필요합니다. 이른 시일 내에 의견 말씀해 주세요."

"네, 생각하고 있는 부분이 있으니 그렇게 하도록 하겠습니다."

"아, 그나저나 대표님은 결혼 생각 없으세요?"

"결혼이요? 저처럼 힘들게 사는 사람과 누가 함께 살 수 있겠어요."

"강윤서 비서 참 괜찮지 않아요?"

"픕, 푸우~~!"

이재용은 마시던 커피를 뱉어 버렸다.

최민식 이사는 빳빳한 하얀색 셔츠에 커피를 얻어맞고도 덤덤하게 이재용을 바라보았다.

"괜찮으세요?"

최민식이 말했다.

"죄송해요. 이사님 셔츠는 제가 새로 사 드리죠."

이재용은 동공과 손을 덜덜 떨며 말했다.

"괜찮아요. 아, 그나저나 강윤서 비서 참 괜찮지 않아요?"

최민식은 되물었다.

"아……. 하하, 참 괜찮고 훌륭해요. 하지만 저는 같은 회사에 다니는 동료이고 강윤서 비서는 성격이 시원한데 저는 조금 답답하고, 강윤서 비서는 인기도 많고 활동적인데 저는 집에 있기를 좋아하고, 강윤서 비서는 저보다 더 훌륭한 사람들을 만날 수 있는 사람이에요. 강윤서 비서는 저보다 외국어 실력도 뛰어나고 AL 그룹에만 있기에는 아까운 인재기도 하고요. 또 강윤서 비서는 화목한 가정도 있을 텐데 저는 혼자이고……. 무엇보다 제가 강윤서 비서에게 관심을 둔다면 강윤서 비서가 이 회사에 다니면서 많이 불편할 것 같고……. 참 괜찮고 훌륭한 분이죠, 강윤서 비서는……."

이재용이 말을 흐리며 커피를 들이켜는 순간 뒤에서 익숙한 목소리가 들려왔다.

"저를 그렇게 좋게 봐 주시다니 정말 고맙네요, 대표님."

강윤서의 목소리였다.

"풉, 푸우!!!!"

목소리를 듣고 매우 당황한 이재용은 최민식 이사에게 다시 커피를 뿜었으며, 최민식 이사는 속을 알 수 없는 옅은 미소를 남기며 자리에서 일어났다.

"대표님, 제가 지금 입고 있는 셔츠는 디올 셔츠입니다. 다음에 선물 꼭 기대할게요. 오늘은 이만 먼저 일어나죠."

"앉아도 되죠?"

강윤서가 말했다.

"그럼요! 하하."

"아까 프레시테리아에 왜 안 들어오셨어요? 한참 동안 기웃거리길래 누구를 찾나 했거든요."

강윤서가 말했다.

"아, 최민식 이사 기다리고 있었어요. 그 앞에서 만나기로 해서⋯⋯. 하하!"

이재용이 말했다.

"오늘 허락해 주시면 조금 일찍 퇴근하려고 하는데, 괜찮을까요?"

강윤서가 말했다.

"아! 그렇게 하시죠. 그런 것까지 저에게 이야기하고 일찍 퇴근하실 필요는 없습니다. 무슨 일이라도 있으신가 봐요?"

이재용이 말했다.

"아, 식사 약속을 하려던 참이거든요."

"아, 캠벨 CEO와 함께 계시던데 그분하고요?"

"아니요. 대표님 휴무인데 딱 봐도 바쁜 사람 같지는 않고, 오랜만에 동해에서 함께 식사나 할까 하고요."

"화장실 다녀올게요. 앞에 차 준비할 테니 조금 뒤에 봐요."

이재용은 최대한 진정하려 애쓰며 빠르게 대답했고 휙 일어나 서둘러 화장실로 향했다.

이재용의 뒷모습을 바라보며 강윤서는 피식 웃어 보였다.

그날 둘은 무엇인가 미묘한 분위기 속에 동해의 한적한 포장마차에서 평화롭게 일렁이는 파도를 바라보며 많은 이야기를 나누었다.

"어때요?"

강윤서가 말했다.

"뭐가요?"

이재용이 말했다.

"괜찮은 저와 오랜만에 한적하게 데이트하는 거요."

"데이트요? 하하! 우리 사이에 데이트가 어디 있어요. 함께 이야기를 나누는 모든 것이 업무죠! 하하!"

"그럼 앞으로는 업무적으로 일 이야기만 계속해요."

"아니요. 지금은 데이트가 맞아요. 제가 착각했어요."

"요즘 언론과 정계가 아주 시끄러운데, 혹시 고민하고 계신 건 없으세요?"

"사실 아무에게도 이야기하지 않았는데, 윤서 씨가 회사 경영권을 위임받지 않으신다면 김보경 CFO에 경영권을 넘길 생각이에요."

"차라리 외부에서 고용하는 것은 어떠세요?"

"아니요. 단순한 CEO는 소용없어요. 우리 회사의 흐름을 전체적으로 파악하는 것만 해도 외부 고용 CEO는 1년이 넘게 걸릴 겁니다."

사실 정계와 여론의 상황이 좋지 않아 이재용은 대표 자리에서 물러나고 HF에만 몰두하는 것이 모든 논란을 잠재우기에 가장 알맞은 전략이었다.

일주일 뒤, 결국 이재용은 김보경 CFO에게 CEO 자리를 권하였는데, 놀랍게도 김보경은 강하게 CEO 자리를 거부하였다.

심지어 CEO 자리에는 강윤서 비서가 적격이라며 적극적으로 권유하는 등 기존에 야욕이 있다는 소문과는 다르게 반응하자 이재용은 깜짝 놀랐다.

날씨가 무더웠던 어느 여름날, 결국 이재용은 석 달 동안의 설득 끝에 강윤서를 CEO로 위임하는 것에 성공했다.

AL 그룹의 CEO 자리를 강윤서에게 위임한 후 정계와 언론, 여론은 서로 다툼이 벌어졌다.

서로 기업의 자유권을 침탈하고 정권의 욕심만을 위해 대한민국 많은 수의 일자리를 창출하고 세계 일류 기업을 탄생시킨 세계 영향력 1위 이재용을 쫓아냈다며 말이다.

이재용의 행보 때문이었는지 세계적인 문제를 해결하는 데 앞장서고 노벨 평화상 후보까지 오른 이재용을 내쫓은 정계와 언론들은 세계적인 비판에 시달렸고 이재용을 영입하려는 국가와 기업이 많아졌다. 또한 이재용을 옹호하는 기사와 글로 온라인 커뮤니티는 도배되었다. 이러한 분위기는 이재용이 HF에만 더욱 집중할 수 있도록 해 주었다.

스위스 생모리츠 엥가딘 산맥에는 이재용이 겨울마다 가는 별장이 있었다. 그곳에서 머스크와 최민식 이사 그리고 이재용이 함께 위스키를 나눠 마시고 있었다. 그들은 이재용의 행보와 선택들에 대해 격려와 칭찬을 아끼지 않았다. 강대국들의 비판과 여러 의혹을 한 번에 없애는 탁월한 선택이라 생각했기 때문이다.

심지어 5개월 뒤, 이재용과 강윤서는 비밀리에 약혼을 했다.

최민식 이사에게 커피를 두 번이나 뿜었던 날, 둘 사이에 불꽃이 생겨났고 이윽고 불이 붙어 버린 것이다. 이재용은 그날 강윤서와 미묘한 분위기 속에 동해의 포장마차에 가게 되었다. 그리고 이재용은 만취 상태가 되도록 술을 마셨으며 그날 강윤서에게 마음을 전하였다. 댐에 있는 작은 구멍이 걷잡을 수 없이 커지듯 마음에 있던 모든 것을 취기에 고백했다. 그리고 이재용은 지금 당장 강윤서를 제대로 잡지 않는다면 대기업의 공룡들에게 언젠가 그녀를 빼앗길 날이 머지않았다고 생각했다. 물론 이재용의 이야기를 모두 들으면서 그녀는 눈이 달덩이만큼 커지며 당황했다. 아마도 이재용이 고백할 정도의 용기 있는 사람이라 생각하지 못했기 때문이었을 것이다.

그날 이후 수줍음과 따뜻함이 둘 사이에 감돌았다. 평소 곧고 강했던 강윤서가 여성스럽게 행동하는 모습은 기업 내부의 사람들이 봤을 때 분명 어색해 보이기까지 했다. 또한 그때부터 강윤서는 다른 기업의 남자들과는 별도의 자리를 갖는 것을 조심했다. 어색하고 서툴렀지만 섬세하고 가장 따뜻하게 서로를 챙겨 주며 둘은 업무적인 관계를 유지했다.

5개월 전 어느 날이었다.

이재용은 강윤서에게 할 이야기가 있다며 생각 공원 전나무 근처로 그녀를 데려갔다.

맑았던 어느 날, 전나무 아래에서 이재용은 맨정신으로 그녀에게 마음을 전달했다. 달려드는 동진이를 쓰다듬으며 눈을 마주치지 못하고 그녀에게 프러포즈까지 하게 된 것이다.

"계속 바쁘고 힘들죠?"

이재용이 말했다.

"그렇지는 않아요."

그녀는 전혀 아니라는 듯 말했다.

"그럴 리가요."

"오히려 CEO가 되었더니 더 일이 줄었지 뭐예요? 어차피 제가 하던 업무들이서……."

"하하, 그러고 보니 그렇네요."

"뭐 하실 말 있어요?"

강윤서는 잔뜩 긴장한 채로 얼굴이 빨개져서 말했다.

"아, 아니……. 윤서 씨, 혹시 퇴근하고 나서 누구 도움 같은 거 필요한 적

없어요? 윤서 씨도 혼자 지내는 것 같아서요."

"없는데요?"

"아, 그냥 아무래도 여자인데 혼자 괜히 걱정되기도 하고, 또 제가 같은 회사 동료로서 불안하기도 하고……. 하하! 다행이네요."

"갑자기 그게 궁금했다고요?"

"하하! 아니 요즘 부쩍 업무적으로 붙어 있다 보니 그런 생각이 들더라고요. 그동안 잘 못 챙겨 준 게 아쉽기도 했고요."

"한 가지 굳이 퇴근하고 필요한 게 있다면……. 그냥 밤에 함께 조깅하거나 식사해 줄 사람이 없기는 하죠."

"네! 바로 그거예요. 그게 어떻게 보면 도움이 필요한 일이라는 거죠."

이재용이 바로 반색했다.

"그런 개념이라면 도움이 필요했다고도 할 수 있겠네요."

"그, 그, 그 도움을 제가 줘도 될까요?"

"언제요?"

"아! 필요할 땐 아무 때나 말만 하면 됩니다."

"전 제가 가끔 필요할 때 불러서 도움을 받고 싶지 않은데요?"

"아…….'"

"한번 시작하면 죽을 때까지 도움을 주는 사람이 필요할 뿐이죠."

"죽을 때까지 제가 윤서 씨를 돕는 사람이 되어 줄게요."

이재용은 무언가 간절한 듯 그녀에게 말했다. 그리고 이재용의 진심이 느껴지고 다소 간절해 보이는 눈빛을 처음으로 본 강윤서는 웃음이 터졌다.

그날 이후 그들의 비밀 연애가 시작되었다.

나중에 알고 보니 이재용이 강윤서를 칭찬했던 날, 최민식 이사가 강윤서에게 카페에 조용히 와 달라는 메시지를 보냈다고 한다.

　그렇게 3년이 흘러 아프리카 '지부티'에는 AL 생각 센터와 비슷한 구조의 HF 본부가 거대한 크기로 건설되었다. 그리고 기존에 발표했던 연구 과제 10가지가 그곳에서 세계 최대 규모로 연구되기 시작했다.

　세계 최초로 모든 인류가 혜택을 보게 되는 그 연구가 드디어 막을 올린 것이다.

제 3 장

열 가지 축복

날씨가 더운 아프리카 지부티에 그동안 아프리카에 존재하지 않았던 새로운 양식의 건물이 지어졌다. 마치 그 광경은 화성에 인류가 첨단 건물을 지은 것처럼 웅장했고 이질적이었다.

HF 본부와 연구소는 10각형 형태로 지어졌다. 건물들이 모인 가운데는 동그란 타워 모양이었고 10개의 건물이 솟아오른 형태였다. 10개의 건물은 꽃잎처럼 생겼고 가운데 시설은 해바라기 씨앗처럼 생겼다. 또한, 각 건물을 이어 주는 중앙 연결 통로가 여러 개 있었으며 이 연결 통로로 언제나 빠른 이동이 가능했다.

3년 동안의 건설 과정은 대단히 고단했다. 건물의 디자인과 건설은 HF에 참여한 건설 기업들이 맡았으며 HF가 주도하는 첫 번째 HP여서 그런지 무더위 속에서도 HF에 참여한 각 건설사가 건설 기술들을 잔뜩 뽐냈다. 각 기업은 마치 기선 제압이라도 하려는 듯 더위에도 아랑곳하지 않고 본사 주요 인사까지 대거 파견하여 건설 경쟁을 벌이기도 했다. 대부분의 건설 작업은 낮의 뜨거운 열기를 피해 야간작업으로 진행되었다. 구조물들은 태양열에 잘 견딜 수 있도록 세라믹 코팅 처리까지 완벽하게 했고 건물 외부는 물 세척이 가능하도록 물 저장 및 물 배출 시스템까지 적용했다.

아프리카 현지에서 벌어진 건설을 시작으로 HF 내부의 단합은 그리 쉽지만은 않았다. 3년 동안 종교와 국제 정치에 관한 이해관계 등에 의해 이재용과 HF의 임원들은 극도로 피곤해했다. HF 본부가 지어지는 동안에도 쉼 없이 전 세계의 국가 지도자가 현장에 방문했다.

HF의 수장을 맡은 이재용은 협력 차원에서 그들에게 본인의 HF 설립 이념과 미래 계획을 설명하고 열심히 설득했다. 암묵적으로 자국의 이익을 위한 압박도 있었다. 한번은 미국에서 주변 국가와 테러 단체로부터 보호 장치가 되어 주겠다는 생색도 있었으나 실제로는 테러 단체로부터 경고조차 없었다. 또한 그들은 차후 자국에 해가 되는 방향으로 HF의 방향성이 변하거나 그러한 징후가 포착된다면 경영에 관한 여러 어려움이 발생할 수도 있음을 경고하기도 했다. 그렇게 하지 않으려면 자신들에게 비공식적인 루트로 협력하는 것도 하나의 좋은 방법이라며 이재용을 간접적으로 협박하기도 했다.

아프리카는 전 세계의 관심 속에 아주 빠른 속도로 대규모의 투자를 받았다. 하지만 아프리카의 부패한 지도자 일부는 아프리카 발전과 교류에 대해 비상식적이고 비협조적인 분위기를 형성하기도 했다. 그럴 때면 국제적으로 아프리카를 맹비난하며 인종적 차별이 생겨나거나 정치적 분노가 들끓기도 했다. 하지만 항상 AU 총장이자 전 에티오피아 대통령인 주드가 강력하게 그들을 압박해 주었고 정치적인 문제를 해결해 주었다. 주드 대통령과 강력한 신뢰가 없었다면 아프리카에서의 여러 사업은 어려움을 극복하기 어려웠을 것이다.

아프리카 지부티는 아라비아반도와 아주 밀접해 있고 사우디아라비아를 비롯한 다른 나라들과도 인접한 국가다. HF는 사우디아라비아 등으로부터 많은 도움을 받기도 하였는데, HP에 최대 규모로 투자한 기업 중 하나가 '아람코'였기 때문이다.

아프리카는 세계 최대의 관광 및 연구 개발 영토를 보유하게 되었으며 도로와 건물, 첨단 시설에 집중적으로 투자가 이루어지면서 현지인들의 일자리가 많이 생겨났다. 아프리카에 일자리가 생겨나자 자연스럽게 문화와 경제가 발달했고 이는 유럽과 아시아에는 그다지 달가운 상황이 아니었다. 선진국을 비롯하여 부유한 국가들도 일자리로부터 고통받는 사람들은 어디서나 존재했기 때문에 '역차별' 논란은 어찌할 수 없었으며 타 국가들은 이러다 아프리카가 전 세계 최고의 경쟁력을 갖는 국가가 되겠다며 HF 분산화를 최대한 빨리 서둘러야 한다고 주장했다.

아프리카에 만들어진 세계 최대 다국적 재단은 테러 단체와 해적도 대부분 소멸시켰는데, 이재용은 주드에게 한 가지를 설득했다. 그 설득은 HF에 참여한 기업을 보유하고 있는 국가들의 군대를 의지에 따라 아프리카에 주둔하도록 허용하자는 내용이었다.

하지만 AU에서는 아프리카에 타 국적의 군인들이 잔뜩 들이닥친다는 소리에 과거 주권을 잃고 핍박받았던 사실들을 나열하며 강하게 반발하였고 여론도 그리 좋지는 않았다.

하지만 이재용은 다국적 힘을 빌리는 것은 아프리카가 경제 발전에만 노력을 기울일 수 있도록 해 주며 아프리카의 혼란스러운 치안을 안정되게 도와줄 수 있다고 설명했다. 주드와 AU는 긴 협상 끝에 이를 받아들여 아프리카에 적극적으로 투자하려 하는 미국과 중국, 유럽과 아시아 국가들의 아프리카 군대 주둔을 허용했다. 다만 아프리카 근접에서의 연합 훈련과 무력 충돌, 군사력 과시는 절대 금지하였다. 이 과정에서 이미 아프리카에 주둔해 있던 중국군과 중국 정부의 항의도 있었으나 국제 사회의 반발과 HF 이재용의 발표에 조금씩 논란은 수그러들었다.

이재용은 HP에 참여하는 기업들은 세계적인 평화와 인류의 번영을 위하는 것이 근본적인 원동력이며, 이에 나아가 새로운 방식의 첨단 기술을 얻고자 하는 것은 평화를 위한 발걸음이라는 원칙을 계속해서 이야기했다. 그리고 만약 신성한 가치를 국제 정치로 이용하거나 국가적 차원의 개입을 통해 근본적인 취지를 훼손한다면 해당 국가에 속한 기업을 얼마든지 프로젝트에서 제외할 준비와 규정 마련이 되어 있다며 경고했다.

해적질로 먹고살던 소말리아 해적들은 해적질 말고도 돈을 벌 수단과 일자리가 많아지면서 순식간에 와해되었다. 각 국가의 무장 단체와 테러 단체는 정치 및 종교와 상관없이 연합한 HF의 행보에 테러를 발생시킬 명분을 찾지 못했고 전 세계의 관심과 보호를 받는 HF에 접근하려는 생각조차 하지 못했다.

이렇게 HF는 아랍, 아프리카, 유럽, 미국, 아시아 등 진정으로 불가능할 것 같은 연합의 탄생이었다. 그리고 세계 질서와 정치 판도를 완전히 뒤집은 '어떠한 사건'으로 역사에 기록되고 있었다.

HF는 여러 논란과 역경을 헤쳐 나가며 10가지 사업을 착실히 진행했다.

본부가 지어지고 3년 뒤 이재용이 기획한 10가지 사업은 많은 성과를 냈다.

첫 번째 HP였던 물의 생산은 원자력 폐기물을 활용한 방식을 적용했다.

이재용은 미래 핵심 에너지원을 원자력 폐기물로 선정했다. 이미 지어져 있는 원자력 발전소와 앞으로 지을 원자력 발전소의 경제적인 효율성에 의해 핵분열 원자력은 수백 년 동안 해결할 방법이 없다고 판단했다. 그리고 지금 원자력 창출을 제어할 수 없다면 원자력 사용 시 발생하는 풍부한 원자력 폐기물 활용이 미래에는 경제적 가치를 만들어 낼 것이라고 생각했다. 이재용은 AU 연합국 어디든 자유롭게 통행할 수 있는 명예 아프리카 국민이자 지도자였다. 그는 발전하는 아프리카의 주축이 되어 주었기 때문에 주드 AU 총장과 아프리카 주요 지도자들에게 많은 영향력을 발휘할 수 있었고 항상 신뢰를 받았다.

그가 최소한 '어마어마한 제안'을 할 수 있을 만큼 말이다.

그 '어마어마한 제안'이란 아프리카에 '잘 봉인된 원자력 폐기물 보관 사업'을 해 보자는 것이었다. 원자력 폐기물이 엄청나게 위험한 것은 잘 알고 있으나 아프리카의 지형적 특성상 인구 밀도가 높지 않은 공간에 잘 보관한다면 전 세계로부터 원자력 폐기물 보관료를 받을 수 있다고 설득했다. 그리고 보관한 원자력 폐기물들은 HP의 가장 큰 핵심 에너지이자 연구 재료가 되어 줄 것이라고 주장했다. 이재용은 이러한 내용을 아프리카 국민에게 공개하기 전 철저한 대비가 필요하다고 말했다. 인구 밀도가 더 높아도 걱정이 없을 만큼 원자력 폐기물을 반드시 잘 활용하고 안전하게 보관하겠다는 것을 약속한 이재용은 결국 일부 반대파를 이겨 내고 원자력 폐기물 보관 사업을 아프리카에서 실행할 수 있게 되었다.

원자력 폐기물은 상태와 안전도에 따라 각기 다른 보관료를 받았으며 보관 장소는 지하수의 여부를 검토하고 지진과 기상 이변이 적은 곳으로 선정되었다.

원자력 폐기물을 재활용하는 것에 있어서는 높은 기술이 요구되었고 HF의 원자력 연구팀은 아주 분주하게 아이디어를 생성했다.

이재용은 땅속에 원자력 폐기물을 묻는 것은 차후 재활용하기도 어려우며 자연재해가 발생했을 시 제대로 접근하여 처리하기가 어렵다고 판단했다.

그리하여 지상에 건식 보관 방식을 우선 도입하였다. 우선 기술 발전의 최종 목표는 원자력 폐기물을 최대한 활용하고 언제든지 마음만 먹으면 폐기물들의 방사능 수치를 낮추어 자연으로 방사할 수 있을 만큼의 기술력을 갖추는 것이었다. 원자력을 활용한 첫 시도는 두껍게 지어진 밀폐 시설에서 원자력 폐기물을 이용해 여러 차례 수중 폭발을 일으킨 후 저준위 방사능은 지상에서 다시 처리하고 여러 차례 폭발로 인해 얻은 열에너지를 기반으로 담수화를 만드는 계획이었다.

두 번째 원자력 폐기물 재활용 시도는 바다에서 이루어졌다.

바닷속 두꺼운 파이프로 지나는 열을 이용하였으며 자력을 이용하는 방법과 소량 분리하여 원심 분리기를 활용한 원거리 살포 방식 등 다양한 원자력 폐기물 처리 방식과 담수화 개발이 함께 진행되었다. 해당 연구 과정에서 생기는 냉각수를 가열하는 방식은 대한민국 동해에서 기존에 AL 그룹이 사용하던 원자력 및 담수화 기술을 응용했고 아프리카의 바다에는 세계 최대 규모 담수화 시설이 들어서게 되었다.

시간이 조금 지나자 다른 국가에서도 아프리카의 모범적인 원자력 폐기물 보관 사업을 시도하였으나 HF만큼의 기술력과 안정성을 확보하지 못하였기에 폐기물 보관 사업은 국민의 반대로 좌절되고 말았다.

한편 폭발식의 방사능 분리 시도에 의한 압력과 온도 차를 이용한 역삼투 방식으로 얻은 담수는 시간이 지나면서 풍족한 양의 물을 만들어 냈다.

이는 아프리카 나일강을 중심으로 일어난 물 전쟁을 억제하는 하나의 좋은 결실을 보게 하였다. 아프리카의 넓은 영토에 비해 원주민의 분포도는 제각각이었다. 아프리카 곳곳에는 담수 댐이 약 2억 톤 정도의 규모로 지어졌다. 이는 아프리카에 많은 수의 담수화 플랜트와 끊임없는 양의 배관 사업을 이루어 냈고 많은 양의 일자리와 자본도 창출되었다.

배관 공사가 들어선 지형에는 투자금과 원자력 사업으로 벌어들인 돈으로 개간 사업을 벌이게 되었으며 점차 나무와 풀이 많아졌고 아프리카에는 점차 초록빛 변화들이 시작되었다.

세계 최대의 담수화 플랜트가 만들어 낸 아프리카의 기적이었으며 해당 사업과 이에 대한 투자금은 금세 해결될 수 있었다. 몇 년 뒤 원자력 폐기물을 활용한 플랜트 사업의 안정성이 확보되자 각 국가는 적극적으로 자신들의 영토에 원자력 폐기물을 활용한 시설을 유치하기 시작했다. 특히 해양 국가들에 시설이 다수 공급되었고 이는 사업적으로도 엄청난 수익을 만들어 냈다.

한번은 미국의 메이저 에너지 기업인 '셰이븐'이 동남아 해양 플랜트와 관련된 뒷거래를 했다는 보도가 나왔다. HF 참여 기업들은 즉각 셰이븐을 향해 암묵적인 협력 거부 조치를 취했고 이때 셰이븐은 정신을 번쩍 차리기도 했다.

이번 셰이븐 사건에 의해 장기적인 관점에서 사익을 추구하는 것은 자신들의 기업에 전혀 도움이 되지 않는다는 것을 모두 깨닫는 계기가 되었다.

그렇게 물을 만들어 내는 담수화 시설은 거대해져 갔으며, 이렇게 생겨난 물은 새로운 생명이 되었다. 그 생명은 또다시 담수화 시설의 규모를 확장해 나갔다. 그리고 물은 전기를 만들었다. 그 물은 사람을 씻게 하고, 청결한 위생을 선물하였으며 갈증을 해소하여 힘을 얻게 해 주었다. 또한 물이 지나가는 곳 모두 산업이 발달하였으며 아프리카와 담수화 시설을 유치한

곳은 끊임없이 노동자들의 에너지로 시끌벅적해지기 시작했다.

HF는 유럽과 중동 또는 경제력이 우수한 몇몇 국가에도 담수화 플랜트를 건설해 주었는데, 이재용은 또 한 가지 놀라운 결단력을 보여 주었다. 담수화 플랜트를 짓고 철수하게 되면 해당 국가의 운용 방식과 기술력에 의해 생산성과 안정성이 떨어지는 것을 강조하며 담수화 플랜트를 건설한 후에도 일정 부분을 관리해 주고 해당 국가의 경제력과 인륜에 맞는 부분을 고려하여 물의 공급량에 따라 돈을 지속해서 받겠다는 제안이었다.

또한 담수화 플랜트에 사용되는 원자력 폐기물을 아프리카에 다시 가져가서 안전한 담수화 플랜트를 건설하면서 원자력 폐기물을 다시 아프리카로부터 사 오는 전략도 성공하였다. 폐원자력 담수화 플랜트 기술은 HF 소속 14개 국가, 19개의 기업이 단합하여 만든 HF의 성공적인 시작을 알리는 황금알을 낳는 거위였다.

이재용은 재단에서 이러한 사업적 능력을 인정받고 더욱 강한 추진력으로 나머지 HP까지 적극적으로 지휘할 수 있게 되었다.

두 번째 HP는 식량난 해결이었다.

이재용은 물에 대한 문제를 해결함과 동시에 담수화 플랜트를 기반으로 인류의 현재 그리고 미래의 식량난을 해결할 수 있는 식량 개발 방식을 제시했다. 그것은 바로 '해조류'와 '새우 양식'이었다.

담수화 플랜트 주변에는 미역 양식장과 새우 양식장이 높은 층으로 쌓아올려졌다. 담수화 플랜트와 함께 지어지기 시작한 이 구조물들은 겹겹이 쌓아 올린 피라미드처럼 거대했다. 이재용은 바닷물의 오염도를 유지하기만 하면 지구의 70%를 차지하는 바다에서 앞으로 500년 이상의 먹거리를 얻을 수 있을 것이라고 주장했다.

이재용과 식품 기업들은 첫 번째 필수 식량 개발 형태로 긴 고민 끝에 분말 형태를 고안했다. 이는 식품 보존력과 인간의 생존성을 높이기 위해 최선의 선택이라 생각했기 때문이다.

먼저 번식시킨 해초와 새우에서 인간에게 가장 알맞은 비율로 영양소를 추출하고 건조 과정을 통해 영양소를 유지하며 물에 섞어 먹으면 영양소를 필요한 양만큼 섭취하는 형태였다.

해조류는 바닷물에 영양소를 공급하여 번식시키기도 하였지만, 괭생이모 자반처럼 물 위에 떠다니며 해변에 산더미처럼 쌓여 다양한 국가의 어부와 관광지에 피해를 주는 해초 또한 활용했다. 이에 따라 양식뿐만 아니라 인공위성으로 피해를 주는 모자반의 규모와 경로를 예측하고 수만 톤의 모자반을 회수하여 식품으로 개발하는 방식까지 적용하였다. 이때 모자반을 회수할 때는 모자반 유입 국가로부터 작업 비용을 받을 수도 있었다.

이렇게 재활용하는 것을 통해 수익과 식량을 또다시 동시에 창출하는 효과를 얻을 수 있었다. 쉽게 진행되었던 것만은 아니었다. 이재용은 양식에 관한 전문가의 의견과 기술이 상당히 필요했기에, 대한민국 완도 출신의 김 전문가와 전 세계 새우 박사들을 영입하여 기술 발전에 힘을 실었다. 그로부터 약 1년가량의 시간이 흐르고 각종 시행착오 끝에 양식장을 건설하였다.

초기부터 새우와 해초에서 인간에게 필요한 양만큼의 영양소를 추출하는 것은 완성 단계에 이르렀으나 맛과 향은 기대 이하였다.

또한 턱 근육과 치아를 사용하지 않으면서 발생하는 문제들에 대해 해결책을 전부 마련하지 못했다. 이에 HF 참여 기업 중 '네슬레'와 '코카콜라'는 식량 연구 기술에 더해 누구나 좋아할 만한 맛을 내기 위한 깊은 고민에 빠져 있었다.

또한 분말을 물에 희석하여 먹도록 고안하였는데, 기존 음식을 섭취하던 여러 실험 참가자에게 공통으로 설사 등이 발생하는 문제가 있었다. 기존에 주식으로 다른 음식물을 섭취하던 사람들은 약 한 달가량 신체가 분말로 에너지를 섭취하는 것에 대한 적응 기간이 필요했고 초기 연구 개발 단계에서는 하루 세 끼가 아닌 일곱 끼로 나누어 셰이크 형태로 섭취해야만 했다. HFF(Heaven Foundation Food)라고 이름 지은 분말 형태의 식량은 그렇게 개발이 진행되고 있었다. 맛을 떠나 인간의 생존에는 큰 도움을 주었기에 초반부터 아주 많은 양의 생산과 배포가 이뤄졌다.

1년 정도 뒤에는 성장기별로 맞춤형 HFF가 배포되었으며 맛도 상당히 개선되었다. 또한 하루 일곱 끼로 나누어 먹었던 것을 네 번까지 줄여도 배탈이 나지 않도록 인체 흡수력을 높였다. 초기 위장이 느끼는 공복감이 심한 사람을 위해 HFF 수프 버전을 개발하기도 하였다.

하지만 여기서 기이한 상황이 발생하였다. 아프리카에서 HFF를 보급받은 일부 관리관과 배급자가 뒷거래로 HFF를 거래하고 있었다. 장기간 HFF를 복용하면 위장이 줄어들고 턱 선이 갸름해지는 등의 좋은 효과가 나타난다고 일부 다이어터에게 소문이 났기 때문이었다. 또한 동식물을 섭취하여 에너지를 얻는 것보다는 HFF로 영양분을 공급받는 것이 더욱 건강해진다는 연구 발표가 나오면서 수요가 늘어났다.

HFF를 많이 생산하고는 있었지만, 초기에는 전 세계인 모두를 수용할 만큼은 아니었기에 해당 식량이 통화로 사용되는 것은 모순적인 관점이므로 HF는 해결책을 고민했다.

해당 이슈를 우려한 이재용의 발표는 이러했다.

"인간의 기본 요건을 충족시키고자 만든 HFF의 거래는 옳고 그름의 판단이 어렵습니다. 먹지 못하는 자를 위해 만들어 낸 수단이 일각에서는 먹을 수 있는 자에게 가게 되고 가난한 자는 이를 대가로 고기와 돈을 얻는다고 합니다. 저희는 굶는 사람이 없도록 HFF를 만들었습니다. 결과적으로 HFF는 아름다운 공급은 아니지만 먹지 못했던 자들을 먹을 수 있게 해 주고 있습니다. 만약 정말로 먹을 수만 있게 하는 것이 최종적인 목표와 성공적인 결과라면 이 상황을 방관하였을 것입니다. 하지만 사람이 '먹는다는 것'은 단순한 것이 아닙니다. '먹는다는 것'에는 인문학 가치가 함께 있어야 합니다.

즉, HFF의 보급은 먹게 하는 데는 성공하였지만, 인문학 가치를 나누는 것에는 실패하였습니다. 그리하여, HFF의 생산량을 더욱 증대시켜 조만간 필요로 하는 모두에게 공급과 판매를 하려 합니다. 해당 식품의 가격은 전 세계의 유통 과정에 따라 금액을 측정할 것이며 남는 수익은 100% HFH(의료연구)에 전달되어 아픈 자들을 위한 기술 개발에 투자할 것입니다. 곧 모두에게 공급할 만큼 생산량을 늘릴 예정이니 이제는 HFF의 그릇된 거래는 멈춰 주시길 부탁드립니다. 저희 HF는 인류의 생존만큼이나 소중한 마음의 가치를 함께 전달하는 것이 궁극적인 목표입니다. 끝으로 우리는 기술 제휴를 통한 공공의 이익을 추구하는 기업이 모인 재단입니다. 막연한 자발적 기부 재단과 개념이 다름을 다시 한번 이야기해 드립니다. 그런데도 세상은 나아질 테니, 저희를 사랑해 주시고 응원해 주시길 바랍니다."

발표 이후, HF는 지독한 비판에 시달렸으며 이재용 사기론 등 다양한 이슈가 생겨났다.

"HF가 돈을 밝히는 재단이라는 것이 점차 밝혀지고 있다."

"이재용은 국제적으로 기업들을 속이는 사기꾼이다."

세계에서 가장 큰 규모의 재단에서 자금 집행이 이재용 한 명에 의해 이루어지고 있는 부분에 대해서도 비판도 많았다.

HF 초창기 시절, 중대형 자금 집행에 대해 가장 이해관계에 휘말리지 않는 책임자를 단 한 명으로 규정하기로 했는데 이 자리는 일론 머스크의 강력한 권고로 자연스럽게 이재용이 맡게 되었다.

처음 HF 설립 당시, 참여 기업들은 자금 집행과 핵심 수장의 구성에 대해 우려가 컸다. 그때 일론 머스크는 차후 내부 규정을 변경하는 일이 있더라도 이재용 한 사람에게 모든 권한을 부여했으면 좋겠다는 의견을 내세웠고 이 방식은 위험하지만 가장 효율적일 수 있다고 주장했다. 단, 이재용이 100% 청렴하다는 가정이 있어야 했다. 이는 일론 머스크 기업과 빌 게이츠 재단에서 이재용의 청렴함을 보증하기로 약속하며 논란이 수그러들었다. 이재용은 HF 참여 기업 중 메이저, 마이너 기업 각 50:50의 비율로 회계 전문가와 분식 회계 전문가들을 구성하여 AL 그룹과 자신의 8년 동안의 자금 흐름을 자세히 들여다보도록 했다. 물론 긴 시간의 분석 결과는 "분석할 필요가 없다. 기업인이라기보다 노숙인의 자금 흐름과 비슷하다고 볼 수 있다."라고 밝혀졌다.

강윤서와의 혼인이 기정사실이 된 현시점에서 AL 그룹 CEO인 강윤서의 자금 흐름도 깨끗하다고 평가받았다. 다만 이재용은 본인이 주로 이용하는 세계 곳곳에 있는 시설물에 비교적 크게 소비를 하고 있었으나 그 또한 AL

그룹 임직원이면 누구나 사전 예약 시 이용할 수 있었기 때문에 개인 사익이라고 보기에는 어려웠고, 시설물 건설에도 대부분 이재용의 자산이 사용되었다. 그렇게 HFF는 개발 및 상업화가 되었으며 이재용은 이윤 창출과 세상을 돕는 HF의 기조를 유지하며 상업화에 대한 질문에는 당연하다는 답변을 했다.

HF의 수익이 이재용에게 돌아가는 것이 아닌, 또 다른 기술 협약에 사용되는 것을 HF 구성원 모두가 알고 있었기 때문에 이재용의 결정에 의심을 하는 구성원은 없었다. 시간만 나면 아프리카 강가에서 큰 드론을 가지고 노는 이재용의 천진난만한 모습 또한 의심을 줄여주는 데 한몫했을 것이다.

이렇게 세계 최고의 기술력으로 집약되어 만들어진 HFF는 결국 2년 동안 다양한 맛으로 출시되기에 이르렀으며, 바쁜 세계인들과 Vegetarian에게 미친 듯이 팔려 나갔다.

HF에 참여한 식음료 기업들은 해당 분말 기술과 영양소 추출법, 맛과 향을 가미할 수 있는 기술을 접목하여 의약품과 우주인 식량 기술, 재난 재해 대비 비축 식량 개발 등 다양한 문제 해결에도 한몫할 수 있었다. 또한, 바다의 오염 가능성을 염두에 두고 육지에서의 미래 식량 기술 개발도 게을리하지 않았다.

세 번째 HP는 집에 대한 문제 해결(HFH, Heaven Foundation House)이었다.

처음 담수화를 아프리카에 배관을 만들어 공급할 때 일정한 거리를 유지하며 철도 공사가 함께 이루어졌다. 이재용은 황량한 아프리카에 많은 건축물이 들어설 것을 예측했다. 건축물을 위한 자재를 향후 용이하게 옮기기 위해서는 철도가 가장 적합하다고 생각했다. 이에 따라 담수 배관 사업을 진행할 때 철도 공사까지 함께 진행하였으며 공사비를 상당히 아낄 수 있었다. 아프리카 기후와 상황을 고려하여 어떤 방식의 주거지가 가장 적합할지 다양한 의견이 있었다. 처음에는 아프리카의 모래를 이용하여 유리를 블록으로 사용하자는 의견과 모래와 시멘트를 혼합한 재질로 만들자는 의견에 힘이 실렸으나 이재용은 많은 시간과 인력이 필요하다고 판단하였다. 이재용은 독일 'BASF'사를 중심으로 플라스틱 블록 개발팀을 신설하였고, 가능한 기존 플라스틱을 재활용하는 방식을 선택했다. 재활용 플라스틱과 양질의 플라스틱을 활용한 블록들은 철도를 통해 보급하였다.

HFH는 HF에 소속된 사람들에게 무상으로 지원되었으며, 무상으로 보급받은 입주민은 상황에 맞는 적절한 노동을 통해 HF에 수익 일부를 납부해야만 했다.

레고 회사에서 블록 디자인 관련해서 노력을 많이 했다. 아프리카의 황량함 속에 빨간색, 하얀색, 녹색, 파란색 등 다양한 색상의 재치 있는 블록 하우스가 다수 완성되어 가고 있었다.

플라스틱 블록 하우스는 철도로 블록을 나르기도 아주 쉬웠고, 지반의 상태에 따라 높이도 다양하게 지어 마치 놀이동산 같은 알록달록한 색으로 아프리카 아이들에게 친근함을 주었다. 플라스틱 외부는 HF의 본부처럼 특수 코팅하여, 최대한 태양열을 잘 견딜 수 있도록 설계하였으며 모기 등의 해충으로부터 보호받을 수 있어 거주지가 없었던 아프리카인들의 건강에 큰 도움이 되었다.

초반에는 플라스틱 블록을 기반으로 한 구조물에 대해, 유해성 논란이 있었으나 환경 안전 검증까지 받았고 건설사마다 내부와 외부 디자인 대회를 열어 독창적인 인테리어가 나오게 되었다. 평소 이재용의 별장을 지을 때마다 도움을 많이 받았던 영국의 인테리어 디자이너 '켈리 호픈'이 단지마다 있는 관리 센터의 인테리어에 관여하였다. 켈리 호픈은 짙은 회색의 소파와 바닥, 금장 라이트와 장식장, 벽에 걸린 원주민 초상화 등으로 분위기를 살려 1차 HF 인테리어 대회에서 가장 높은 점수를 받기도 하였다.

여러모로 고급스럽게 지어진 플라스틱 블록 하우스들은 유튜브와 SNS를 통해 공유되었고, 아름다운 집이 지어진다는 소식에 다른 국가에서도 블록 하우스가 유행하게 되었다. 해당 건축물의 설계와 플라스틱 재활용 공법 등에 참여한 기업들은 세계적으로 폐플라스틱 하우스를 지어 주며 돈을 벌었고, 플라스틱 재활용 공법의 기술 발전에 따라 석유와 폐플라스틱의 가치가 아주 높게 치솟기까지 했다.

플라스틱의 강도를 강하게 하여 건축 자재로 사용할 수 있게 되면서 시멘트와 철강 산업 발전이 정체기를 겪기도 했다.

초기 폐플라스틱을 양질의 플라스틱으로 바꾸기 위해 많은 노동력을 투입하였는데, 차츰 본드를 쉽게 제거할 수 있는 약품이 개발되면서 조금 더 수월하게 플라스틱 재활용이 이루어졌다. 콘셉토스 플라스티코스 기업이 대표적으로 폐플라스틱을 강화하는 기술을 가지고 있었고 이를 중심으로 훌륭한 자재가 탄생할 수 있었다. 문제는 몰려드는 난민 수에 비해 집의 공급이 늦어지는 것이었다. HF는 집을 짓는 노동력에 비례하여 우선적으로 입주할 수 있는 권한을 주기로 했다. 추가로 HF에서 임금을 주며 고용까지 하게 되었다. 이는 경제를 활성화했고 건축 기술과 새로운 하우스 자재의 탄생이 공존하도록 도왔다. HP 초기에 할당된 연 13조 3천억 원의 건축비로는 매년 최대 600만 명에게 주거지를 제공할 수 있었는데, 수천만 명의 지원자를 감당하기에는 무리가 있었다. 결국 이재용은 마냥 집을 지어 주는 방식이 아닌 고용과 공급을 동시에 하는 전략을 추진했다.

전 세계 곳곳에 폐플라스틱으로 만든 블록 공장을 신설하였고, 생산된 블록을 아프리카로 들여왔다. 이때 블록의 디자인을 실제 레고와 비슷하게 생산하였는데, 레고 회사에서 집을 설계하는 설명서를 만들어 아프리카 주민들에게 블록과 설명서를 제공하며 직접 집을 제작할 수 있도록 했다. 배관과 기초 설계만 도와주면 차곡차곡 집이 만들어져서 점차 HF의 건축 예산을 대폭 줄일 수 있게 되었다. 전 세계에서는 플라스틱 구하기가 유행이 됐으며 심지어 수년 전, 쓰레기를 매립하였던 곳을 다시 파내 플라스틱들을 발굴하기까지 했다. 이에 따라 전 세계의 건설 패러다임이 바뀌었으며 길가에서 흔히 플라스틱을 찾아보기 힘들게 되었고, 음료 제조업체는 플라스틱 가격의 상승으로 음료를 다시 유리에 담아 판매해야 할지 깊은 고민에 빠지게 되었다.

네 번째 HP는 의류였다.

전 세계의 의류 기업들은 어떻게 의류를 기본적이고 실용적이며 대중적인 디자인으로 만들지 고민에 빠졌다. 우선 의류가 있어야 해충이나 날씨로부터 보호받을 수 있었고 실용적인 디자인과 유행이 없는 것이 중요했다. 약 2주가량의 HF 회의를 통해 세 가지 방식 중 하나로 문제 해결점에 접근하기로 했다.

첫째, 버려지는 의류를 리폼하여 제공한다.

해당 안건은 실용적이며 비용을 많이 절감할 수 있다는 의견이 있었으나 재활용한 의류를 제공해야 한다는 부분에서 수혜자의 감정적인 부분에 대한 우려가 있었다.

둘째, 공통된 하나의 디자인으로 추위용, 더위용, 작업용, 취침용 등 구분하여 대량 생산을 하자는 의견이 있었으나 이는 조건 없는 기부만이 아닌,

기술 발전을 이룩하는 것 또한 목적이라는 HP의 취지와 어긋난다는 의견이 있었다. 그리고 명품 또는 대중적인 의류 브랜드들이 공익적인 의류 디자인을 설계함으로써 가져갈 수 있는 디자인 창의력과 본인들의 브랜드에 응용할 수 있는 생산 기술을 습득하는 것 또한 중요하다는 의견이 있었다.

셋째, 계절마다 블라인드 의류 디자인 패션 대회를 열어 상위 득표 기업의 디자인을 대량 생산하자는 의견 또한 힘을 받았다.

약 한 달 후 셋째 의견이 가장 높은 표를 받았고, HF에 참여한 의류 기업들은 함께 디자인을 공유하는 것이 아니라 분기마다 정기 패션 대회를 열기로 합의했다. 해당 대회는 분기마다 의류 용도에 따라서 주제를 정하고 해당 경연에서는 내구성, 디자인, 가성비 등을 주제로 평가를 받았으며 이에 우승하는 브랜드는 주어진 기간 동안 많은 양의 의류를 생산하고 판매할 수 있는 권한이 주어졌다. HF는 그 기간 동안 보급용 의류를 제작하는 기업에 제작비를 지원하였으며 브랜드의 가치가 전 세계적으로 홍보될 기회를 주었다. 하지만 가성비를 따지는 타당성 조사에서 합격해야 했기에, 지나치게 고급 소재만으로 경연에 참여하거나 보급형으로 제작하기는 어려웠다. 향후 대회에서 이긴 해당 브랜드가 생산하는 보급용 의류에는 해당 브랜드의 마크가 자율적으로 찍혀 보급되었으며, 보급용 의류가 돌고 돌아 다른 국가에 판매가 되기도 하였다. 첫 1분기 경연에서는 각 의류 브랜드들이 다소 소극적으로 출품했다.

어느 날 더위용 상의 디자인 1분기 대회에서 있었던 일이다. 우승은 루이뷔통이 차지했다. 하지만 모노그램과 다소 흡사한 복합적인 문양이 옷에 들어갔다며 경쟁 브랜드사 일부에서 우승 무효를 주장하였고 무효로 하지 않는다면 HF에서 탈퇴하겠다고 선언했다. 하지만 2분기부터 패션 대회의

수상한 천국

시청률이 아주 높아졌고 SNS에서 더욱 높은 관심을 받자 이내 탈퇴 의사는 철회하게 되었다. 하지만 이때부터 참여 기업들은 각 브랜드의 특성을 노골적으로 드러내기 시작하였고, 해당 브랜드들의 불공정한 대회 참여는 투표자들의 눈살을 찌푸리게 했다.

6~7분기가 되자 서서히 대회가 체계를 잡아 가기 시작하였으며 신생 패션 브랜드들도 패션 대회에 참가하기 위해 HF에 기부 의사를 밝히기도 했다. 초기 1~2분기에 출시했던 의류의 디자인은 1년 뒤부터 유행하기 시작했고 '디올 1분기 에디션', '루이뷔통 1분기 에디션' 등 다양한 한정판들이 생겨나기도 하였다.

재미있는 일도 있었다. 한번은 HF의 의류 기술 본부로 긴급하게 호출을 받은 이재용이 재단 본부 로비로 들어서자마자 경악하는 일이 있었는데 로비의 손잡이와 바닥, 천장 전부 명품들의 로고가 서로 앞다투어 도배되어 있었다. 대형 브랜드들이 분기마다 받은 평가 점수와 지분 참여도에 따라 HF 의류 본부에 로고를 새겨 명예를 높이자고 합의한 것이었다. 인지도가 다소 낮은 브랜드들의 항의가 들끓었다.

그중 가장 많은 비판을 받은 브랜드는 '롤렉스'였는데, HF 의류 본부의 출입구 손잡이가 모두 롤렉스 로고로 바뀌어 있었기 때문이다.

다른 명품 시계 브랜드 관계자들은 출입구를 지나갈 때, 어쩔 수 없이 손잡이를 잡아야 했기 때문에 지독한 모욕감과 불쾌감을 겪었다고 했다. 아니나 다를까 어느 날 보니 한쪽 문 출입구의 왕관 모양 롤렉스 손잡이 가운데 부분이 뒤로 구부러져 있었다.

롤렉스는 1분기 시계 디자인 경연 대회 우승 팀이었다. 롤렉스는 시계 디자인 대회에서 해상 경호를 맡은 간부에게 오이스터 디자인의 스테인리스 시계를 착용하게 하여 모델로 내세웠다. 해상 경호를 맡은 간부는 놀랍게도 전 해적 출신 간부였으며 지금은 명예롭게 해상 경호팀으로 활동 중이다. 이 시계는 해상 경호원들의 명예를 높이고 지금은 해적이나 약탈의 시대가 아닌 세계를 위해 화합하는 시대라는 상징적인 의미로 높은 점수를 얻을 수 있었다.

향후 롤렉스는 시계에 은을 사용하여 육지 및 해상 경호를 맡아 주는 소말리아의 해적 출신 간부들에게 '롤렉스 오이스터' 디자인의 시계를 제공하였다. 따라서 이 시계는 간부의 표식이 되기도 했다. 그 외에도 건축 또는 위험 지역에서 일하는 사람들에게 'G-SHOCK'이 무상으로 시계를 지원하며 내구성에 대해 다시 한번 주목을 받게 되었다. 이 시계는 아프리카인 사이에서 손목에 땀이 차도 쉽게 씻을 수 있는 시계로 좋은 평가를 받게 되었고 다음 대회에서 2위를 차지하였다. G-SHOCK은 오른손에 큰 해머를 든 강한 이미지의 아프리카인을 모델로 내세워 브랜드의 이미지가 야성적이었다. 이 때문에 전 세계 공사 현장에 있는 인부들 사이에서는 G-SHOCK 시계가 유행했다. HF 본부에서 바다 쪽을 향해 지어진 건물은 신발부터 모자까지 의류를 만드는 패션 기업들로 구성된 건물이었는데 건물의 외관부터 패션 기업들이 일하는 곳답게 화려했다.

다소 칙칙하게 보일 수 있는 건물의 외관에는 영향력이 큰 패션 브랜드 순서대로 로고가 수놓아져 있었으며, 이로 인해 소리 없는 아우성 같은 디자인 경쟁이 한창 벌어졌다. 20층부터 1층까지 브랜드 평판 가치가 높은 브랜드가 순서대로 해당 건축물을 장식하였으며 상층부부터 샤넬, 에르메스, 롤렉스, 카르티에, 코치, 구찌, 루이뷔통, 프라다, 펜디, 버버리가 순서대로 자리했다. 10층부터 1층까지는 그 외 브랜드 인지도와 브랜드 가치가 높은 캐주얼 또는 아웃도어 브랜드의 로고들이 구석구석 수놓아졌다. 의류 산업의 발달은 HP 중 유일하게 화합으로 기술 발전을 이룩하는 것이 아닌 창의적인 경쟁을 바탕으로 본인들의 디자인을 발전시켜 나갔다.

다섯 번째 HP는 의료였다.

전 세계적으로 가장 민감한 분야였다. 생명 및 치료가 직결된 문제였기 때문에 해당 HP는 전 세계인 모두가 가장 이목을 집중하는 사업이었다.

이재용은 아프리카뿐만 아니라 전 세계적으로 문제가 되는 질병 연구를 굳이 아프리카에서 계속해야 하는지에 대한 비판에 시달렸다. 의료뿐만 아니라 다양한 역차별의 이슈로 계속 시달렸으나 특히 이번 분야는 더욱 그러했다. 이때 이재용은 '행복의 풍선 효과' 논리를 적용할 수 없음을 세상에 통보했다.

YOUTUBE – HF TV

"전 세계 어디든 기본권을 보장받지 못하는 어려움에 부닥친 곳이 많다는 것을 알고 있습니다. 하지만 인간이 우주로 가고 싶다면 세상 어딘가에는 우주 분야 최고의 시설이 필요하고 최고의 우주 기술 인력과 우주 기술 교류가 이루어져야 합니다. 그것이 어디든 시작이 필요하고 그 시작으로 우주 기술은 차후 우리에게 나누어집니다. HP 의료 분야 또한 그곳이 어디든 그저 시작의 장소에 불과합니다."

처음 HF에서는 HFH에 위임하여 의료 시설의 건축을 부탁하였으며 전력과 물, 교통 시설이 비교적 풍부한 곳을 중심으로 의료 시설을 잔뜩 늘려 나갔다.

HF는 아프리카와 협약하여 의료 봉사와 의료 연구를 겸하기로 하였으며 대신 임상에 자원하는 사람들의 허용 폭을 조금 더 넓게 허용해 달라고 요청했다. 전 세계의 의료 기업들은 자원하는 형태로 HP에 인력을 잔뜩 보냈다. 그 이유는 HF에서 해당 의료 연구와 의료 봉사의 기여도에 따라 HF 의료 공동 연구소에 참여하는 연구 인력 인원을 할당했기 때문이다.

이는 제약 회사뿐만 아니라 민간, 대학 병원 등 우수한 의료 기관에서 의료 봉사 지원자의 행렬이 길게 이어지는 결과를 낳았다.

이번 의료 지원의 끝없는 행렬은 『NYT(뉴욕타임스)』에서 이렇게 다뤄졌다.

"그동안 가뭄 같은 지역에 이뤄졌던 봉사가 소나기 형태였다면, 이번 의료 지원 행렬은 마치 장마와 같다."

HF 의료 연구 본부는 질병 연구소의 참여 연구원 수를 12만 명으로 제한하였으며, 치료제 또는 치료법 개발 등에 있어 기술 사용 로열티는 연구 참여 기업의 연구 성과 기여도에 따라 달리 산정하였다.

시간이 지날수록 HF 의료 공동 연구소에 참여하지 않는 기업들은 자연스럽게 수익이 하락할 수밖에 없었다. 세계 의료 기업들은 연구 성과에 대한 기여도를 높이기 위해 본인 기업의 의료인을 최대한 많이 투입하여 연구 인력 파견 수를 늘릴 수밖에 없었다. 의료 본부에 참여한 기업 중 가장 눈에 띄며, 이슈가 되었던 기업은 '삼성전자'였다.

HF는 우선 연구되어야 할 의료 기술에 관하여 타당성 평가를 진행했다.

1위로 가장 많은 표를 받은 분야는 나노 로봇 치료 기술이었다.

2위는 주머니 기법 치료 기술이었다.

삼성전자는 레이저를 활용한 나노 공정을 바탕으로 나노 로봇 산업을 선포하였다. 삼성전자는 초고성능 나노 현미경을 개발했고, 평범한 크기를 제어하듯 나노 입자를 자유롭게 제어할 수 있었다. 쉽게 예를 들면 자동차 공장을 겨우 맥주잔 하나만큼의 크기로 만들 수 있었다. 맥주잔 크기에서 생산하는 자동차의 크기를 상상한다면 엄청난 나노 기술이라 할 수 있었다. 나노 로봇에는 나노 크기의 다양한 부품과 기능이 내장되었다. 나노 로봇은 인체 내에 좋지 않은 세포와 물질을 구분하여 파괴하는 방식이었으며, 새롭게 확장이 필요한 세포에 활력을 주어 에너지를 근본적으로 심어주는 방식을 선택했다.

한편 전 세계의 대표적인 콘돔 회사인 '유니더스' 또한 의료 기술에 투자했고, HP에서 아이디어를 냈는데 이것이 바로 2위 기술인 '주머니 기법 치료 기술'이다.

인간에게 주머니를 이식하여 장기간에 걸쳐 혈액량을 2배 이상 늘리는 방법이었다. 이는 근본적으로 몸에 에너지 공급량을 높여 약물 투입에 의한 부작용을 낮추고 장기간 질병과 사투를 벌이기에 유리하였다. 주머니 속에서는 더욱 자유롭게 유전자를 수정하거나 돌연변이 세포를 파괴할 수 있었으며 노화 세포를 신생아 세포로 대체하는 역할까지 수행할 수 있었다. 그렇게 의료 기술은 생각지도 못하게 세계 최고의 나노 공정을 갖춘 전자 회사와 세계 최대의 콘돔 회사가 주축이 되어 발전되어 갔다.

여섯 번째 HP는 장애 극복이었다.

이재용의 HP 기조는 모든 인간의 기본적인 요건을 충족하자는 것이었는데, 장애인은 전 세계 인구의 10억 명 정도를 차지할 정도로 많았다. 그리하여 장애 또한 HP에 포함되었는데 이재용은 HF 본부에 Convenient 교육원을 유치했다.

Convenient 교육원은 치열한 경쟁을 통해 아프리카에서 1만 5천 명, 전 세계에서 1만 5천 명의 유능한 14~17세 장애 청소년을 선발했다.

3만 명의 어린 소녀와 소년은 본인이 가진 장애 문제를 직접 극복할 수 있도록 연구 개발 현장에 투입되었다. 매년 3만 명의 우수한 장애 청소년을 교육하고 지원하기란 만만치 않았다. 하지만 이들만큼 장애의 문제점을 가장 잘 파악할 수 있는 사람은 없다고 이재용은 생각했다.

매년 15조 원의 연구비와 육성비가 투입되었으며 황홀한 혜택과 교육 지원으로 전 세계의 장애 아동들에게는 꿈의 교육 시설이 되었다. 그래서 입학을 원하는 비장애 청소년의 부모들이 본인의 자녀를 장애인으로 등록하려는 시도까지 있었다. 해당 교육원의 초대 교육원장으로는 노엘 거트 박사가 임명되었다. 거트 박사는 입소생들에게 급훈을 이렇게 전했다.

"보이는 것은 보이지 않는 것이고, 보이지 않는 것은 보일 수 있는 것이다. 만져지는 것은 만져지지 않는 것이고, 만져지지 않는 것은 만져질 수 있는 것이다."

그런데 곧 몇 가지 문제 아닌 문제가 발생했다.

노엘 거트 박사도 아주 놀랄 정도로 학생들의 교육 성취도와 창의력이 아주 높았다.

학생 대부분은 자신의 장애에 관련된 Class에 배정받았는데, 본인의 장애에 접근하는 방식 자체가 우리가 아는 상식과는 달랐다. 학생들은 일반적으로 문제를 해결하려고 하기보다는 오히려 문제를 갖지 않은 학생들보다 더 편리하도록 목표를 설정했다. 노엘 거트 박사는 항상 완성되지 않은 것의 완성은 무한한 가능성을 가졌다고 언급하였는데, 학생들 또한 '완성의 의미'를 일반적인 사람의 한계에 두지 않고 그것을 뛰어넘는 아이디어와 연구 개발에 집중했다.

한 가지 예로, 시각 센서 개발을 성인 엔지니어와 합작으로 연구하는 반이 있었는데 교육원 아이들은 단순히 보는 것에 그치지 않고 다양한 센서를 추가하려 했다. 공기에 포함된 화학 성분까지 분석할 수 있는 수준으로 만들려고 한 것이다. 대부분의 성인 연구원은 보통 사람과 비슷한 수준의 능력을 예상했지만, 아이들은 달랐다.

이재용은 노엘 거트 박사의 긴급 호출을 받고 Convenient 연구원에서 청소년 육성 방안에 대해 회의했다.

"생각했던 교육 수준이 아닙니다. 성취도와 교육 습득량이 비장애인 학생보다 월등하게 높습니다."

"Convenient 교육원을 처음 구상했을 때의 예상과 딱 맞네요."

"어떤 예상이었습니까?"

"간절한 사람과 간절하지 않은 사람의 속도 차이죠. 장애를 가진 사람은 장애가 없는 사람들 틈에서 능력 차를 극복하기 위해 '절실함'을 가지거든요. 당연히 흡수력이 엄청나겠죠. 예상했습니다."

"이것도 예상하셨을까요? 이 3D 프린터로 만든 결과물 좀 보시겠습니까?"

이재용이 앞에 놓인 물체를 기울여 보기도 하고 만지작거리면서 말했다.

"아주 멋진 톱이네요. 간결해 보이고, 작은 사물을 잘라 낼 때 아주 효율적인 구조군요."

"팔입니다."

이재용이 당황하여 팔을 떨어뜨리며 말했다.

"아주 멋진 팔이네요."

"지금 학생들은 탈부착을 쉽게 할 수 있는 다용도 팔을 만든다든지……. 심지어 휠체어를 타는 한 학생은 연구 제안서를 제출했는데 한번 보시겠어요?"

이재용은 앞에 놓인 연구 제안서를 보더니 다양한 생각에 빠졌다. 사람의 하체에 전차에 들어가는 궤도가 있었기 때문이다.

"현재 Convenient 교육원 교육생들은 본인처럼 콤플렉스를 하나씩 가진 동기생들과 함께 어울리다 보니 열등감을 전혀 찾아볼 수 없습니다."

"더 행복하겠네요."

"문제는 문제를 문제로 생각하지 않고 어떤 하나의 극복 가능한 부분으로 여기고 그것이 극복에서 멈추지 않고 초월로 나아가고 있다는 것이에요."

"어느 정도 범위를 제시해 주는 것이 좋겠군요."

"제 고민이 그거예요. 총기가 불법인데, 신체에 총을 심으면 그것 또한 불법이겠지요.

하지만 교육생들에게 저는 한계를 뛰어넘는 것을 가르쳤고 그 정도에 대한 것은 한계를 두지 않고 교육했습니다. 이제 와서 어떻게 아이들을 지도해야 할지 정말 고민입니다."

"박사님, 아주 훌륭하게 교육하셨어요. 다음 달 초에 학년별로 아이들을 데리고 남수단 평화 마을에 가서 일주일씩 하우스 설립 체험을 하도록 하겠습니다. 만약 일정이 너무 갑작스럽다면 조금 더 연기할 수 있으니 계획이 완성되는 대로 알려 주세요."

노엘 거트가 말했다.

"네, 시간 조정을 해 보겠습니다."

한편 장애인 연구소에서는 로봇 연구와 생체 연구가 한창 진행되었으며 그 속도는 아주 빨랐다. 틱이나 신경 장애를 겪고 있는 사람에게 반응이 있을 때마다 뇌에 강한 주파수를 가하는 뇌 반응 조정술 연구가 한창이었고, 해당 주파수를 수면 중에도 가하여 단기적으로 일상생활 동안 장애 반응을 억제할 수 있었다. 팔이나 다리처럼 편의적 신체 연구에 관하여서는 옥스퍼드 대학교와 카이스트, 하버드 대학교가 연계하여 로봇 공학을 2년 동안 빠른 속도로 발전시켰으나 그 형태에 대해서는 점차 Convenient 교육원 교육생들의 의지에 의해 신체 로봇들이 인간을 점차 초월하였다.

일곱 번째 HP는 교육이었다.

이재용은 모든 HP 중 교육 HP에 가장 많은 관심을 가졌다.

또 이재용은 교육이 가장 중요한 부분이라고 생각했지만, 교육의 체계나 과정에 대해서는 자세히 알지 못했다. 이재용은 기본적으로 학교에 다니지 못했던 아프리카인에게 'Heaven School'에 우선 입학할 수 있는 자격을 주었고, 의무 2년 동안 'Heaven Village School'을 수료한 학생들에게는 우선 입학 기회를 주었다. 교육을 수료하는 동안 학생 가족의 환경이 열악하다면 기본 생활 지원을 충분히 해 주기도 했다.

이재용은 교육인들과 함께 직접 HF의 교육 체계 3단계를 만들었다.

1단계, 언어

2단계, 역사

3단계, 자율 연구

언어는 세계 공통어인 영어로 통일하였으나, 자율 연구 과정에서 제2 또는 제3의 언어 학습에 대한 제한은 없었다. 또한 학생들은 지능과 학습 수준, 집중 분야를 고려하여 1년마다 K, N, D 이 세 가지 클래스로 나누어 교육을 받았다. 각 클래스 속에서 서로 위계는 없었으나 각자 클래스를 옮겨 가는 속도는 달랐고 D는 자율 연구로 가기 전 마지막 기초 교육 과정이었다.

또한, 학생들은 Heaven School을 졸업할 때까지 고대, 중세, 근대에 대한 상세한 역사 교육을 받아야만 했다. 입학 1년 후부터는 3개의 클래스 중

고대, 중세, 근대 세 가지로 또 나누어 총 9개의 심화 역사 교육 과정이 있었다. 어느 정도 공부하던 학생들은 자신이 고대, 중세, 근대의 역사 교육 중 한 가지만 더욱 집중적으로 공부하는 것을 선택할 수 있었다. 웬만한 역사학자만큼이나 아주 자세하게 역사를 배우고 세상의 이치와 원리를 깨닫게 하려는 것이 목적이었다. 이재용은 역사 속에 인류와 우주의 모든 것이 담겨 있다고 생각했다. 어떤 부분에 속한 역사 한 무더기만 제대로 공부한다면, 이 세상과 우주에 대한 근본적이고 사실적이며 가장 큰 가치를 깨달을 수 있다고 판단했다. 그 후 자신의 재능에 맞는 전공을 살리는 것도 충분히 늦지 않다고 판단한 것이다. 이에 따라 전 세계의 유능한 역사학자와 교수가 대거 영입되었다. 영입된 학자와 교수들은 본인의 역사관에 관하여 다시 한번 심층적인 연구를 했고 학생들에게 쉽게 전달되도록 노력했다. 하지만 심화 역사 교육 과정까지 오게 된 학생들의 수준은 더 이상 학생 수준이 아니었다. 심화 과정 학생들은 학자나 교수와 다툴 수 있을 정도였다. 또 역사를 바라보는 인식과 방향이 아주 다양했다. 전 세계에서 이렇게 역사 교육에만 집중하는 교육 과정은 처음이었다. 기존 교육 체계에 익숙하던 전문가들은 해당 교육 방식에 대해 대단히 모험적이며 학생들의 재능을 더욱 늦게 발견하게 될 수도 있다고 우려했다. 끝으로 모든 기초 과정과 심화 과정을 수료한 학생들은 자율 연구를 할 수 있는 자격을 얻을 수 있었다. 자율 연구는 분야와 전혀 상관없는 말 그대로 자율 연구였으며 원하는 분야에 대한 제안서를 제출하여 인정받으면 HF로부터 필요한 만큼의 자금을 얼마든지 지원받을 수 있었다.

정말 환상적인 교육의 마침표이자 보상이 아닐 수 없었기 때문에 교육에 참여하는 학생은 모두 클래스를 수료하기 위해 온 힘을 쥐어짰다.

여덟 번째 HP는 주어진 일이었다.

이재용은 일이란, 하나의 생명을 살아 숨 쉬게 하는 원동력이자 본인을 창조주로 만드는 거대한 계획과 실행이라고 생각했다. 일하지 않는 것은 까맣게 타 버린 검은 숯 먼지와 다를 바가 없다고 생각했다.

이재용은 직업 연구소 세 곳을 유치하고, 그 기관이 본인들의 존립을 지켜 준다는 원칙에 따라 HP에 참여한 모두에게 직업 교육을 병행하게 했다.

HP의 직업 연구소 구성원들은 아주 다양한 분야의 직업을 갖기 시작했다.

과학자, 수학자, 로봇 공학 연구원, 가수, 개그맨, 음악가, 교육자, 유튜버, 원자 연구원, 종교인, 정치인, 여행 가이드, 위생 관리사, 우주 공학 연구원, 슈퍼 나노 연구원, 탈모 연구원 등 참 많았다. 이재용은 직업 지원으로 향후 수익이 발생하는 HF에 소속된 모든 인원에게 Virtuous Cycle Donation(VCD, 선순환 기부)을 실행할 것인지, HF에서 탈퇴하여 앞으로 좋은 여정을 홀로 할 것인지 선택지를 부여했다.

이재용은 HF의 도움으로 성장하였지만, 좋은 가치관을 많이 배양했다고 생각하는 HF의 구성원들에게 VCD를 전혀 강요하지 않았다. 직업과 수익을 갖게 된 구성원 중 HF에 남지 않고 떠나겠다고 하는 자에게는 떠나는 것을 자유롭게 승인해 주었다. 심지어 떠나는 HF 구성원들이 분기마다 호화롭고 성대한 파티를 할 수 있도록 HF 생각 센터(지부티 센터)를 빌려주기까지 했다. 그 파티는 한번 시작하면 2박 3일은 연달아 진행되었다. 실제로 분기마다 12%~15%의 구성원이 탈퇴 의사를 밝혔다. 탈퇴 의사를 밝힌 대부분의 구성원은 세계적인 그룹들의 타깃이 되었다. 세계적인 그룹들은 수준 높은 HF의 교육을 받은 HF 소속 인재들에게 입사 공고를 냈고 그들은 높은 연봉으로 채용되기도 했다. 채용된 인재들은 대부분 다른 국가로 가족들을 모두 이끌고 HF의 기조와는 다르게 생각을 하는 자들이었다.

이재용은 처음 HF를 운영하고 대부분 어려운 계층에서 인원을 모집할 때 조건 중 하나로 강제적인 'Donation'을 생각하였으나, 그것은 오히려 HF의 진정한 가치를 훼손할 수도 있으며 오히려 더욱 좋은 에너지를 내기 위해서는 굳은 세포들(이타적인 삶을 거부하는 존재)은 제거하는 것이 HF의 장기적인 미래를 위해서 더욱 유익할 수 있다고 판단했다.

세계의 각 언론이나 여론은 HF의 도움을 받고 떠나가는 구성원들에 대해 비난을 퍼붓기도 하였으나 이재용은 오히려 그러한 선택과 용기에 박수를 보내며 억지로 잡는 일은 절대 하지 않았다. 탈퇴 구성원 중 가장 많은 수를 차지하는 인원은 HF에 들어온 지 얼마 되지 않은 부류가 가장 많았다. 일부 탈퇴 의사를 밝힌 구성원 중에서는 HF가 탈퇴 기념 파티를 성대하게 열어 줄 때 파티에 참석한 사람들과 나가는 것에 대한 가치를 공유하기도 하였고, 미래에 관해 이야기를 나누기도 하면서 어떤 이는 눈물을 흘리며 탈퇴 신청을 번복하는 일도 있었다. 하지만 구성원 대부분은 전 세계 곳곳에서, 본인처럼 어려운 처지에 있는 또 다른 구성원과 본인의 행복을 위해 본인이 원하는 분야에서 최선을 다하며 살고 있었다. 다만 매년 시간이 흐를수록 HF를 탈퇴하는 인원이 큰 폭으로 감소하였다. 그리고 다시 돌아오는 인원들도 점점 증가했다.

아홉 번째 HP는 위생이었다.

이재용은 전염을 유발하게 하는 생활 방식을 교정하고 위생용품과 감염 예방 문화, 전염병 발생 시 전염 확산 차단의 주최에 관한 연구를 강하게 원했다.

이재용은 'HPHY(Heaven Project Hygiene)'의 초대 센터장으로 중국 여

성 최초 노벨 생리의학상 수상자인 '투유유'를 초빙했다. 그녀가 고령인 점을 고려해 초대 위원장으로 노벨 생리의학상 수상자인 '율레스 호프만(프랑스)', '브루스 보이틀러(미국)'를 함께 초빙했다. HF 총회의에서는 위생 관련 연구를 크게 3가지로 분류하여 연구하기로 하였는데 회의만 약 2주 정도 소요되었다.

그리고 마침내 핵심 연구 과제 세 가지가 결정되었다.

1. 감염원의 효율적인 제거와 예방에 관한 연구
2. 전염 발생 시 원천 차단에 관한 연구
3. 빠른 면역 확보에 관한 연구

감염원의 효율적인 제거는 사람뿐만 아니라 동물에게도 전파될 수 있는 바이러스까지 모두 연구하기로 하였으며, 다만 호흡기 감염처럼 인간에게 쉬운 경로로 감염되는 순서대로 우선 연구가 진행되었다. 첫 번째 연구를 제외하고 두 번째와 세 번째 연구는 특수 연구실에서 진행하게 되었는데 연구실 제작 비용만 1조 원이 투입될 정도로 까다롭게 제작되었다.

연구실의 보안과 첨단 시설도 대단했지만, 전 세계가 기대하고 놀란 것은 연구 방식의 원칙이었다. 해당 연구의 원칙은 3가지였다.

첫 번째, 연구는 사람을 포함한 동물에게 임상하는 것이 불가하다. 단, 질병을 보유하고 있는 사람을 포함한 동물에게만 가능하다(희생을 기반으로 하는 평화는 다른 불행을 만든다는 것에 의함).

두 번째, HF와 WHO가 승인한 자료 외의 모든 연구 결과를 암호화한다(바이러스를 무기화하는 것에 대한 대비에 의함).

세 번째, 모든 연구원은 연구실에서 퇴소 시 3주 동안 지정 격리 시설에서 머물러야 하며 연구실 내의 오프라인 컴퓨터와 시설 외 모든 외부 물체의 반입 및 반출을 금지한다(바이러스 노출 방지에 의함).

해당 연구에 참여하기 위해서 아주 많은 연구원이 모여들었으나 연구에 참여하는 동안 외부와 철저하게 단절된 상태로 지내야 했기에 연구원들은 사명 의식을 갖지 않고는 견디기 어려운 환경이었다. 다만 연구원들은 3주 동안 격리된 곳에서 지내다가 나갈 수 있었기 때문에 머릿속으로 모든 논문을 기억하지만 않는다면 연구 결과물들이 치명적인 생화학 무기로 이용되는 것만큼은 막을 수 있었다. 격리 센터는 전 세계의 문화를 반영하여 만들어졌으며 세계 최고의 호텔과 버금가도록 만들어졌다. 재미있는 것은 연구원들 사이에서 본인의 국가와 다른 국가의 문화가 반영된 격리 센터를 선택하는 것이 유행했다. 또한, 해당 연구에 참여한 대학 병원 또는 기업에 우선으로 연구 성과를 사용할 수 있는 권한을 부여했기 때문에 참여 연구원은 많은 액수의 보수를 받을 수 있었다.

해당 HPHY는 차후 'HAPPY(해피) 연구'라고 불리기도 했으며 임상으로 연구하는 방법 대신 '인공 지능을 활용한 연구 방법'이 가장 핵심적으로 도입되었다.

해당 연구에 참여한 대표적인 기업은 '구글', '아마존', 'LG전자' 등이었으며 그 외에 인공 지능 관련 80여 개의 기업이 참여하였다. 그렇게 세계를 대표하는 AI 기업이 바이러스 연구의 주를 이뤘다. 연구는 인공 지능 기술이 핵심이었는데, 환자에게 임상하기 전 안전성을 최대한 확보해야 했기에 처음 임상 지원자는 정말 급한 환자가 주가 되었다. 외부의 망과 연구실은 철저하게 차단되어 있어야 했기에 빅 데이터를 내부에 보관해야 했으며, 이에 따라 불황기를 맞이했던 SSD 반도체 기술 연구가 급속도로 확대되었다. 시간이 흐를수록 안정적인 바이러스를 극복하는 'Key'가 개발되었으며 연구 개발 3년 만에 에이즈 바이러스와 말라리아 바이러스, 조류 독감 바이러스를 정복해 버렸다. 이재용은 전 세계에 치료제를 보급하였는데 일부 국가에는 무상이었으나 한 가지 조건이 있었다. 해당 치료제를 보급받는 국가는 전 세계를 자멸시키는 '생화학 무기 개발 금지 조약'에 서명해야 했다. 해당 연구는 전 세계 최고의 세포 연구 결과를 갖게 되었으며, 해당 연구 기술들은 향후 '탈모', '노화', '마비' 등에도 응용할 수 있게 되었다.

HP 마지막 열 번째는, 분석이었다.

이재용은 본인이 부재하더라도 재단의 가치와 방향이 달라지지 않고 영원히 유지되기를 바랐다. HF의 재단장실에는 이러한 글귀가 걸려 있었다.

"쇠는 튼튼함을 제공해 주지만 칼과 포탄이 되어 세상을 도륙했고, 다이너마이트는 건설 현장에서 활약하였지만 무기가 되어 세상을 찢었다."

이재용은 재단 내·외부의 문제점과 모순을 분석하며 시스템의 효율을 끌어내는 독립적인 체재의 재단 기관(향후 AL 그룹 홍보팀 대표이사가 수장으로 오게 된다) 'HFR(Heaven Foundation Road)'을 만들었다.

HFR의 역할은 이러했다.

> » 재단을 상시 진단하고 모순된 문제점을 발견하기
> » 'HFL(Heaven Foundation Law)'을 위반한 HP는 즉시 폐기하기(HP의 최종 승인 권한은 HFR에 있다)
> » HF의 올바른 방향을 상시 제시하고 바로잡기
> » HF 인재 발굴하기
> » 외부 단체 및 인사와 교류하기
> » 예산 배정 및 재정 분석하기
> » HF 참여 단체 성과 분석 및 배분하기

이재용은 재단의 모순을 아주 경계하였다. 강력한 힘을 가진 '어떠한 존재'는 항상 나은 방향으로만 가지는 않았기 때문이다. 이재용은 HFR의 초대 기관장과 부기관장을 맡은 최민식 전 AL 그룹 홍보팀 대표이사와 노르웨이의 언론사 '십스테드'의 보르드스카 비켄에게 세 가지 사항을 당부하였고 투명하고 좋은 에너지를 품은 영속적인 HF를 유지해 주길 부탁했다.

첫 번째, HF 총예산의 변동, 사용처를 일일 단위로 정리하여 업로드(HF의 재정은 모든 사람이 들여다볼 수 있으며, HF에 속한 구성원의 급여와 연봉 또한 모두 들여다볼 수 있다)

두 번째, HF의 연구 성과와 진행하는 HP의 결과 촬영 및 홍보, 수치적인 데이터 정리 및 공개

세 번째, HF 내·외부의 문제점 정리 및 모순 등 전 세계인에게 공유

그 외에도 HF가 올바른 길로 갈 수 있는 것은 자유롭게 결정해 주길 바랐다. 또한 최민식 이사는 홍보팀장, 답사팀장 등 주요 인사에 대한 결정권을 가졌는데 홍보팀장으로는 WPP 그룹 CEO '마틴 소렐'이, 답사팀장으로는 자전거로 7년 4개월 동안 세계 일주를 했던 대한민국 출신의 여행가 '박재민'이 자리했다.

홍보팀은 HF의 선행보다 효율성에 초점을 맞춰 인재들을 발굴했다. 박재민 팀장은 전 세계 곳곳으로 열악한 환경을 가진 거주지를 찾아다녔다. 그곳들에서 문제점을 찾았고, 블라인드 팀원들에게 약 6개월가량 그곳에서의 관찰 시간을 부여했다. 그들에게 해당 지역을 은밀하게 살필 수 있는 생활을 하도록 지원했고 차후 HP 대상지로 추천을 받으면 회의를 통해 HP 지원을 결정하는 방식이었다. 차후 나오게 될 인물이지만, '골든러'는 이러한 방식으로 발견되었다. 마틴 소렐은 HF의 특색을 정말 잘 이해했다. 하

지만 그렇게 되기까지 우여곡절 또한 많았다.

　이재용은 마틴 소렐, 최민식 기관장과 대한민국 AL 그룹 본사 회의실 C 룸에서 자세한 이야기를 나누었다. 그리고 그들은 생각 공원에서 긴 시간 동안 함께 생각했다.

　이재용은 마틴 소렐 CEO를 상당히 신경 썼으며 AL 그룹의 깨끗한 목적을 전하기 위해 엥가딘 산맥 별장에서 2주가량 함께 숙박하며 많은 진리와 가치를 공유했다.

　다양한 질문과 답변이 서로에게 향했으며, 이때 둘의 대화가 기록되었다면 좋은 책이 여러 권 나올 정도로 유익한 시간이었다. 이렇게 다양한 프로젝트와 다양한 인물에 의해 Heaven Foundation은 만들어져 갔다. 제법 좋은 사람이 많이 모인 듯했으며 다들 마음 한편에는 사명감으로 가득했다.

제4장

Byllion Day

"축하해요, 재용 씨."

강윤서가 말했다.

"축하해요, 윤서 씨. 그리고 우리 모두 축하해요."

이재용이 말했다.

둘은 HF 콘퍼런스홀로 향하는 오래된 아우디 R8 차 안에서 손을 잡고 서로를 축하했다.

오래된 이재용의 차는 몇 년 전 자신을 덮치는 차를 아슬아슬하게 피하며 많이 손상되었는데 평소 이재용에게 많은 감사함을 표했던 아우디 측에서 차를 수리해 주었다. 그리고 세상에 하나뿐인 클래식 슈퍼 카가 탄생하게 되었다. 아마 이재용은 속으로 '이참에 차를 바꾸어도 괜찮겠다.'라고 생각했을 수도 있지만 말이다.

이재용은 대중 앞에 나서는 것을 좋아하지 않았는데, 이날만큼은 직접 연단에 올랐다. 이재용의 차 앞에는 많은 수의 기자를 비롯한 인파가 덮쳤다.

장엄한 HF 콘퍼런스홀 연단에 오르는 이재용은 어깨까지 내려오는 곱슬 곱슬한 머리를 뒤로 넘긴 채 수줍게 웃었다.

거대한 HF 콘퍼런스홀 연단에서 마이크를 전달받은 이재용은 잠깐 멍하니 앉아 있는 사람들을 바라보았다.

"재수~!"

"재주~!"

잠깐 침묵하는 동안 이재용의 별명이 불리기도 했다. 이재용은 예수처럼 이롭다는 의미로 전 세계인에게 재주 또는 재수라고 불렸다.

AL 그룹 회의실 S룸을 모방하여 만든 콘퍼런스홀이 전체적으로 어두워지더니 중앙 스크린에서 영상이 재생되었다. 곧이어 중앙 스크린에서 슬픈 사진들과 의미심장한 과거 사진들이 재생되었다.

군인이 아이를 안고 울고 있는 사진,

아이가 아이를 안고 울고 있는 사진,

제대로 옷을 걸치지 못하고 음식을 구걸하는 아이의 사진,

오염된 환경에 노출된 가난한 자들의 사진 등…….

영상이 한동안 계속되었고 콘퍼런스홀은 숙연해졌다. 영상은 10분 정도 지나자 서서히 사라졌으며 곧이어 HF의 10여 년 동안의 여러 노력이 담긴 영상과 사진들이 재생되기 시작했다.

로봇을 만드는 영상,

바이러스를 연구하는 영상,

건설 현장에서 고군분투하는 영상 등…….

그리고 그동안 HF가 노력해 온 영상 위로 갑자기 숫자가 올라가기 시작했다.

30,000,000

.

.

.

5,500,000,000

.

.

.

.

823,482,397,234

.

.

.

.

10분 뒤

.

.

.

.

.

10,000,000,000,000,000

수상한 천국

1경이었다.

이재용은 말했다.

"1경입니다. 앞에 보았던 슬픔을 해결하기 위해 HF가 노력해 온 결실입니다."

박수가 한동안 흘러나왔다.

"이 돈은 사실 우리 재단의 돈이 아닙니다. 전 세계에 있는 기업과 개인이 슬픔을 치료하라며 지원해 주시고 투자해 주신 이 세상을 위한 돈입니다. 우리 재단의 일원들은 전 세계의 모든 기업 중 가장 소득이 높은 부류에 속합니다. 그로 인해 많은 비판을 감내해야 했습니다. 하지만 우리 재단의 일원도 사람인지라, 많은 연봉만큼 열정적으로 일하도록 하는 수단을 찾기란 쉽지 않았습니다. 이렇게 호화스러운 HF의 건물과 고소득의 일원분들을 미워하지 않고 믿고 지원해 주시는 전 세계의 기업들과 재단에 참여해 주신 HF의 일원분들께 진심으로 감사합니다."

이재용의 말이 끝나자 사람들은 일제히 일어나 손뼉을 쳤다.

"아, 참! 저는 제일 많이 일하지만, 소득은 없습니다."

"하하하!"

이재용의 재치 있는 입담에 사람들은 한바탕 웃기도 했다.

"우리는 길 수도 짧을 수도 있는 10여 년 동안 세상에 이바지를 해 왔다고 자부할 수 있습니다. 이제는 배가 고파 굶는 사람이 사라졌습니다. 시간이 미래로만 향한다면 여러분의 자녀, 또 그 자녀의 자녀는 앞으로 굶지 않아도 됩니다.

이제는 질병으로 죽는 사람이 10년 전 대비 10% 정도도 되지 않습니다.

이제는 모두가 원하는 대로 예뻐지고 멋있어질 수 있습니다.

이제는 팔과 다리가 없어도 더 강하고 빠를 수 있습니다.

우리는 새로운 패러다임을 제시합니다.

'Technical Competition' 시대가 아닌

공동 목표를 갖는

'Technical Combination' 시대로 말입니다.

남을 이기는 경쟁,

패배하면 공멸하는 경쟁,

타이밍과 운이 맞지 않으면 매몰되는 경쟁,

이익을 위해 자비를 포기하는 경쟁,

이러한 경쟁 시대에서 끊임없이 연구할 수 있는 Union,

좋아하는 것에 몰두하고 집중할 수 있는 집단,

그것이 바로 'Heaven Foundation'입니다.

누군가는 우리에게 말합니다. '정의로운 척하지 마라. 당신들은 최고의 연봉을 받는 엘리트 기업일 뿐이다.'라고 말입니다. 맞습니다. 우리는 돈을 벌어 가는 사람들로 구성되어 있고, 단지 조금 더 많은 윤리적인 가치를 실현하고 있을 뿐입니다. 하지만 우리를 보는 관점은 중요하지 않습니다. 우리는 앞으로도 이러한 기술과 자본의 융합을 기반으로 하여 이 세상을 더 발전시키는 재단이 될 것입니다. 인류뿐만 아니라, 지구에 숨 쉬는 모든 생명이 좋은 생을 살아 볼 수 있는 세상이 될 때까지 정진할 것입니다. 우리 자신과 남을 위해 모인 따뜻한 기부와 투자로 가득한 오늘을 저는 HF의 기념일로 지정합니다.

우리의 인공 피부를 이식받은 사람들,

우리의 음식과 물을 공급받는 사람들,

1년 전 울음이 이제는 멈춘 사람들,

여러분 모두를 위한 기념일이기도 합니다.

오늘 우리는 기념일을 선포합니다.

인류를 위한 Byllion Day!"

이재용의 뜻은 그랬다. 돈을 많이 버는 자를 미워하지 말고, 돈을 많이 버는 지위에 있는 자들을 활용하여 인류의 난제를 해결하자는 것이었다. 그 난제 해결의 수혜자는 결국 우리 모두이기 때문이었다. 이재용의 연설이 끝나자 청중은 다양한 반응이었다. 일부는 경이로움과 벅차오르는 감정을 나타내기도 했다. 한편 세상은 점차 편리해지고 안전해지고 있었다. 하지만 이러한 기술과 평화의 시대를 뒤로한 채 지구로 접근하는 소행성에 대한 이슈가 많았다.

수십 년 전부터 발견된 소행성은 지구를 향해 오는 것이 분명하다는 음모론이 이미 많았으나 그동안 NASA는 전혀 반응이 없었다.

하지만 최근 NASA에서 "해당 소행성은 행성의 움직임이 아닌, 능동적인 움직임이 관측되고 있다."라고 발표하고 나서, UFO 연구가를 비롯한 전 세계 모든 언론이 이 내용에 대해 집중했다. 소행성의 속도는 처음 예상과 달리 빨라지기도 하였으며 때로는 느려지기도 한다는 NASA의 발표가 다소 부정확했을 뿐이다.

한편 이재용은 연설을 마치고 아프리카 지부 AL 그룹에 방문했다.

AL 그룹은 김보경의 적극적인 추진으로 아프리카에 가장 먼저 지부를 설치한 기업이었으며 많은 연구 결과를 HF로부터 빠르게 가져올 수 있었다.

"식사하셨어요, 대표님?"

이재용이 말했다.

"왠지 함께 먹을 것 같아 기다렸어요. 연어 샌드위치에 샴페인 어떠세요?"

김보경이 말했다.

"역시, 대표님은 제 취향을 놀랍도록 알아내죠. 물론 장소는 생각 공원에서요?"

"장소는 생각하지도 못했습니다. 그렇게 하죠, 대표님."

둘은 AL 그룹 아프리카 지부의 생각 공원에서 말없이 샌드위치와 샴페인을 건넸다. 그리고 준비한 샴페인 한 병을 단 한마디 이야기도 없이 모두비우고는 회의실 T룸으로 향했다.

"오늘 이렇게 만찬에 초대해 주어서 정말 감사합니다. 오늘처럼 뜻깊은날 기억에 남을 파티였어요."

비록 한마디도 없는 식사였지만 이재용이 감사하다며 말했다.

"대표님은 짧은 머리가 더 훤칠해 보여요. 머리를 조금 자르는 건 어떠세요?"

김보경이 말했다.

"하하, 사실 이제 AL 그룹에 계속 출퇴근을 하는 것도 아니고, 살면서 긴머리를 언제 해 보나 생각하며 살았는데 이참에 해 본 거죠. 대표님 말씀처럼 내일 윤서 씨와 상의해 보고 잘라야겠네요."

"사실 오늘 약속을 잡았던 건 대표님 신변 때문이에요. 강윤서 대표님께는 전부 보고를 드리지 못했지만, 저희는 계속 대표님 주변을 경계하고 있고 탐색하고 있어요. 지난번 있었던 교통사고 또한 아주 무관하다고 할 수없었던 일이에요."

"알고 있어요. 미움을 없애려 하는데, 누군가에겐 제가 가장 위험하며 미운 존재인가 봐요, 하하."

"그래서 말입니다. 대표님께서 앞으로는 불편하더라도 외출이 필요하다

수상한 천국

면 반드시 생각 센터에 들리셔서 동선을 조정하거나 보완하시고 외출하시길 바랍니다. 대표님의 존재는 저희 AL 그룹 존재와 함께이니까요. 물론 저희가 대표님의 권위를 이용하지 않는다는 입장은 외부에 확실하게 하겠습니다. 사실 AL 그룹에 편향적인 도움을 준다고 생각하는 언론은 대표님을 음해하려는 언론 외에 없으니까요."

김보경이 진지하게 말했다.

잠시 뒤 AL 그룹을 나온 이재용은 마중을 나온 강윤서와 함께 HF 본부로 향했다.

또다시 10년이라는 시간 동안 세상은 정말 많이 변해 있었다.

35년 전 하나의 기업에 불과했던 'Apple'이 만든 스마트폰 하나로 세상이 변화했던 것과는 비교도 할 수 없을 만큼 세상이 통째로 변했다.

HF에서는 심혈을 기울였던 원자력 기술과 그 원자력을 통제할 수 있는 신소재가 아주 절실히 필요했는데 AL 그룹은 이재용의 적극적인 권유로 어떻게 보면 기술들을 빼앗기다시피 HF에 제공하고 공유했다.

물론 이는 이재용이 아니었다면 불가능했을 것이다.

하지만 이것으로 인해 이재용이 AL 그룹을 위해 HF를 활용하거나 이용한다는 사실만큼은 일단락하기에 충분했다.

요즘 시대에 특히 가장 눈에 띄는 기술은 휴대용 원자력 배터리 기술이었는데, 대다수의 사람이 아이언맨처럼 몸에 휴대용 에너지원을 붙이며 살아가도록 도와주었다.

각종 라이트로 장식된 액세서리와 의류가 유행했고 길을 비춰 주는 라이팅, 어린이를 위한 안심 라이팅 등 다양한 불빛이 도시를 비추었다.

이러한 모습은 21세기다운 21세기의 모습을 보여 주었다.

전 세계 최대 화학 기업이었던 LG화학은 HF에서 수소 기반 핵융합 원자력 배터리 개발 프로젝트의 중심을 맡았다.

몸의 신진대사를 조정하고 신체 보조 장치 등을 효율적으로 사용할 수 있게 해 주어 많은 질환을 예방하거나 신체 활동을 편하게 해 주었다. 또한 HP 중 하나였던 장애 극복 프로젝트에도 강한 영향력을 발휘했다.

HF의 역사가 흐른 지금, 세계의 전반적인 모습은 많은 변화가 있었다. HF에 소속을 원하는 세계인이 기하급수적으로 늘었으며, 아프리카를 중심으로 HF 첨단 도시들이 세계 곳곳에 생겨났다. 문제는 HF의 규모가 멈추질 않고 커진다는 것이었는데, 기술적으로 대항하려는 기업들이 점차 사라지고 기술의 융합이 유행하게 되면서 세계 기업들의 M&A 또한 폭발적으로 증가하였다. 하지만 HF에 참여하지 않고 진행되는 M&A도 결국 HF의 괴물 같은 기술 융합 속도에 머지않아 항복하게 됐다.

지금 탄생한 EH(HF의 개방형 운영 체제)의 소프트웨어 운영 체제 또한 사연이 있었다.

가장 효율적이고 안전할 것 같은 컴퓨터 운영 체제를 추천받았는데 이재용은 이때 Apple에서 만든 'IOS'를 기반으로 하고 싶었다. 하지만 Apple에서 끝까지 거절을 했다.

이에 따라 이재용은 HF의 교육을 이수를 받은 수료생들을 대상으로 소프트웨어 개발팀 TF를 별도로 신설하고 효율적인 운영 체제를 개발했다. 그리고 MS의 적극적인 기술 도움을 바탕으로 완전히 새로운 개방형 운영 체제를 만들어 냈다. 이는 너무나 효율적이고 편리한 운영 체제였다. 창의적인 생각만 있다면 프로그램을 교육받지 않은 사람도 창의적인 아이디어를 클러스터 기법으로 소프트웨어를 개발할 수 있을 정도였다.

HF는 해당 운영 체제를 한정적으로 이용할 수 있도록 계정을 나누어 주었으며, 국제법에 따라 본인의 신분과 운영 체제의 이용 기록은 완벽하게 일치되도록 추적되었다. 이재용은 개방형 운용 체제의 유연함과 인간과 사회적 호환이 너무 깊은 것에 대한 위험성을 감지했다. 이에 따라 이재용은 국제 사법 기관에 강하게 호소하였다. 앞으로 미래에 벌어질 디지털과 인간의 관계는 실제 인류의 삶과 함께 동기화될 정도로 치명적이기 때문에 남을 해치는 해킹과 바이러스는 실제 살인이나 폭력의 수준으로 처벌될 수 있도록 해 달라는 호소였다.

시간이 흘러 EH 사용뿐만 아니라 대부분의 디지털 이용에 있어 실명 인증제가 채택되었다.

HF에서 만든 EH는 유형뿐만 아니라 무형의 소프트웨어 개발에 있어 강력한 시발점이 되었다. 다만 테러 단체 또는 블랙 해커 집단을 예방하기 위해 인증 절차가 까다로워 처음 진입하고 인증을 받기 위해서는 몇 달이 소요되기도 했다.

하드웨어, 소프트웨어 그리고 핵심 에너지 기술은 세계 곳곳에 조금씩 부작용을 나타내기 시작했다. 기술 발전 속도는 아주 빨랐지만, 기술 시장의 장벽이 아주 높아져 버렸기 때문이다. 웬만한 상품의 전략으로는 개인이나 소규모 집단에서 기술 융합 시대를 따라가기가 어려웠다. 기존의 보수적인 기술력을 기반으로 돈을 많이 버는 시대는 저물었고 다수의 기업은 기존 기술에 응용할 수 있는 파생적인 기술을 만들고 특허를 내서 다시 그 기술을 판매하는 그물망 전략 노선을 펼쳤다. 즉, 한 기업이 기술 우위를 유지할 수 있는 시간이 많지 않다 보니 빨리 선점하고 그 기술을 적정한 가격에 기술 융합으로 투입하는 전략이었다.

물론 그로 인해 과거보다 300배가 넘는 새로운 기술이 나타났고, 기술 개발 기업과 그 기술 개발 제안서의 기술을 심도 있게 연구하는 기술 융합은 또 별도로 발생하였기 때문에 기술 발전 효율성과 발전 속도의 매우 빠른 증가는 부정할 수 없는 사실이었다. 즉, 기술의 빈부의 격차가 극도로 벌어진 것이다. 하지만 기술의 우위를 선점하는 존재를 비난하기는 어려웠다. 그 기술을 선점한 집단은 더 많은 스트레스와 희생을 감수하고 또 다른 기술을 만들어 내야만 했고 그 기술의 수혜자는 모든 인류이자 바로 본인이었기 때문이었다.

건강에 관한 부작용 아닌 부작용도 있었다. 한결 의료 기술이 좋아졌기 때문에 무절제한 식습관을 갖는 사람들이 늘어나기도 하였으며, 향수를 불러일으킬 만한 각 국가의 요식 또는 오락 문화가 곳곳에서 다시 성행했다. 이는 부작용이라기보다 사람들이 기술적인 부분을 믿고 자기 관리를 소홀히 하는 모습이었다. 이러한 나태함과 태만을 인류의 잘못으로 치부할 것인지는 누구도 판단할 수 없었다.

인간의 필수 요소들에 대한 확보가 쉬워질수록 전 세계 경제는 극심한 디플레이션에 시달렸다. 먹을 걱정이 줄어들고 생존에 큰 위협이 없는 세상에서 지낼수록 자본에 집착하는 사람들은 점차 감소했다. 그리고 비교적 힘든 산업 발전 분야로 진로를 정하는 사람보다는 예술이나 예체능으로 진로를 정하는 사람이 많아졌다. 이러한 사회 문화적 변화를 바탕으로 하버드 HF 연구 기관에서는 『아주 지능적이고 강력한 공산주의의 등장과 자본주의 몰락의 시대』라는 논문을 발표했다.

논문의 주된 주장은 이러했다.

"이재용은 자본주의 체제와 기술 융합을 이용하여 시장 경제를 붕괴시켰다. 본인의 소득은 없이 지구의 질을 한층 더 높인 것은 세계적인 리더십이다. 이재용의 자서전과 여러 발표를 종합해 보았을 때 그는 시간의 가치를 가장 잘 이해한 사람이기도 하다. 만약 그가 그저 재미로 자본주의 시장 경제를 붕괴시키는 중이라면, 그는 '폭력성이 없는 적당한 광기의 사람'일 것이다."

옥스퍼드 HF 연구 기관에서도 『인문주의 시대가 나타내는 미래의 생과 사』라는 논문을 발표했다.

"인간은 잘살기 위해 빨랐지만 잘살고 나면 느려진다. 이제는 모두가 살기 쉬운 세상 속에서 느려지려 하고 있다. 하지만 과학 기술적인 편안함으로 더 느릴 수 있는 세상은 '기술'이 '기술'을 창조해 내고 있으며 이에 인간은 일반적으로 느린 것이 아니라 역사 중에서 가장 초월하여 느리다. 인간은 느릴 때 인간에게 초점을 맞추고 더 느린 사람을 살펴볼 때, 그 사람을 더욱 그 사람으로 이해할 수 있다.

머지않아 미래의 화폐는 사람마다의 가치로 평가될 것이며 이 세상에서 얼마나 비중 있는 사람인지에 따라 수중에 아무것도 없어도 이 세상에서 가장 부자인 사람이 될 수 있다. 새로운 낭만주의 시대가 250년 만에 돌아왔다는 것은 매우 흥미로운 사실이다."

그렇지만 HF가 모두에게 환영받았던 것은 아니었다.

"이재용은 일루미나티 또는 프리메이슨 소속이다. 공산주의 결사대의 스파이다."라는 등 다양한 루머에 휩싸이기도 했다.

한번은 이례적으로 UN 안전 보장 이사회에 소환되기도 했다. UN 안전 보장 이사회에 명확한 사유나 잘못 없이 재단 대표가 불린 적은 처음 있는 일이었다.

UN은 이재용이 세계 기업들의 단합을 조장했고, 이에 따라 국제 질서의 붕괴가 나타나고 있다며 비판했다.

또한 노동자들의 노동 의지를 방해하는 등 HF의 역할과 선택이 호의를 위함이라고 하여도 지금보다 아주 신중한 행보를 보일 필요가 있음을 경고했다.

그러나 주요 국가 청문회에 참석하여 비판을 가한 위원들은 평소 자기 자녀를 포함하여 본인들도 화려한 라이팅을 몸에 부착하는 등 모순적인 편의와 안전을 누리고 있었다.

결국 UN 주도 청문회장에서 이재용은 극도로 분노하는 마음을 절제하며 억지로 알아듣는 듯한 제스처를 표현했다.

각 UN의 의원 이야기를 듣고 나자 이재용에게도 발언의 기회가 주어졌다.

이재용은 눈을 강렬하게 빛내며 작심한 듯 이야기했다.

"저는 겁이 많습니다. 전쟁은 영혼의 의미 없는 파멸이고, 불공평은 세계 인구의 딱 절반이 느끼는 본능적인 상처입니다. UN에서 더 훌륭하게 이러한 상처를 없애 주시길 부탁드립니다. 저는 그저 한 명도 굶지 않는 세상을 꿈꾸었습니다. 저처럼 낯가림이 있고 별거 아닌 존재 하나가 어떻게 하면 세상에 굶는 사람을 없앨 수 있을까 감히 생각하며 살았습니다. 그리고 생각했습니다. 많은 돈을 거머쥐는 것보다, 죽음을 피하는 것보다, 더 가치 있고 소중한 것은 무엇인지 말입니다. 그것은 인류애이자 희생이었습니다. 하지만 희생은 용기가 필요했습니다. 저 혼자서는 희생이 너무 두려웠습니다. 그래서 비슷한 마음을 가진 사람들을 찾아 만든 것이 HF입니다. 전 세계를 호령하는 마약왕은 이곳에 불리지 않았습니다. 전 세계의 정세를 좌지우지하는 전쟁광 또한 이곳에 불리지 않았습니다.

하지만 저는 이곳에 있습니다. 역사가 그러했듯, 새로운 시대를 맞이할 때 그 혁명가는 죽을 수도 있습니다. 그 새로운 시대의 거부감으로 제가 그 혁명가로서 죽을 수 있다면 역사가 그러했듯 저는 기꺼이 죽을 수 있습니다. 그리고 제가 사라진다면 누군가 다시 그 혁명가가 되어 줄 겁니다. 팔과 다리가 없는 누군가가 팔다리가 있는 저보다 더 빠르게 걷고 저보다 더 힘든 일을 해낼 때의 모습을 본 행복감은 저에게 다가오는 '어떠한 곤경'과 기꺼이 바꿀 수 있는 가치였으니까요."

한편 이재용은 청문회에서 작심 발언을 한 이후로 강윤서와 2세에 대한 계획을 세웠다.

결혼식도 하지 않은 둘은, 그동안 출산을 생각하지 않고 입양만 고집하고 있었는데 마음이 바뀐 것이다. 이재용은 격변하는 시기에 유전적으로라도 자신과 그나마 가장 유사한 유전자를 가진 한 명 정도의 자손은 꼭 필요하리라는 생각이 들었다.

그 자손만큼은 본인을 완전하게 믿어 줄 것이라고 생각했을지도 모른다.

한편 AL 그룹 아프리카 지부에서 나온 이재용은 강윤서와 함께 자주 가던 지부티의 인공 공원으로 향했다.

지부티의 인공 공원은 서울 AL 그룹 본사의 생각 공원 김범철 공원장이 직접 만들고 관리 감독을 맡았다. HF는 아프리카의 황량한 사막에 플라스틱을 마치 케이지 형태로 디자인하여 곳곳에 지상 동굴을 설치했다. 인공 동굴에는 물이 흘렀고 지상에 있는 많은 양의 나무는 기존 야생 동물들의 쉼터가 되어 주기도 하였다.

다만 대부분의 인공 동굴과 초목은 야생 동물들의 쉼터였기 때문에 사람이 갈 수 있는 곳은 다소 한정적이었다.

이재용은 인공 공원에서 강윤서와 함께 시간을 보냈다. 조금 지친 이재용은 짧은 브라운 색의 실크 원피스를 입은 강윤서의 다리를 베고 한동안 아무 말 없이 누워 있다가 깜빡 잠이 들었다. 따뜻한 기후 속에서도 포근하게 감싸는 석양은 이재용의 눈꺼풀을 조금 더 무겁게 했다.

강윤서는 이재용의 머리를 쓰다듬으며 물가에서 물을 마시는 자칼을 넌지시 바라봤다.

"다 똑같은데요."

이재용이 슬그머니 말했다.

"뭐라고 했어요, 재용 씨?"

강윤서가 못 듣고 말했다.

"세상이 바뀌어도, 좋아져도, 편해져도 다 똑같은 것 같아요."

"뭐가 똑같은데요?"

"제가 이렇게 윤서 씨 다리를 베고 누워서, 세상에서 제일 편안하고 행복하게 있잖아요.

이 행복은, 이 일상은 분명 제가 살아가는 원동력 중 하나예요. 이 행복한 에너지는 항상 똑같아요. 윤서 씨만 있다면요."

"제가 힘들어도 도망 안 가게 재용 씨가 옆에서 계속 바라봐 주잖아요.

식사도 못 챙긴 날은, 제가 그동안 무엇을 먹었는지 생각해서 딱 먹고 싶었던 음식을 만들어주기도 하고……. 그러니 그 똑같은 행복이 당분간은 조금 더 유지 될 거예요."

"제가 왜 윤서 씨 좋아하는지 알아요?"

"프러포즈도 이상하게 해 놓고서는……. 풉!"

"너무 예뻐서, 평생 곁에서 도움이 되어 준다고 했다면 윤서 씨가 받아 줬겠어요?"

"남자는 다 똑같다니까요. 예쁘면 다 좋아하는 거죠? 다음 주에 치료받으러 다녀올 거예요."

"그런 뜻이 아닌데……."

"늦었어요. 아, 그리고 청문회! 다음부터는 '기꺼이 죽을 수 있다.' 말고! 제 허락이 있는 한 '그럴 수 있다.'라고 정정 요청할게요."

"아……."

평온한 곳에서 아름다운 석양이 펼쳐지면 누구나 그 석양을 바라본다.

분명 같은 사람인데, 누군가는 석양만을 바라보고 누군가는 눈앞의 사람을 바라보고 그리고 누군가는 눈을 감기도 한다.

하지만 모두 석양이 아름답다는 것만은 알고 있다.

제5장

피고인 이재용

이재용은 최민식 기관장, 마틴 소렐 홍보팀장과 최근 고민에 빠졌다.

전 세계의 자본주의 질서 변화와 노동력의 빈부 격차, 공권력의 지나친 편중 등에 대해서 말이다. 노동을 전혀 하지 않으려는 계층이 증가하고 정부는 세금을 확보하기가 어려웠다. 정부는 이러한 상황들로 인해 기업을 압박하면서 기업인들의 힘은 점차 줄어들었고 편리하고 간편해진 세상의 기술들을 정부가 점차 통제하고 검열하기 시작하는 기이한 현상이 생겨났다. 자칫 인류의 기본권을 침해받을 수도 있는 위기가 생겨난 것이다. 세계적으로 고위 공무원에 응시하는 사람은 늘었으나, 낮은 등급의 공무원 지원율은 턱없이 부족해지기 시작했다. 이러한 현상을 보며 이재용은 최민식 기관장과 함께 고민했다.

최근 본인들의 전 재산을 기부하고 국가마다 분포해 있는 HF의 기관에 들어가려는 사람들을 막아야 하는지가 쟁점이었다. 경제를 이끌어 가야 할 자본가와 재력가들이 자본주의 경쟁 자체를 포기하고 HF에 즐기듯 참여했기 때문이다.

결국 국제 사회와 각 국가에서는 무료로 배급하는 HFF를 통제해야 하는 것 아니냐는 주장까지 나왔다.

"변화의 과정일 뿐입니다. 아무것도 하지 않고 나태할 수 있는 것조차 권리이자 자유입니다."

최민식이 말했다.

"그렇다면 마약은요? 어느 정도의 통제는 있어야 한다는 것입니다."

마틴 소렐이 말했다.

"국제 사회 수장들의 동의와 공감이 없는 변화는 방어 태세를 갖추기 때문입니다."

마틴 소렐이 다시 말했다.

"그래서 옳고 옳지 않음을 아는 교육이 필요하죠. 저기 낭떠러지에서 떨어지면 팔이 부러진다는 것을 교육해서 떨어지지 않게 하는 것처럼."

이재용이 말했다.

"그 옳고 그름은 누가 확신할 수 있습니까?"

마틴 소렐 말했다.

"역사가요. 이미 저희 EH 기반 인공 지능이 인류가 가장 평화롭고 행복했던 역사적 부분들을 찾아냈고, 그 역사적 사실을 기반으로 한 여러 차례의 AI 재판이 성공적이라는 평가도 많습니다."

이재용이 말했다.

"EH AI가 뭐라고 하던가요? 자본주의가 틀렸다고 합니까? 공산주의가 틀렸다고 합니까? 한낱 AI에게 인류의 가치와 방향성을 맡겨서는 안 됩니다. 새로운 AI 파시즘을 경계해야 한다고요."

마틴 소렐이 말했다.

"이렇게 다르다니까요. 하물며 저희 셋도 다른데요. 이것 참, 지구가 침략이라도 당해야 하나로 뭉치려나요."

이재용이 말했다.

"안 그래도 미국 항공 우주국에서 재단장님을 뵙자는 요청이 들어왔습니다."

최민식이 말했다.

"거기서는 또 왜죠? 제가 외계인이라도 만들어 낸다고 합니까?"

"아주 무관하진 않으시죠. 이 속도라면 지구 자체가 외계 행성처럼 되어가고 있는 것이 사실이니까요."

"하하……."

이재용이 걱정스러운 헛웃음을 날렸다.

한편 미국의 대선 기간이 다가왔고 각 대통령 후보가 HF를 생각하는 방향과 공약이 완전히 달랐다. HF의 독립성을 지지하는 대통령 후보와 HF를 국제기관의 예하로 두겠다는 대통령 후보가 있었다. 이에 따라 미국 국민 또한 격변해 가는 지구의 모습을 방해해서는 안 된다는 HF 지지자들과 HF가 인류의 자연스러운 삶의 질서와 가치를 무너뜨리고 있다는 HF 반대자들이 각각 대립하였다.

HF 반대자들은 HF 지지자들과 비교하면 상대적으로 소득이나 재산이 많은 부유층의 비율이 높았다.

최근 정부의 역할이 중요해지면서 이번 미국 대선은 세계의 중계 속에 혁신적으로 진행되었다.

미국 국민 투표소에는 저사양 흑백 CCTV가 설치되었고 비어 있는 2개의 아크릴 상자에 투표 참여자의 구슬이 동일하게 채워졌다.

하나는 전체가 검은색인 구슬이었고 다른 구슬은 검은색 구슬을 얇은 투명 유리가 덮고 있는 구슬이었다.

두 개의 아크릴에는 각각 가림막 처리가 되어 있어 손을 넣어 왼쪽 또는 오른쪽으로 하나의 구슬을 잡을 수 있었고 이걸 꺼내고 왼쪽 폐기 통으로 버린 후 최종 두 개의 아크릴 구슬 잔량을 세어 투표자 수와 줄어든 구슬의 일치 여부를 확인하고 표가 올라가는 방식이었다. 사전에 언론에서는 각 상자의 구슬 형태와 폐기 통을 철저하게 촬영할 수 있도록 했다. 그리고 저사양 흑백 CCTV를 사용했기 때문에 옮겨지는 투표 구슬은 유리 막이 씌워진 구슬인지 아닌지 구분이 어려워 공개 투표이면서 비밀 투표이기도 했다.

이 방식의 선거는 기존의 부정 투표 의혹이 불거져 나타난 아날로그 방식의 변화였다.

선거를 하기 어려운 경우에는 같은 방식의 간이 투표소를 만들거나 직접 수송하기까지 했다.

격변의 세상에서 공권력은 그만큼 중요한 요소로 자리 잡고 있었다.

"오랜만에, 별장이나 한번 가시죠, 재단장님?"

최민식이 말했다.

"이번 달은 모든 예약이 가득 찼을 텐데요?"

이재용이 말했다.

계속 바쁘고, 또 바쁠 예정인 이재용은 엥가딘 산맥의 별장을 HF와 AL 그룹 구성원들에게도 일정 돈을 지급하면 이용할 수 있도록 개방했다.

"네, 안 그래도 제가 예약은 다 해 뒀습니다. 금요일 괜찮으세요? 저도 가족과 가려던 차에 이재용 대표님께 이것저것 드릴 말씀이 있어서요."

최민식이 말했다.

"그날은 불가능하네요. 윤서 씨와 처음으로 함께 와인 마신 기념일이에요."

이재용이 말했다.

이재용은 순간 엥가던 별장에 갈 수 있다는 생각에 설렜으나, 왠지 최민식의 가족 여행 계획이 먼저라는 생각이 들어 거절했다.

"그런데 무슨 이야기인데요?"

이재용이 물었다.

"지난번, 재단장님을 상대로 여러 부호 집단이 민사 소송을 했던 사건이 기각되지 않았습니다. 재판에 참석하셔야 해요. 힘을 쓴다고 써 봤는데, 석연치 않게 재판까지 가게 되었습니다."

최민식이 말했다.

사연은 이랬다.

한 달 전, 이재용은 세계에 다양한 부호로부터 소송을 당했다. 그들은 피땀 흘린 노력과 성실함으로 얻은 부와 권력의 도움으로 여자 친구를 사귀었다고 했다. 그런데 그 여자들이 본인들을 떠나기 시작한 이유가 HF 때문이라는 것이다.

처음에는 터무니없는 기사 내용으로 치부했다. 그런데 세계 최고의 로펌을 구성하여 HF를 상대로 대형 소송까지 한 것이었다.

HF의 법무팀과 고소인들의 로펌 측이 사전 미팅을 진행했다.

상대방의 로펌 측은 확고했고, 이에 따라 재판 심의까지 가게 되었다.

판사를 앞에 두고 HF 측 법무팀은 이와 같이 주장했다.

"상대측이 이야기하는, HF가 편의와 안정을 모두에게 무상으로 제공해 주었기 때문에 본인들이 받았던 노력의 대가가 사라졌고 이에 지금까지 노력을 산출하고 배우자 또는 애인을 잃은 슬픔과 상실감을 보상하라는 것이

실로 재판장님께서는 있을 수 있는 법적 다툼의 소재라고 생각하시는지 궁금합니다. 이러한 논리라면, 복권 당첨 또한 상대적 박탈감을 유발하니 유죄라는 것과 다를 바가 없습니다."

HF의 법무팀 변호사가 말했다.

"그들은 복권을 구매하는 노력이라도 했습니다. 판사님 HF의 변호인은 전혀 해당 사건과 관련이 없는 비유로 사태의 심각성을 인지하지 못하고 있습니다. 자본주의의 균형은 어느 한쪽이 유리한 상황에서 다른 한쪽을 말려 죽이지 않아야 지속해서 유지가 됩니다. 지금 HF는 자본주의 질서를 방해하고, 본인들이 가진 거대한 자본과 기술력으로 자본주의의 균형을 무너뜨리고 있다는 사실을 알지 못한다는 거죠."

원고 측 변호사가 말했다.

"저희 HF의 영향으로 헤어졌다는 사실은 증거가 없는 무형적인 추측일 뿐입니다."

HF 측 변호사가 말했다.

"아! 현재 이별을 통보한 연인들이 모두 최근 HF의 일원이라는 이야기를 하지 않았네요."

원고 측 변호사가 말했다.

"불법 사찰이라도 했다는 걸 지금 여기서 밝히시는 겁니까?"

HF 측 변호사가 말했다.

한참 피고와 원고 측이 다투는 소리를 가만히 듣던 판사가 답했다.

"해당 사건은 시대의 패러다임의 복잡하고 빠른 변동성과 법리적 판단을 달리 해석해야 하는 요소가 있다고 판단합니다. 그리하여, 두 달 뒤 배심원 참여 재판으로 진행하겠습니다. 이상."

이재용은 이 이야기를 듣고 나서, 아주 놀랍다는 듯한 표정을 짓고는 무엇인가 골똘히 생각한 후 최민식에게 말했다.

"아니에요, 이 현상에 대해 중요하게 확인할 것이 있습니다. 그것도 아주, 아주, 아주, 아주, 중요합니다. 정말이요. 이사님, 아니 기관장님! 저의 비서진 그리고 기관장님께서도 전문 통계 인력을 꾸려 주시고……. 아! 'Heaven School'의 유능한 인재들도 조금 동원해야겠네요. 자율 연구 학생들도 좋습니다. 학습 주제는 '시대를 검증한다.' 정도로 해 둘게요. 그러니까, 저는 TF(Task Force)가 필요한 상황입니다. 그리고 저는 재판 내용에 등장하는 HF에 속한 그 '연인'들을 만나러 가야겠습니다."

이재용이 우왕좌왕하며 허겁지겁 말했다.

이재용의 갑작스러운 반응에, 최민식은 무슨 소리인지 이해하지 못해 조금 당황한 표정이었다. 그리고 지금 요구한 TF에 대해서는 상황이 조금 정리되면 다시 물어볼 생각이었다.

"법무팀은요?"

최민식이 말했다.

"필요 없습니다."

이재용이 말했다.

이재용은 그렇게, 몇몇 비서와 함께 원고 측 한 사람인 이동휘의 옛 여인 김효진을 찾아 처음으로 한국으로 향했다. 이재용은 한국 HF 센터장과 긴밀하게 연락하여 김효진과 강원도에서 자리를 마련했다. 강원도에서 이재용을 기다리던 김효진은 이재용이 언론을 통해 이미 유명해져 있는 고소 사건 때문에 본인을 찾아왔다고 생각했다.

이재용은 공항에서부터 강원도까지 이동하는 차 안에서 눈을 동그랗게 뜨고, 진지한 얼굴로 차 창문으로 보이는 하늘과 경치를 마음껏 감상했다. 날이 그렇게 밝지는 않았다. 하지만 하늘의 색깔은 명암비가 뚜렷하여 녹색과 파란색, 하얀색이 진하게 스민 듯한 날씨였다.

선착장 앞에 노란 원피스를 입은 그녀가 서 있었다. 그리고 다가온 이재용과 마치 원래 알던 사이처럼 반갑게 악수했다. 이내 이재용은, 함께 대동한 팀원들을 그녀에게 소개하며 그녀의 경계심을 풀어 주려 애썼다. 이재용은 인사와 소개를 마치고, 뒤로 보이는 짐벌 크루즈로 향했다. 짐벌 크루즈는 AL 그룹에서 만든 초호화 여객선이었다.

짐벌 크루즈는 바다 위에 떠 있는 거대한 투명 구슬 속에 배가 들어 있는 모양이었다. 구슬 속 중간에는 다리처럼 생긴 호화 객실이 떠 있었고 구슬처럼 생긴 외벽이 안에 있는 객실을 가두는 형태였다.

하지만 이 구슬처럼 생긴 크루즈는 자칫 강한 고체와 충격을 받게 되면 위험한 구조였다.

그래서 제작자는 1차 외벽에 손상이 우려되어, 2중으로 투명 외벽을 만들었다. 이 형태는 비와 눈이 와도 크루즈 객실에서 바다를 막힘없이 볼 수 있었다. 이 배는 인천대교를 건설했던 기업들과 AL 중공업이 합작하여 만든 크루즈였다. 외벽은 파도 높이 최대 55m까지 견딜 수 있을 만큼 강도가 강했으며 외부가 많이 출렁여도 선상은 여러 서스펜션이 지탱하고 있어 항상 해안과 수평을 이룰 수 있었으며 객실은 진동이 거의 전달되지 않게 설계되었다.

"색이 정말 진한 날씨죠?"

이재용이 그녀에게 말했다.

"네, 너무 짙어서 조금 무서울 정도예요."

김효진이 말했다.

"적성에는 잘 맞아요? 이야기 많이 들었어요. HF 한국 지부에서 조류 터전 연구소의 중역을 맡고 계시더군요."

이재용이 말했다.

"하하, 네 중역인지는 모르겠지만 조금 더 관심을 갖고 들여다보고 있어요."

잠시 경치를 바라보다가 김효진이 먼저 입을 열었다.

"저렇게 단체로 무리 짓는 철새와 지지배배 우는 새가 적어도 마음 놓고 지저귈 수 있는 장소 정도는 있어야 한다고 생각했어요.

그 공간이 늘어나는 만큼 저도 목표를 이루어 나가는 느낌도 들고요."

김효진이 말했다.

"한국의 HF도 잘 운영되어 가는 것 같아 마음이 많이 놓입니다."

이재용이 말했다.

김효진이 두툼한 서류 봉투를 테이블 위에 올려놓았다.

"멀리서 오시기까지 하고, 사실 그럴 필요 없으셨을 텐데요. 이번 재판으로 많이 난처해하신다는 소식은 들었어요. 이미 여기에 저의 모든 것이 담겨 있어요. HF의 일원이 되면서 그 남자를 떠났는지 아닌지 재단장님께 피해가 가지 않도록 꼼꼼하게 정리해 놓은 자료예요."

김효진이 말했다.

"정말 고맙습니다. 하지만 아쉽게도 필요 없어요."

이재용이 말했다.

김효진은 의아한 듯 이재용의 얼굴을 빤히 바라봤다.

"제가 여기 온 건, 궁금한 게 있어서입니다. 몇 가지 질문도 드리고 싶고요."

이재용이 말했다.

"어떤 질문이죠?"

"가장 궁금했던 것부터 물어보고 싶지만, 깊은 진심을 듣고 싶기에 부가적인 질문부터 드릴게요."

이재용이 말하자 그녀가 조금 생각하더니 이내 고개를 살짝 끄덕거렸다.

"하고 싶은 것을 하며 살 수 있는 데 필요한 돈이 얼마 정도라고 생각하세요?"

잠시 뜸을 들이던 김효진은, 조금 고민한 뒤 두 손을 깍지를 끼더니 먼 하늘을 바라보며 이야기했다.

"모르겠네요. 고민해 본 적이 없어서요. 배고픈 걱정만 없을 정도의 돈이면 충분하다고 생각해요. 아! 춥지도 않았으면 좋겠네요. 제가 추위를 많이 타서요."

"그럼, 조금 더 직설적으로 질문을 해 볼게요. 그 헤어졌던 이동휘 씨의 재산만큼을 준다고 하면 HF에서 나가시겠습니까?"

이재용이 물었다. 그리고는 한 가지 깜빡한 듯 부연하여 다시 말했다.

"아! 한 가지 빠졌습니다. 조금 더 현실감 있게 질문을 드리죠. 만약 그렇다면 제가 그 돈을 마련해 드리겠습니다."

이재용이 진지하게 말했다.

김효진은 조금 놀라더니, 한참 동안 고개를 숙이고 손을 만지작거렸다. 그녀는 약 5분 정도 시간이 지나자 한숨을 크게 쉬고 갑자기 하늘을 바라보았다.

크루즈에서 바라본 강릉 바다 위의 풍경은 정말 진하고, 저 멀리 수평선까지 시야를 방해하는 장애물이라고는 찾아볼 수 없었다.

하늘색이 아닌 진한 청색의 하늘과 일렁이는 파도는 지구가 사람에게 어떤 말이라도 하는 것처럼 평화로웠다.

하늘을 바라보던 김효진은 씩 웃어 보였다.

"제가 어리석은 고민을 했네요. 그 돈보다 지금 HF에 몸담고 일하는 생활이 더욱 행복할 듯합니다. 아니, 행복합니다."

김효진의 말에 이재용은 고개를 숙였다.

이재용은 고개 숙인 채 눈을 지그시 감고는 아랫입술을 있는 힘껏 꽉 깨물었다. 그리고 잠시 뒤 더 이상 참을 수 없다는 듯 얼굴 가득 차오른 웃음과 함께 소리쳤다.

"다행입니다. 정말 다행입니다."

이재용이 해냈다는 듯 말했다.

이재용은 그녀와의 만남이 아주 만족스러워 보였다.

"저도 하나 물어도 될까요?"

김효진이 말했다.

"다섯 가지 물어보셔도 됩니다."

이재용이 말했다.

"재단장님은 뭐 하시는 분이세요?"

생각지도 못한 질문을 받은 이재용은 머뭇거렸다. 이재용이 쉽게 답하지 못하자 그녀가 말했다.

"아니, 이상해서요. 사업가 같기도 하고, 사실 사이비 같기도 하고…….
재단장님 덕분에 HF가 존재하는 거잖아요. 무슨 생각으로 그런 재단을 만드신 건지, 왜 힘겹게 시달리며 사는 것인지 이해가 안 되어서요."

한참 당황하던 이재용은 이내 대답했다.

"그렇네요. 저는 제가 뭐 하는 사람인지 잘 몰랐네요. 갑작스러운 질문에 멋지게 대답하고 싶지만, 사실 급하게 생각해 낸 게 그나마 가까운 듯합니다. 그거라도 말씀을 드릴까요?"

이재용이 말했다.

"네 좋아요."

"제가 사랑하는 사람을 계속 사랑할 수 있게 날 방해하지 않는 세상을 만들려는 사람인 것 같네요. 유치하죠."

이재용이 대답했다.

"그렇게 큰일을 하시는 분이라니 대단해요."

"그게 뭐가 대단하다는 거죠? 누구나 그런 꿈 정도는 있어요."

"온전한 사랑이 방해를 받지 않으려면 많은 조건을 만족시켜야 하죠. 새들이 잘 날아다닐 수 있어야 하고, 앵두나무가 시들지 않게 잘 자라야 하고, 사람은 서로 증오가 없는 세상이 필요하잖아요."

이재용은 그 말의 의미를 깨닫고는 더 이상 이야기하지 않아도 서로를 이해했다는 듯 창밖의 진한 풍경만을 바라보았다.

이재용은 그렇게 7개의 국가를 다니며 비슷한 질문만 하였고, 그녀들은 모두 같은 결과를 말했다. 이제 HF에 소속이 된 그녀들은 무엇인지 모를 안도감을 느끼는 듯하였다.

그 안도감은, 그녀들이 돈을 받지 않아서가 아니라 그 돈보다 더 큰 가치를 HF에서 찾았기 때문일지도 몰랐다.

얼마 후, 주요 선진국의 배심원이 참여한 재판이 열렸다.

원고는 피고에게 엄청난 액수의 배상액을 요구했고 HF가 앞으로 역차별에 대한 시정안을 발표하고 사과할 것을 요청했다.

이재용은 재판 도중 마지막 변론에서 자신을 직접 변호했다.

"존경하는 재판장님, 그리고 전 세계의 시민 여러분!

나와 HF는 그 시작을 지구상에서 가장 불안정한 국가와 지역에서 하게 되었습니다. 하지만 그곳은 지금 가장 주목받고 희망이 가득한 곳으로 변했습니다. 그리고 점차 HF 희망의 씨앗은 다른 곳까지 퍼져 나갔고 조금 더 비옥한 곳에까지 HF의 정신이 심어지게 되었습니다.

지금 HF는 전 세계의 패러다임과 많은 삶의 모습을 변화시켰습니다. 하지만 그것과 별개로 원고 측의 배상 요구는 정당할 수도 있다고 감히 생각을 해 보았습니다. 지금의 변화되는 시대정신을 HF와 제가 정의를 내리는 것은 위험하다고 생각합니다. 우리는 세계인의 이해관계에 대한 공감과 화합이 이루어지지 않는 어떤 주체에 의한 변화에 대해 다시 한번 짚어 봐야할 것입니다. 해당 사건의 본질을 존경하는 재판장님과 배심원 여러분께서 정의 내려 주신다면 그 결과에 순응하겠습니다. 또 이 재판에서 패소하게 된다면 원고 측이 요구하는 배상액의 두 배를 지급할 용의가 있음을 알려 드립니다."

사람들은 웅성거리기 시작했다.

한참 뒤 판사는 판결문을 낭독했다.

"선고합니다. HF와 본인의 적극적인 반박이 없었음에도 불구하고 전 세계의 무죄 청원이 빗발치고 있는 점, 또한 원고 측 전 연인들이 오히려 원고들을 역으로 고소하며 본인들의 자유적인 가치를 훼손하였다고 주장하고 있는 점, 마지막으로 오늘 참석하신 배심원단이 만장일치 무죄라고 평결한 점을 고려하여 피고 이재용에게 무죄를 선고합니다."

해당 재판은 전 세계에서 많은 기삿거리가 되었으며 다양한 논평이 나타났다.

수상한 천국

무죄 판결은 났지만, 인류의 삶의 질을 향상한다는 명분도 어쩌면 역차별이 될 수 있다는 것에 이재용은 크게 경각심을 가지게 되었다.

HF에서는 HFR의 기관장과 전체 임원이 회의를 했다. 이재용은 선의의 거대한 세력이 소수에게 반사 손해를 가져올 수 있음을 경계했다. 또한, 이재용은 재판에서 요구받았던 배상액의 2배에 달하는 금액으로 HF에 의해 손해를 받는 '어떠한 존재'에 대해 분석반을 추가 신설하였다.

이 재판은 앞으로 벌어질 세계적인 변화에서 인류가 나아가고자 하는 방향을 시사하며 큰 의미가 있는 사건으로 남았다.

제6장

혁신을 거듭하는
연구 성과와 발전 속도

세상은 그리고 세계 경제는 많은 변화가 나타났다. HF로부터 쏟아지는 식량과 안전한 주택의 공급이 경제 붕괴의 가장 큰 요인이 되었다. 세계 곳곳은 디플레이션이 발생했다.

물은 수십 년 전처럼 무료로 사용할 정도로 아주 저렴했다. 전기도 마찬가지로 저비용으로 사용하는 시대였다. 핵융합 원자력과 수소 배터리가 보편화되면서 세상은 눈이 부실 정도로 밝았다. 몹시 가난한 사람조차 추위와 더위로부터 보호받는 시대가 열린 것이다. 사람의 좋은 컨디션은 지구가 더욱 뜨겁고 빠르게 발전하게 하는 원동력이 되어 주었다. 그리고 기존처럼 부를 과도하게 축적하려는 사람들이 점차 줄어들면서 빈부 격차는 극단적이었다. 돈이 아주 많던가, 전혀 없던가.

또한 전 세계가 기술 주도의 첨단 산업 성장을 이뤄 가면서 앞다퉈 기술 특허에 목을 맸다. 기술은 돈이나 권한을 즉시 얻게 하는 실물 경제의 수단이었기 때문이다. 현시대의 기술 브로커는 가장 인기 있는 직업 1순위였으며 각 국가는 브로커 양성에 힘썼다. 고급 기술을 가진 공무원은 상위 등급의 공직 자리를 제외하고는 대부분 퇴직했다. 그리고 그들은 개인 창업 시대를 열었다. 하지만 공무원의 수가 점차 더 많이 필요한 세상이 되었고 비교적 비전공이나 낮은 기술력의 지원자들이 공무원 자리를 차지했다.

농수산물의 소비가 터무니없이 줄어들면서, 농수산물은 더 이상 식용의 목적이 아닌 관광과 방목의 목적이 더 커졌다. 다양한 방식으로 영양소 섭취가 쉬워졌기 때문이다. 또한 국제적으로 서서히 동물보호법이 많이 생겨나고 처벌이 강화되었다. 동물보호법이 많이 생겨난 것은 개인적으로 동물을 키우는 사람이 많아졌고 야생에서도 동물 개체 수가 매우 증가했기 때문이었다. 또한 엄격한 통제가 없던 당시 식용을 위함이 아닌 그저 폭력적인 본능을 해소하기 위한 사냥이 증가했기 때문이었다.

원자력의 발달과 첨단 전자 기기의 발달은 자연을 지켜 주었다. 나무를 태워 연료로 사용하거나 기업에서 종이를 사용하는 일이 아주 적어졌기 때문이다. 산림은 풍성해졌고 지구 곳곳은 다시 초록빛으로 물들었다.

건설사들은 원목의 느낌은 그대로 내지만 불에 타지 않는 인공 플라스틱 원목을 개발했다. 그리고 산림 개발을 기반으로 많은 관광지를 창의적으로 개발하는 데 경쟁이었다. 산림이 풍성해지면서 동물의 종류와 수가 늘어나는 세상은 채식주의자들과 동물 보호 운동가들에게 많은 지지를 받았다. 그 힘은 동물보호법 법안들이 쏟아져 내리는 신호탄이 되기도 하였다. 석탄과 석유, 천연가스 등 에너지 회사들은 점차 경영이 어려워졌다.

많은 에너지 회사는 차세대 에너지인 원자력과 자기장, 수소 등의 에너지 연구 개발로 대부분 노선을 변경했다.

요즘 시대에 가장 경쟁력이 높은 원자재는 유리와 플라스틱이었다. 세상을 첨단 도시로 꾸며 주는 유리(규사)와 플라스틱, 신소재 등의 개발이 아주 활발해질 수밖에 없었다.

식품 제조업계에도 많은 변화가 있었다. 식품의 제조보다는 식품 포장업이 더욱 발전했다. 수중, 지상, 응급, 전쟁, 우주 등의 환경에서 식품들은 더욱 장기간, 고열량으로 포장됐다. 그렇다고 육류나 자영업 등 음식점이 몰락하진 않았다. 압도적으로 육류 섭취가 줄어들었긴 했지만, 의료 기술이 발전하면서 본인의 식습관을 무시해도 건강할 수 있었기 때문이다. 즉, 마음 놓고 먹고 싶은 음식을 즐기는 슈가푸드족(몸에 좋지 않아도, 무조건 맛있는 음식을 찾아다니는 사람을 나타내는 말)이 늘었다.

방산 산업은 최고의 몰락기였다. 현재 기술이 팽창하는 시대에서 세계인이 공멸할 수 있는 무기와 기술들은 굳이 개발하지 않아도 세계 곳곳에 존재했다. 하지만 이젠 과거처럼 다른 국가를 겨냥하거나 테러를 일으키려는 세력이 많지 않았다. 운영 체제의 통합과 공유 네트워크가 세계적으로 아주 촘촘하게 뿌리를 내렸으며 중앙 네트워크를 관리하는 EH 인공 지능은 24시간 빅 데이터를 분석했다. 그리고 인공 지능은 언제든지 위험 요소 알고리즘을 손쉽게 찾아낼 수 있었다. EH 중앙 관리자를 AI로 두는 것에 대해 일각에서는 주의해야 한다고 경고했다. 세계 통합 운영 체제의 영향력이 점점 우리 삶 깊숙이 들어섰기 때문이었다. 지속해서 안보와 보안 기술 산업은 주로 네트워크와 관련된 분야에서만 큰 발전을 이루었고 실물 무기인 방위 산업은 서서히 몰락했다.

기술 팽창 시기에 어느 국가나 집단이 위험 요소의 대상이 되면 네트워크를 차단당했다. 차단 대상이 되는 순간 후진국으로 몰락하는 것은 한순간의 일이 될 수도 있었다.

　한번은 중국에서 비밀리에 북한에 소형 핵융합체 기술 네트워크를 일부 공유해 주었고 북한은 소형 핵융합 원자로를 수십 개 보유하고 있다고 주장했다. 이를 EH 인공 지능이 발견해 냈다. HF는 UN에 즉각 정보를 전달했고 중국은 세계 통합 네트워크를 6개월 동안 차단당했다. 중국은 계속 부인했고 순식간에 기술 선점을 하지 못해 경제가 풀썩 내려앉았다. 지금 시대의 6개월 고립은 과거 2000년대 초 기준이면 약 10여 년 이상의 기술 누적량 차단과 비슷한 정도였다. 얼마 지나지 않아 중국의 주석은 사태의 심각성을 깨닫고 해당 내용에 대해 자세히 분석한 후 그 결과를 UN 회의에서 공개하고 사과했다. 또한 해당 사건의 책임자 약 20여 명에 대해 신상을 공개했고 그들을 정치범 수용소에 가두고 나서야 네트워크를 다시 공유를 받을 수 있게 되었다.

　이 사건 이후로 방위 산업은 아주 크게 몰락하였으며 대부분의 국가는 국방비보다 첨단 기술 연구와 신소재 개발에 사활을 걸었다. 무엇보다 그것이 큰돈이 되었기 때문이다.

　동아시아 국가들과 아프리카 국가들은 더 효율적인 기술 개발을 위해 국경을 개방하거나 기술 상호주의가 많이 이루어졌다. 많은 독재 국가는 무너져 내렸고 삶의 질은 풍족해졌으나 빈부 격차는 엄청나게 심해졌다. 재미있는 사실은 빈부 격차가 많이 나는 것에 비하면 빈민층의 삶이 그다지 부족해 보이지는 않는다는 것이었다.

　돈이 많은 자본가와 기업들은 토지를 적극적으로 매수했다. 그리고 인기 있는 정부 정책은 간척 사업이었다. 이는 UN에서 어느 정도 제한을 두는 정책들이 나오기도 했다. 그렇게 토지의 가치는 많이 상승했고 정부의 적극적인 장려 속에 고층과 지하 건설화가 발전을 이루었다. 기술이 아무리 발전해도, 결국 해양과 토지만큼은 한정적이었기 때문이었다.

의료 기술의 높은 안정성과 신소재 산업의 개발은 성형 기술 또한 발전시켰다. 높은 시술 안정성은 나이가 많은 보수적인 성향의 사람에게도 성형에 대한 거부감을 사라지게 해 주었다. 이에 따라 대다수의 사람이 본인이 만족하는 얼굴로 탈바꿈하였으며, 인기 있는 유명인의 얼굴을 그대로 따라서 수술하기까지 했다. 하지만 이는 또 하나의 문젯거리기도 했다. 많은 사람이 외형적으로 상향 평준화를 이루게 되자, 교만하거나 나쁜 인성의 사람들은 이쁘거나 잘생겼어도 설 자리가 사라졌다.

지금 시대는 역사상 처음으로 이성을 볼 때 가장 중요하게 여기지 않는 부분이 외모였다. 많은 사람이 품위와 각자 뿜어내는 좋은 느낌, 인성에 의해 짝을 이루는 경우가 많았다. 성형 산업의 발달은 이제 외모가 아닌, 서로의 마음을 더 살필 수 있는 시대를 만들어 준 것이다.

조금 더 나아가 일본의 한 연구소에서는 뇌 성형을 개발하기도 하였다. 수면하는 동안 뇌의 다양한 파장을 통하여 인내심의 향상을 일으키는 연구였으나 많은 부작용과 두통, 불면증 등의 문제 발생으로 인하여 법적으로 뇌 성형은 금지되었다. 문제는 HF의 Convenient 연구소에서 그 법을 어기고 있는지도 모르는 일이었다.

전 세계 사람들은 생존에 대한 걱정들이 사라지게 되면서 예술가로 전향하는 경우가 많았다. 인정받지 못하는 예술인들도 굶지는 않기 때문인지 과감하게 예술가의 삶을 선택했고 역사상 가장 예술이 부흥하는 시기라고 해도 과언은 아니었다. 산과 강에는 가지각색의 화가가 몰려들었고, 길거리 음악가 또한 너무 많아지면서 누군가는 소음 공해라고 느낄 정도로 세계 곳곳은 시끄럽기까지 했다. 각종 예술을 위한 장비의 판매가 급증했고 이는 2차 르네상스 시대의 부활을 알렸다. 이러한 탓에, 사람이 많이 붐비는 곳에는 새로운 규제와 법안이 잔뜩 생겨나기도 했다. 그리고 묻지 마 예술가들을 적절하게 통제할 수 있는 시스템과 SNS까지 생겨났다.

가장 유명한 시스템 중 하나가 바로 AL 그룹에서 만든 'Score' 앱이다. 현재 가장 유행하는 앱으로 과거 'Facebook', 'Instagram'의 뒤를 잇는 'SNS'이다.

이 앱은 길거리에서 마주치는 사람들의 정보를 열람할 수 있었다. 해당 앱은 본인의 프로필을 꾸미는 방식이며, 정보 허용에 동의하는 사람끼리는 눈앞에 있는 상대방에게 말을 걸지 않고도 상대방의 정보를 들여다볼 수 있었다. 이는 액세서리처럼 SNS를 몸에 부착하는 것과 다를 것이 없었다. 거리에는 사람으로 북적였고 해당 SNS는 젊은 층 사이에서 필수적인 아이템이 되었다. 사람들은 상대방에게 관심도와 호감도 등의 점수를 부여할 수 있었고 관심도는 높은 수치, 호감도는 평균 점수가 매겨졌다. Score 앱에는 예술인들을 위한 'Art Score' 기능을 활성화할 수 있었는데 해당 점수를 기반으로 길거리 음악가, 화가들의 자리가 결정되고는 하였다. Art Score 점수가 낮은 경우 높은 사람에게 좋은 자리와 권한 등을 우선 양보해야 한다는 암묵적인 룰이 있었기 때문이었다. 또한 본인의 직업이 예술가라고 하는 사람이 많아지면서 상대방의 예술적 수준을 파악할 수 있는 수단이 되기도 했다.

어떤 사람은 Art, Human, Physical, Mental 등 다방면으로 점수가 높기도 했다. 이처럼 자신들의 재능과 내적 가치를 눈에 보이게 하여 마음껏 뽐낼 수 있었다.

과거 2000년대 초반의 SNS 시대와 비교한다면, 역사적인 변화가 이뤄진 셈이다. 이 모든 것이 가능했던 것은 나노 위성을 달고 공중에 떠다니는 모기 위성의 역할이 컸다. HF는 7g의 대기 중에 떠다니는 위성을 세계 최초로 개발했으며, 이를 원자력 풍선형 드론에 탑재했다. 무게가 가벼워 자칫 공중에서 비행물과 충돌을 일으키거나 추락해도 큰 사고가 나지 않았다. 또한 기상이 악화될 조짐이 보이면 무궁무진한 데이터 전달력을 기반으로 안전지대로 자동 회수되기까지 했다. 이 위성은 모기같이 생겨 사람들이 모기 위성이라 부르기 시작했다. 모기 위성들은 세계 곳곳의 하늘에 떠다니며 섬세한 위치 기반 서비스를 가능하게 했고 가상과 현실의 구분이 사라지게 했다. 또한 모기 위성은 치안에 도움이 되었으며 세계적으로 중범죄율이 줄어들게 되었다.

비가 왔는지 희미하게 어두운 어느 날 아침, 강윤서와 이재용은 함께 아침을 맞이했다. 간밤에 있었던 새로운 기술 혁신과 주요 특허 소식으로 나열된 뉴스들이 이재용과 강윤서를 맞이했다. 축축한 날씨와 어울리는 퍽퍽한 팬케이크와 포도잼이 식탁에 있었고 강윤서가 이재용을 바라보며 기다리고 있었다.

"요즘 당신 걱정이 많아 보여요."

강윤서가 말했다.

"……."

이재용은 한동안 말이 없었다. 그리고 곧 힘없이 이야기했다.

"다들 나를 거위라고 생각해요."

"재용 씨는 거위가 아니라, 하얀 백조인데……."

"황금알을 백조도 낳았었나요?"

"백조든 거위든 황금알 낳으면 다 좋아하겠죠."

이재용은 세계 권력의 실세인 미국 하원의원, 중국 주석, 각국 외교부 장관 등과 매주 한 번은 꼭 만나야만 했다. 토지 사용과 국가 협조는 재단 운영에 있어 매우 민감하고 중요한 부분이었기 때문이다. 이재용이 회담에서 상대방 입맛에 맞지 않는 이야기를 하게 되면 항상 돌아오는 건 이재용을 향한 비난이었다.

세상의 권력은 정말 다양한 방법으로 HF를 압박했다.

이 때문에 HFR(Heaven Foundation Road)은 항상 분주했다.

"기관장님, 이런 식으로는 안 됩니다."

이재용이 말했다.

"맞는 이야기들로만 구성했습니다."

최민식이 말했다.

이재용은 HF를 보호하기 위해 HFR에서 만든 후원 재단처럼 보이는 재단 홍보 문구에 많이 화가 나 있었다. 이재용은 항상 후원 재단이 아니라, 이익을 추구하는 재단임을 분명하게 나타내야 차후 문제가 없을 것이라고 생각했다. 하지만 HF의 직간접적 도움을 받은 전 세계 사람은 HF를 후원 재단이라고 착각하기도 한다는 게 문제였다. 세계인들이 HF에 기대하는 역할이 정치적으로 연관되었기 때문에 이재용은 항상 이 점을 경계했다. 어느 날은 아프리카 특별 보호 대상인 이재용을 만나기 위해 중국 부주석이 직접 지부티로 왔다. 둘은 팽팽하게 각자의 입장을 주고받았다.

"해당 기관 모델이 과거 중국의 모델과 아주 흡사하다는 건 부인할 수 없을 겁니다."

장흥 중국 부주석이 말했다.

"자발적인 것과 비자발적인 것은 흡사한 것이 아니라 정반대입니다."

최민식 기관장이 말했다.

"어떤 단체의 상징성이 국제 사회로부터 소외를 받으면 재단의 운영이 점점 더 어려워질 것입니다. 저희는 같은 동양인이자 아시아인입니다. 유니세프의 역사를 보세요. 전부 서양인과 미국인이 총재였어요. 지금의 HF는 중대한 선택의 갈림길에 있습니다. 이렇게 여기저기 불려 다니며 또다시 서양인들의 손발이 되느냐 아니면 동양과 아시아의 상징적인 세계 중심 기관이 되느냐. 이를 저희 중국이 국가 존속 동안 모든 걸 쏟아부어 이루어 드린다는 겁니다. 이재용이 언제까지 영원할 것 같습니까?"

장훙이 잔뜩 격앙되고 답답한 듯 말했다.

그리고 장훙은 최민식 기관장에게 긴 시간 자신의 의견을 쏟아 내고 회의실 문을 나섰다. 그렇게 문을 박차고 나가려던 장훙은 화가 나 보였으나 갑자기 표정과 행동이 조심스러워졌다. 그러더니 최민식 기관장에게 조심스럽게 다가가 속삭였다.

"그건 그렇고 아프리카에도 생각 공원이 있다고 들었습니다. 혹시 잠깐 방문할 수 있겠습니까?"

"장소까지 안내해 드리겠습니다."

최민식 기관장이 말했다.

"고맙습니다. 아직 시간이 남아서……."

장훙이 사심을 숨기듯 말했다.

HF의 보유 자금이 점차 커질수록 세계 경제의 지표가 이상해졌다. 과거 귀하던 것 중 일부는 귀하지 않게 되었고 누군가 만들어 놓은 일정량의 암호 화폐는 쪼개지고 계속 쪼개져 그 한 덩어리의 가치가 한 국가의 한 달

예산과 비슷해졌다. 놀라운 점은 과거 어떤 사람이 그 암호 화폐를 쪼개 햄버거 한 세트를 주문하기도 했었다는 것이다. 비트코인의 가치가 가장 높았으나 그 뒤를 잇는 'HF COIN' 또한 만만치 않았다.

암호 화폐가 기축 통화가 된 건 오래전이었고 이에 따라 세계 경제의 패러다임은 완벽히 변화했다. 잠을 자는 행위와 공원을 산책하는 행위 모든 것이 생산 행위가 되었다. 행위들의 희소성 정도에 따라 그리고 고급 정보를 포함할수록 높은 이익을 얻을 수 있는 세상이 탄생했다. 모든 새로운 행위는 데이터로 수집되어 화폐로 전환할 수 있었으나 타인이 이미 이룬 동일한 행위는 가치가 낮거나 화폐로서의 가치를 갖지 못했다. 그래서 사람들은 창의성을 지속해서 갈망했다. 가장 확실한 건 어떠한 장소에서 어떠한 특별한 행위와 신체, 감정, 환경의 변화 등을 수집하는 활동이었다. 그 덕분에 사람들이 가장 선호하는 직업 1순위는 예술가였다. 이제 돈을 위해 가족이 멀리 흩어지지 않았으며 무기력하게 죽어 가지도 않았다. 인류의 난폭성은 아주 감소하였으며 세상은 마치 태풍이 지나가고 나서의 연분홍빛 봄을 연상하게 했다.

제 7 장

우주선 판명

"속도가 많이 빨라졌군. 이번 달만 해도 1,350톤이야."

이재용이 말했다.

"이 정도로 안정적이면 양을 더 늘려도 되겠어요. 벌써 5개월 동안 사고가 한 번도 없었으니까요."

HF의 우주 에너지 개발 부서의 수장이자 스페이스 X의 수장 머스크가 말했다.

이재용은 지구의 치명적인 폐기물을 우주의 어떠한 궤도로 날려 보내는 연구를 계속하고 있었다.

"궤도 사용 협조가 완료되는 대로 다음 분기 목표치를 더욱 올려 보도록 하죠."

이재용이 흡족해하며 말했다.

"그나저나 연구 시설이 포화 상태입니다. 조속히 새로운 부지 협조를 받아 주시길 바랍니다."

수상한 천국

머스크가 잔뜩 불평했다.

"네, 안 그래도 콘셉토스 플라스티코스 CEO와 좋은 방향으로 이야기 중입니다."

이재용이 말했다.

"그 이야기만 오늘까지 열두 번인 거 아시죠?"

머스크가 말했다.

사실 이재용은 통일 아프리카에서 얼마든지 땅을 받을 수 있었다. 하지만 자신이 지어 준 집들로 형성된 마을에 우주 연구 시설이 생기면 소음이 많아질 것을 우려하여 연구 시설 부지 확정을 계속 미루는 중이었다.

"우선 정말 급한 일이 있어서 가 봐야 합니다. 내일 다시 이야기하죠."

이재용은 서둘러 연구소를 나섰다.

오늘은 이재용이 고대하던 HF 패션 대회의 날이었다. 특히나 이날은 롤렉스와 카르티에 등 명품 시계 회사들이 6년 동안 생산하지 않았던 클래식 시계를 이벤트로 준비했다. 그동안 무수한 시계 기업이 스마트 기기들과 연계하기 위해 시계를 전자화하였다. 아날로그 시계를 고집하던 몇몇 기업은 결국 밀려났으며 다른 기업들은 스마트 운영 체계를 유지하되 각 브랜드의 가치가 돋보이는 디자인으로 탈바꿈하였다.

하지만 6년 만에 각 시계 기업이 클래식 시계를 한정판으로 출시하여 패션 대회에서 경쟁하기로 하였다. 이번 시계 대회에서의 결과가 스마트 시계 시장에도 영향을 미칠 것을 우려하여 심혈을 기울여 제작할 것은 당연했다.

이재용은 패션 대회 참관자 중 10명을 무작위로 선발해 한정판 클래식 시계를 준다는 소식에 잔뜩 기대한 모습이었다.

"미안하지만 여기 제 자리입니다."

이재용이 정색하며 말했다.

"미안하지만 재단장님, 시간이 초과되어 안내자에게 방금 안내받은 저의 자리가 맞습니다. 조금만 더 일찍 오셨어야죠."

원래 이재용의 예약석에 앉은 참석자가 말했다.

"아니요, 지구를 구하고 왔습니다."

다시 한번 정색하며 이재용이 과장되게 말했다.

"아쉽지만 양보할 수 없습니다. 당장 내일 지구가 멸망한다고 해도요."

다시 한번 참석자도 힘을 주어 말했다.

이재용은 상당히 흥분한 상태로 주변을 둘러봤다.

그리고 세 줄 뒤이긴 했지만 앉은 사람이 잠깐 자리를 비우고 비켜선 자리에 순식간에 끼어들어 앉아 버렸다. 그러자 곧 원래 앉아 있던 남성이 다가와 이재용에게 말했다.

"여긴 방금 내가 앉았던 자리고 분명 옆 사람에게 부탁하고 잠깐 자리에서 일어났소."

자리를 빼앗긴 참석자가 흥분하며 말했다.

"아쉽지만 양보할 수 없습니다. 당장 내일 지구가 멸망한다고 해도요!"

이재용이 힘을 주어 말했다.

둘은 잠깐 신경전을 벌였다.

잠시 후 앞자리에서 도저히 못 듣겠다는 듯 짜증을 내며 누군가 일어났다.

바로 (주)체인지풋 전 대표이사 '홍제희'였다.

"오랜만입니다, 대표님."

홍제희가 경건하게 인사했다.

"아, 아니……. 여기에는 왜?"

수상한 천국

이재용은 홍제희가 이 다툼을 보고 있었다는 사실과 본인이 그룹 대표였다는 사실을 상기하며 부끄러움을 느꼈다.

"저도 시계를 좋아해서요. 하지만 제 자리는 이분께 양보해 드리죠. 그럼 편안하게 관람하세요."

홍제희 전 대표는 끄덕 인사를 하고 이동했다.

양보해 준 홍제희가 고마우면서도 이재용은 속으로 생각했다. '차라리 조금 더 앞자리를 양보해 줬으면 좋았을 텐데……'

이재용은 최근 중 가장 초롱초롱한 눈망울로 패션 대회를 관람했다. 그의 목은 앞으로 나와 거북이 같았다. 재단 대표가 맞나 싶은 정도의 모습을 보여 주변 사람들은 조심스레 웃음을 숨겼다.

이재용은 본인이 유명하거나 영향력 있는 사람이라는 사실을 모르는 듯했다.

이번 대회에서는 CASIO의 'Filter V3.0' 모델이 우승을 차지했다.

시계에 혈액 여과 장치를 장착하여 몸의 독소를 서서히 배출하고 파괴하는 시계였다. 또 몸의 전체적인 건강 상태가 실시간으로 시계와 연동되어 바로 확인할 수 있었다. 상황에 따라 사용자가 임의로 시계를 조작하면 신진대사를 조절하여 뇌를 비롯한 신체 활동의 컨디션을 극한으로 끌어올릴 수 있었다. 가성비와 실용성으로 우승을 차지한 CASIO의 대표가 수상 소감을 이야기했다. 곧이어 클래식 시계 추첨이 이어졌다.

클래식 시계 추첨 행사가 어느덧 막바지에 이르렀고 드디어 문제의 롤렉스 차례가 왔다.

좌석 번호 하나씩 추첨이 이어졌다.

이재용은 당첨되지 못했다. 그런데 문제는 홍제희가 양보했던 자리가 당첨되었다.

세상에서 가장 표정이 어두워진 이재용의 기분은 너무 처참했다. 그의 표정은 과거 제프리 켐벨(미국 유니콘 기업의 CEO)과 강윤서가 프레시테리아에서 이야기하던 모습을 목격했을 때와 흡사했다. 이재용의 시계는 심장 박동 수 이상으로 계속 울려 댔다.

HF 긴급 상황실은 비상이 걸렸고 이재용에게 공명 응답기로 계속 답변을 요청했다.

한참을 요청해도 이재용은 반응이 없었다. 그 와중에 홍제희 자리에 앉았던 참석자는 옅은 미소로 이재용에게 슬쩍 인사하며 빠져나갔다. 행사가 종료되었음에도 이재용은 힘이 없어 보이는 얼굴로 그 자리에 한참을 앉아서 일어나지 못했다.

"괜찮습니다……."

이재용이 최대한 진정하고 공명 응답기로 HF 상황실에 응답했다. 한참 뒤 이재훈 HF 우주 연구 센터 소장이 찾아왔다.

"계속 호출을 드렸는데 답변이 없으셔서 HF 긴급 상황실에 연락하여 찾았습니다. 급한 일이 있습니다."

"지금 꼭 확인해야 하나요?"

"아, 조금 뒤에 연구소에서 다시 만나 뵙죠. 준비되시면 호출 부탁드립니다."

이재훈은 이재용의 얼굴을 보자 무슨 이야기도 소용없다는 걸 알았는지 약속을 미루었다.

이재용은 강윤서에게 전화하여 시계 관련 전후 사정을 빠짐없이 이야기했다. 해결할 수 있는 방법을 찾아보겠다는 강윤서의 말을 듣고 이내 기운을 차린 이재용은 우주 연구 센터로 향했다.

"모양과 속도, 이동 경로까지 파악했습니다. 켄이치 씨, 말씀 부탁드립니다."

이재훈이 말했다.

"마츠야마 켄이치입니다. 다가오는 물체, 아니 우주 선박에 대한 분석 결과 말씀드리겠습니다. 저 미확인 비행체는 총 5대의 선박 형태로 구성되어 있으며 선두와 후방에 있는 두 우주 선박은 탐색 역할로 보입니다. 중앙에 있는 우주 선박은 거대한 물체를 옮길 수 있는 운송 역할의 선박으로 예상됩니다. 대부분의 미확인 우주 생명체가 해당 선박에 타 있는 것으로 보입니다. 그리고 좌측과 우측의 우주 선박은 공격과 방어의 역할로 보입니다."

마츠야마 켄이치 우주 물체 분석관이 말했다.

"도달 예상 시간은요?"

이재용이 말했다.

"25년 정도 예상됩니다. 하지만 이동 속도가 상당히 불규칙합니다. 문제는 해당 물체의 크기가 시간이 지나면서 점점 커진다는 것입니다. 이곳에 도달할 때쯤 얼마나 더 커져 있을지 상상조차 되지 않습니다."

이재훈이 절망스러운 표정으로 말했다.

"아니, 아······."

이재용이 말을 잇지 못하고 침묵했다.

그리고는 계속 생각했다. 미확인 물체는 사실 이번 관찰 전부터 이재용이 신경 쓰던 것 중 하나였다. 자칫 HF의 모든 노력이 수포가 될 수 있다고 생각하니 정신이 까마득했다.

자연과 인류가 함께 힘을 모아 만드는 세상이 저 거대한 무언가의 표적이 되었다는 것이 현실이 된 것이다. 이재용은 그동안 어떤 힘든 일에도 동기

부여를 통해 건강한 마음과 몸을 유지했다. 하지만 이재용은 아주 오랜만에 분명히 스트레스를 느낄 수 있었다.

한참 뒤 이재용이 말했다.

"현 시간 이후 이 모든 정보는 비공개입니다. 잠깐 생각을 해야겠어요."

"괜찮으십니까, 재단장님?"

옆에 보좌하던 최민식이 말했다.

"네, 잠시 자리 좀 비우겠습니다. 모든 회의는 필요 부서의 임원만 제가 호출할 테니, 그동안 하시는 일들을 잘 진행해 주십시오."

이재용이 떨리는 목소리로 말했다.

이재용은 조금 허탈한 마음이 들었다. 그리고 무작정 로마로 향했다. 로마 개선문 근처에서 열린 환상적인 피아노 연주 사이에 이재용이 있었다. 이재용은 자신의 Score 앱을 끄고 연주를 관람했다. 연주자는 펑펑 울며 연주하기도 했고 이에 관람객들도 눈물을 흘리기도 했다. 때로는 향수를 불러일으키는 연주에 감동이 극에 달하기도 하였다. 이재용은 한참 동안 피아노 연주를 감상했다. 그의 눈에 눈물이 아슬아슬하게 맺혀 있었고, 이내 그 눈물은 오른쪽 볼을 타고 흘러내렸다. 이재용이 멍하게 허공을 바라보며 서 있었다. 피아노 연주가 한창 극에 달했을 때쯤 주변의 관중이 이재용을 알아보기 시작했다. 이재용은 눈에 가득 눈물이 고여 주변 상황을 볼 수 없었다. 어느 갈색 머리 남자의 피아노 연주가 마무리되었고 이재용의 주변 사람들은 눈물을 가득 흘리고 있는 이재용을 향해 조심스럽게 시선을 모았다. 곡이 멈추자 이재용은 정신을 차리고 눈물을 훔쳤다. 이재용은 주변 시선이 대부분 자신을 향해있다는 것을 뒤늦게 알아차리고는 민망함을 감추고 말했다.

"방금 연주가 몹시 슬프군요. 하하하, 정말 슬픈 곡이었어요!"

수상한 천국

그러자 사람들은 이재용을 향해 손뼉을 치기 시작했다. 순식간에 주변인이 다 함께 박수를 치기 시작했다. 김보경이 몰래 붙여 놓은 경호원들은 일제히 긴장했다. 박수 소리는 계속 번져 나가, 피아노 연주자들에게도 전해졌으며 모두 기립하여 박수갈채를 보냈다. 박수 세례에 당황한 이재용은 머뭇거리다가 고개를 푹 숙이더니 연신 대중에게 감사하다며 인사했다. 뜻밖의 관심에 당황한 이재용은 연신 고개를 푹 숙이며 사방으로 인사했다. 그리고는 그동안의 힘겨웠던 일들을 위로받듯 눈물을 하염없이 쏟아 냈다.

"감사합니다. 정말 감사합니다. 감사합니다. 정말 감사합니다. 함께해 주셔서 정말 감사합니다."

이재용은 울먹이느라 제대로 말도 하지 못한 채 연신 감사를 표했다.

그리고 황급히 자기 집으로 향했다. 집에 도착해서는 침대에 몸을 죽 뻗고 누웠다.

"내가 왜 울었지?"

이재용이 혼자 민망한 듯 이전 상황을 생각하며 중얼거렸다. 그리고는 푹 잠들었다.

이재용의 거주지 근처 인공 호수가 연신 햇빛에 비쳐 일렁이는 이른 새벽, 긴 업무를 마치고 강윤서가 이재용의 방으로 들어왔다. 강윤서는 방에서 이재용이 세상모르고 기절해 있는 모습을 보고는 슬쩍 거실로 나갔다. 따뜻한 커피 한 잔을 내려 소파에 편하게 기대자마자 이재용이 방에서 나왔다.

"미안해요. 마중하지 못했어요."

이재용은 잠이 덜 깬 듯 눈을 찌푸리며 말했다.

"잘 있었어요? 괜찮아요. 집 앞까지 경호원분들이 바래다주었어요. 눈이 왜 그렇게 부었어요?"

강윤서가 말했다.

이재용은 주방에서 본인의 커피를 가지고 와서는 강윤서와 마주 보고 앉았다.

창밖에서는 푸른빛이 아름답게 뿜어져 내렸다. 저 하늘을 뚫고 우주선이 들이닥칠 걸 생각하면 그리고 강윤서와의 삶이 방해받을 걸 생각하면 다시 한번 분노와 공포가 생기는 이재용이었다.

"얼굴이 많이 안 좋아요, 재용 씨."

강윤서가 걱정스러운 눈빛을 하며 말했다.

"놀라지 말고 들어요, 윤서 씨."

"왜 그래요. 무슨 일이에요."

"지구에 우주선이 오고 있어요."

"무슨 우주선이요?"

"지구에서 한참 전부터 관측되었던 소행성이었는데, 정밀하게 분석한 결과 우주선이 아주 확실하다고 해요."

강윤서는 이해할 수 없다는 듯 한동안 이재용의 설명만 들었다.

"언제요?"

"25년 정도 남았다고 해요."

"언젠가 어떤 큰 위기가 나타날 수 있다고 생각했어요. 이렇게 평화롭고 편안한 세상에 언젠가 한번은 어떤 위기가 올 거라 생각했어요. 그래서 행복하면서도 마음 한편에는 찝찝함이 늘 있었죠. 하지만 너무 빨리 그 위기가 찾아온 거예요. 그래서 저도 모르게 화도 나고 혼란스럽기도 했어요. 저도 그저 많은 사람 중 하나인데, 가만히 있으면 알아서 잘 해결되지 않을까 하는 무책임한 생각도 하게 되었어요. 저 괜찮은 거죠?"

이재용이 강윤서에게 속마음을 털어놓았다.

"재용 씨, 웃어 봐요. 나처럼 이렇게."

강윤서가 앵두 같은 입술에 미소를 머금고 말했다.

이재용은 갑자기 미소를 짓는 강윤서를 순간 넋을 잃고 바라봤다.

그리고는 다시 한번 사랑에 빠졌다.

"무엇을 해야 할지 알겠네요."

이재용이 다시 생기 있는 미소를 띠며 말했다.

그리고는 강윤서를 세상에서 가장 사랑스러운 눈빛으로 바라보았다.

집을 나서는 이재용은 HF로 향했다.

HF를 처음 구상했을 때처럼 그리고 어떤 일들이 펼쳐질지 아는 사람처럼 또렷한 눈빛으로 이재용은 경쾌하게 걸음을 옮겼다.

제 8 장

우주선 판명 II

　다시 재단으로 돌아온 이재용은 이른 시간부터 본인을 찾아온 어떤 사람들을 만났다. 그리고 회의실로 자리를 옮겨 그들과 대화를 나누었다.

　"당신이 저 비행체에 대해 정확한 정보를 접한 지 벌써 하루가 지났어요. 모를 거라 생각했나요?"

　CIA 국장 둠이 말했다.

　"그 사실을 당신들이 알고 있다는 걸 제가 모른다고 생각했나요?"

　이재용이 말했다.

　이재용은 어제 분명 해당 정보를 공유하지 말라고 이야기하였으나, 찾아온 요원들은 이미 이재용이 브리핑을 받은 내용을 상세히 알고 있었다. 하지만 이재용은 이 상황까지도 예측한 듯 보였다. 애써 당황한 모습을 숨기며 둠이 말을 이어 갔다.

　"당신은 우리에게 협조하지 않거나 기밀 공유에 있어 적극적이지 않았다는 이유만으로 죄가 될 수 있는 사람입니다. 당신은 가장 먼저 우리에게 이

사실들을 알렸어야 했지요."

둠이 강압적으로 말했다.

"추궁을 하고자 모인 자리는 아닙니다. 조금은 진정하시죠."

둠과 함께 있던 러셀 미 국방 장관이 분위기를 진정시키려 노력했다.

"이재용 씨, CIA 국장의 말이 완전히 틀리진 않아요. 좋든 싫든 세계의 권력이 이재용 당신에게 쏠려 있으니 말이에요."

러셀이 말했다.

"그런 사실을 안다면 좋든 싫든 한마디 한마디 신중하시길 바랍니다."

이재용이 단호하게 말했다.

한동안 이재용의 수행원들과 미국 기관의 수행원들 사이에서 팽팽한 기 싸움이 벌어졌다.

"안 됩니다."

얼마 뒤 이야기를 주고받는 도중 이재용이 다시 한번 거절하며 말했다.

"그래도 해야죠. 세계를 위해서라면 당신 하나의 판단이나 어떤 기관 따위의 의지는 우리에게 중요치 않아요."

러셀 미 국방 장관이 단호하게 말했다.

"뭐야?"

둠이 갑작스러운 러셀의 강압적인 말투에 아까 자신을 나무랐던 것이 황당하다는 듯 중얼거리며 고개를 저었다.

"충분히 설득할 수 있다고 생각했습니다. 당신이 그토록 원하는 평화와 초인류 발전을 지키기 위해서라고 하지 않습니까!"

미국 상원의장이 거들었다.

"분명한 한 가지만 기억하세요. 지금 부탁이 내일은 명령이 될 수도 있다는 것을 말이죠."

러셀 미 국방 장관이 다시 한번 거들었다.

"당신 주변의 소중한 사람들을 우리가 모를 거라고 생각하진 않겠죠. 당신의 배우자도 말이죠. 잘 생각하세요."

둘이 간접적으로 협박했다.

이재용은 몹시 화가 났지만, 미동도 없이 침착하게 반응했다.

"무언가 순서가 잘못되었다고 생각하지 않습니까? 나와 HF를 찾아오고 명령하기 전에 이 세상을 쥐락펴락하는 그 잘난 정치인들께서 반나절 동안 내린 결론이 고작 이런 협박입니까?"

이재용이 한심하다는 듯 감정을 추스르고 말했다.

"당신들이 원하는 저 우주 비행체를 파괴할 수단을 만들어 내고 그것에 HF의 역량 대부분을 사용하라고 하기 전에 말입니다."

이재용이 거듭 말했다.

"당신은 생각보다 거만하군요. 이거 하나만 알려 주죠. 우리는 지금 당장 당신의 그 당당한 두 팔과 다리를 꽁꽁 묶어서 잡아갈 수도 있습니다."

미국 상원의장이 비웃으며 말했다.

"그렇게 긴급하고 절실하다면 제가 직접 미국 대통령 먼저 만나겠습니다."

이재용이 말했다.

"당신은 그 정도는 되니까 그렇게 하셔도 되겠지. 하지만 과연 우리의 오늘 의견이 그분을 건너뛰고 전달되었을 거라고 생각하면 그것은 오해일 것입니다."

미국 상원의장이 말했다.

"그런 걱정은 미리 하실 필요 없습니다."

이재용이 말했다.

"다음에 왔을 때 저희가 무장 요원들과 함께 오지 않도록 올바른 결정을 기다리겠습니다."

미국 상원의장이 말했다.

회의실을 뜨겁게 달군 후 이내 요원들은 HF를 빠져나갔다.

이재용은 요원들이 나가자 곧바로 차갑고 진한 레몬 아이스티 한 컵을 벌컥벌컥 들이마셨다. 그리고는 옆에 있던 최민식 기관장에게 말했다.

"김보경 부사장 호출 좀 부탁드리겠습니다. 그리고 기관장님도 당분간은 동선에 있어서 주의해 주시길 바랍니다. 저 또한 다른 지역으로 당분간은 움직이지 못할 듯합니다."

"네, 언제까지 호출할까요?"

최민식이 물었다.

"최대한 빠를수록 좋습니다. 그리고 저희가 운용할 수 있는 전 세계의 모든 망을 활용해서 생방송 준비 부탁드립니다."

이재용이 말했다.

"그리고, 제가 방송하는 것을 만약 저지하는 세력이 있다면 과연 얼마 동안이나 막을 수 있을까요?"

이재용이 물었다.

"재단장님께서 원하시는 시간만큼 막을 수 있습니다. 김보경 부사장은 두 시간 뒤 만나실 수 있도록 준비하겠습니다. 그동안 HFF라도 조금 섭취하세요."

최민식이 말했다.

"고맙습니다. 세 시간 뒤에는 제가 방송할 수 있게 준비 부탁드립니다."

이재용이 최민식에게 부탁했다. 이재용은 문득 어제 잠을 푹 자지 않았다면 힘을 내기 어려웠을 거라는 생각을 했다.

이재용은 HFF를 섭취하고 호밀 쿠키와 커피를 준비하여 생각 공원으로 향했다. 넉넉한 양의 커피를 홀짝홀짝 마시던 이재용은 준비한 호밀 쿠키와 따뜻한 커피를 금세 바닥냈다. 그리고는 나무 한편에 자리를 잡고 30분 가량 잠이 들었다. 그 시간 김보경은 이재용의 급한 부름에도 불구하고 아주 말끔한 차림으로 서둘러 오고 있었다. 얼굴은 살짝 긴장되어 보였다. 개운하게 낮잠을 잔 이재용은 골프공 크기의 마우스 공을 입에 물었다.

마우스 공을 입에 넣자 공에서 돌기들이 튀어나왔고 입 안을 말끔하게 청소했다. 돌기들은 잇몸과 목구멍 뒤까지 말끔하게 청소했고 곧 이재용은 마우스 공을 뱉어냈다. 상쾌한 입과 함께 오랜만에 보는 김보경을 홀에서 마중했다. 만나자마자 악수를 하는 김보경에게 이재용은 갑자기 다가가더니 와락 김보경을 안았다. 김보경은 순간 눈이 휘둥그레지며 당황했고, 이재용은 평소보다 과한 친절을 베풀며 콘퍼런스실로 안내했다. 귀까지 빨개진 김보경은 얼떨결에 이재용을 따라나섰다.

HF에는 재단장 전용 방송실이 있었다. 특이하게도 삼엄한 지하에 숨겨져 있었고 둘은 길을 통해 한참을 들어갔다. 여러 겹의 새하얗고 두꺼운 벽이 닫히고 내부에는 이재용과 김보경 둘만 있게 되었다. 아직도 귀가 빨갛고 이마에 땀을 흘리는 김보경을 앞히고 이재용은 상황을 설명했다.

이재용은 우주선의 판명, 우주선의 예측할 수 없는 속도와 경로, 지구로의 접근에 대한 명확성, 예측 시나리오, HF의 역할 갈등, 세계 정부의 HF 장악 시도 등의 이야기를 김보경에게 전달했다.

이재용은 눈 하나 깜짝하지 않고 이미 알았다는 듯 이야기를 듣는 김보경과 대화를 나누고 나니 마음이 한결 편안해졌다. 본인의 이야기를 충분히 전달한 이재용은 김보경을 내보낸 후 곧 생중계 방송을 시작했다.

"안녕하세요, 세상 속 모든 여러분! 아침에 또는 점심에 또는 저녁에 HFF 는 드셨나요? 아니면 일반 음식을 요리해 드셨나요? 무엇이 되었든 저는 오랜만에 향이 좋은 커피와 쿠키를 먹었답니다. 저는 지금 여러분의 도움 이 필요해서 급하게 방송하게 되었습니다.

여러 압박을 받는 터라, 제가 방송하고 있는 현재 이곳에 핵미사일이라도 맞게 될까 두려워 요점부터 이야기해 드립니다. 지금 속도와 크기, 목적이 분명하지 않은 거대한 우주선이 지구로 접근하고 있습니다.

HF 기술력으로는 12년을 예측하지만, 더 빠를 수도 조금 더 느릴 수도 있겠죠. 문제는 지구 자체가 공격받거나 기상 이변을 일으키거나 알 수 없 는 전염병이 퍼질 수도 있는 예측 불허의 상황이라는 것입니다. 이는 전 세 계에 혼란을 일으킬 수 있다는 이유로 세계 최고 공권력이 있는 기관들이 당연히 공개하지 않을 만한 사안이죠. 그동안 저를 비롯한 지구를 지켜 내 려는 권력 기관들은 불확실한 저 비행체와의 싸움을 준비할 타협할 수 있 을지 모든 방향으로 접근해야 합니다. 그리고 여러분도요. 그 과정 동안 여 러분께 도움을 요청할 것이 몇 가지 있어 전하려고 합니다.

첫째, 어떤 일이 발생하여도 사회적 질서를 유지하며 저와 저희가 인정하 는 정부를 믿고 현재 처한 상황을 함께 고민하고 인내해 주시길 바랍니다.

둘째, 우리끼리 경쟁하거나 대립할 시간이 없어졌습니다. 여러분께서 만 들어 낸 인문학적인 가치를 현재 상황에 맞추어 더욱 연구하고 교육해 주 십시오. 그 가치들이 새롭게 발견되고 인류로 전파되어야 우리는 뭉칠 수 있습니다.

셋째, 조금 더 강한 사람은 조금 더 약한 사람을, 어른은 아이를, 청년은 노인을 보듬어 주십시오. 인종, 성별, 문화, 국가, 전쟁과 상관없이 보듬어 주십시오. 그것만이 현재 상황을 극복할 수 있습니다.

끝으로 제가 만약 세상에서 사라진다 해도 HF와 함께해 왔던 것처럼 'Technical Combination' 시대를 이어 나가 주십시오. 그것만이 우주로부터 지구의 경쟁력을 높일 수 있는 방법입니다.

오늘 이 이야기를 공개하는 이유는, 여러분이 지구의 주인공이니까 권력 기관만 정보를 갖는 것보다 여러분 모두가 아는 것이 더 좋을 거라고 생각해서입니다.

마지막으로, 사랑하는 저의 배우자를 위해서라도 저는 여러분과 지구를 지켜 낼 것입니다. 여러분 모두는 저보다 소중합니다. 다음에 좋은 소식을 전할 날이 곧 있을 거예요. 또 만나요."

해당 방송이 나가자 전 세계 사람이 차고 있던 건강 관련 기기들에 많은 신호가 나타났다. 심장 박동 수는 빠르게 증가했고, 응급 센터에 여러 신고가 접수되었다.

HF의 방송으로 잠잠했던 각 종교 단체는 속속 등장하기 시작했고 현재 상황에 대한 해석들이 여러 매체를 통해 난사되었다.

곧 HF 본부에는 세계 권력 기관이 들이닥쳤으며 이재용은 본인의 예상대로 그들에게 끌려가게 되었다.

제 9 장

구속된 이재용

"당신이 원하든 원하지 않든 우리 정부 기관이 1급 기밀로 분류한 내용을 전 세계에 노출했소."

이름 모를 요원이 말했다.

"그렇지 않았으면 근본적인 해결책을 찾기 어려웠을 것입니다."

이재용이 말했다.

"당신의 전략과 모든 기획이 전 세계의 최고라고 자부하시오? 거만하시군."

이름 모를 요원이 한심하다는 듯 나무랐다.

"아닙니다. 저의 지능은 사람의 중간 정도도 되지 못할 수도 있죠."

"그런데 왜 독단적인 행동으로 전 세계를 혼란스럽게 하고 우리와 상의 없이 일을 키우는 것이오? 사람들은 어떤 말로 안정시켜도 당신 말만 믿을 뿐이오!"

"사태의 심각성을 모르는 건 당신들 같아서 그랬습니다. 지금 최악의 경우를 생각해야 하는 마당에 본인들이 전 세계의 안전에 관한 정보에 대해 좌지우지하는 것이 올바르다고 판단하지 않았습니까?"

"그게 무슨 말이오?"

"우리와 전 세계가 하루빨리 힘을 모아도 이 난관을 이겨 내는 것이 불가능할 수도 있다는 말입니다. 조금 더 나은 해결책을 당신들 같은 집단만으로 찾으리라고 생각하는 것 자체가 거만한 거 아닌가요?"

"그 부분들은 법이 판단할 것이오. 당신은 처음부터 위험한 인물이었지. 난 그 사실을 알고 있었소. 사이비 교주처럼 운 좋게 확장된 사업이 마치 자신의 것인 것처럼 행동하고 다니는 것 말이오. 엄청난 자본으로 성공하지 못하는 재단장이 이 세상에 있을 것 같소? 그 오만함의 끝이 어디까지일지 한번 두고 보시오. 그리고 우리의 정보는 25년이 남았지만, 당신은 12년으로 방송했소. 12년 뒤 아무 일도 없을 땐, 당신을 사기꾼으로 몰아 죽일 수도 있소. 두고 보시오. 빌어먹을 사이비 같은 놈."

요원이 중얼거리며 나갔다.

그 시각 HF는 전 세계의 힘을 과시하는 국가들과 정보기관들이 접근했다. 아프리카는 중립국으로서 일체 특정 국가의 단독적인 접근을 허용하지 않았다. 또한 HF의 요청으로 외부 접근을 차단할 수 있었다. HF는 전 세계 거의 모든 국가의 기업이 참여한 재단이었기 때문에 어떤 특정 국가만이 영향력을 행사하기란 사실상 불가능한 구조였다. 한편 이재용이 구속된 이후 AL 그룹은 강윤서가, HF는 김보경이 맡아 운영했다.

김보경은 HF에 그동안 해 왔던 일들을 순탄하고 안정적으로 운영해 가도록 지시했다. AL 그룹 또한 강윤서 체제로 잘 운영되고 있었다.

강윤서는 이재용이 구속된 후 답답한 마음에 시간이 날 때마다 생각 공원에 갔고 심지어 업무가 많은 날이면 생각 공원에서 잠이 들었던 적도 있었다. 그리고 잡혀간 이재용을 생각하며 때로는 눈물을 흘리기도 했다.

전 세계에서 국방력이 강했던 국가들은 매일 긴급 소집되어 끊임없는 논의가 이뤄졌다. 대부분 국가의 정부는 치안 안정을 위해 경찰력을 높였으나, 실제로 범죄율이 증가하지는 않았다. 시간이 지나면서 세계 기관들의 우려와는 달리 이재용의 방송 이후로 예상되었던 사회적 혼란이나 각종 집회는 많지 않았다. 김보경은 이재용의 자리를 맡고 나서 본인의 업무보다 세계 기관에서 쏟아지는 면담 요청을 처리하는 시간이 더 많았다. 하지만 본인은 HF의 임시적인 재단장일 뿐이며 운영 지식과 탁월한 결정 능력이 부족함을 지속해서 공표했다.

하지만 실제로 김보경의 HF 운영 능력은 이재용을 뛰어넘을 정도였으며 혁신과 발전, 심지어 추가 부서 신설까지 마다하지 않았다. 무엇보다 김보경 체제의 가장 큰 강점은 정치였다. 김보경은 아시아 국가와 유럽 연합의 관계를 시의적절하게 이용하며 국제 정치를 다루었다.

그렇게 2년이 흘렀다.

제10장

기하학적 발전 속도와
지구 변화

이재용이 구속되어 있는 동안 김보경 체제의 HF는 더욱더 혁신적이고 빠른 변화를 겪었다.

HF는 지구로 접근하는 미확인 우주선이 확실해지자 우주 부서를 크게 확장했다. 김보경의 요청으로 기존 HF 다른 연구 부서의 인재들과 AL 그룹의 핵심 인재들을 스카우트까지 하면서 말이다.

HF의 우주 왕복 기술이 발전함에 따라 달에서 새로운 광물까지 가져올 수 있었다. 지구의 광물보다 이용 가치가 높은 자원들은 달로 접근하는 것 또한 쉽게 했다. 하지만 김보경은 새로운 광물들의 가성비를 생각했을 때 달에서 얻어지는 에너지들의 효율이 떨어진다는 것을 우려했다. HF의 운영을 맡자마자 김보경이 처음으로 새롭게 시작한 프로젝트는 바로 '언더월드' 프로젝트였다.

최근 HF의 자율 연구 부서에서 실용 공상 중 하나로 '지각 생태계의 열

등론'을 몇몇 구성원이 발표하였다. 김보경은 짧게 주어진 시간 동안 HF의 모든 부서를 점검하고 공부했다. 생각보다 방대하고 자율적인 연구 결과에 김보경은 모든 것이 너무 벅차올라 잠도 포기한 채 HF 분석에 몰두했다. 어느 날은 최민식과 노엘 거트 박사가 함께 자율 연구 부서를 지나던 중 김보경은 굴속에서 연구하는 HF 연구소를 마주했었다. 특이하게 따로 동굴 형태로 꾸며진 곳에서 연구하는 모습이었다. 김보경은 연구 시설을 이렇게 만들어 낼 수 있다는 것을 신기해했고, 거트 박사의 최종 승인이 내려진 프로젝트는 인테리어와 자금을 마음껏 지원받을 수 있었다는 것을 알게 되면서 재단의 규모와 실행력에 놀라워했다.

"이곳 연구팀의 대표자와 대화하고 싶습니다."

김보경이 말했다.

그러자 한동안 침묵이 흘렀으며 연구원들은 이내 거들떠보지 않고 본인들의 연구에 전념할 뿐이었다. 김보경은 본인의 말에 대꾸도 하지 않는 상황에 당황했다. 최민식과 노엘 거트 박사는 조금 난감한 표정으로 김보경에게 말했다.

"재단장님, 자율 개발 부서는 사실 대표의 개념은 없습니다. 아무래도 그렇다 보니⋯⋯."

갑자기 나이가 어려 보이고 눈망울이 초롱초롱한 여자 연구원 한 명이 불쑥 다가와 말했다.

"대표자는 없고 말을 조금 더 잘하는 사람은 있겠네요. 뭐가 필요하시죠? 아, 저는 하네스라고 해요. 몇 년 전 동생과 빈 건물들 사이를 집 삼아 돌아다니다 HF에 들어오게 되었죠. 아마 HF에서 이렇게 빠르게 연구 지원을 받은 연구원은 아마 저뿐일 거예요. 제가 최초로 이 프로젝트를 제안했거든요? 그리고 아마 제가 제일 어릴걸요?"

"아, 저는 이번에 새로 HF의 재단장을 맡게 된 김보경 재단장이라고 합니다. 반가……."

"알아요. 그 정도는요 심지어 나이도, 취미도 그리고 음흉하다는 성격에 대해서도 알고 있죠. HF가 무슨 라디오나 보급하는 재단은 아니거든요? 그것보다 궁금한 게 무엇인지 빨리 알려 주시겠어요? 지금 제 발표 차례인데 잠깐 나온 거니까요"

다시 한번 하네스는 김보경의 말을 자르며 끼어들었다.

"이곳이 무슨 연구를 하는 곳인지, 무엇을 위한 것인지 알고 싶습니다."

"저는 춥기도 덥기도 했던 지역에서 동생과 아주 오랜 시간 떠돌았어요. 자연스럽게 저희의 몸을 보호할 수 있는 곳은 항상 동굴이나 어떤 건물 속이었어요. 그런데 생각해 보니 이상한 거예요. 인간들은 어딘가에 들어가고 싶어 하면서 정작 지구에서는 바깥에 산다는 게요. 그래서 생각했어요. 지하에 새로운 세상이 있으면 어떨까? 하지만 인간은 빛도 필요하니까요. 인간은 대기도 필요하니까요. 그래서 '안 되겠구나.'라고 생각하면서 동생과 이곳에 왔죠. 그런데 HF에서 교육을 받아 보니 모든 게 다 있더라고요? 그래서 안 될 게 없구나! 지구 표면에서 힘겹게 살다가 다른 행성으로 힘겹게 가는 것이 더 터무니없겠구나! 했던 거죠. 그래서 자율 연구로 지구의 지하 속에서 새로운 세계를 만들어 보는 것을 선택했죠. 그런데 웃긴 건 뭔지 아세요? 정말 하나하나 해결하다 보니 벌써 800만 명은 수용 가능하다는 이론적 결과가 나오고 지속적인 생태계 확장까지 가능하다는 논문이 평가를 받게 된 게 아니겠어요? 그래서 보시다시피 저희가 이렇게 지원을 받아서 연구에 몰두하고 있다고요! 저기 옆에 지하는 어떤 곳인지 아세요? 저희가 지하에 만든 지하 하늘을 바라보면서 커피도 마시고 술도 마실 수 있는 공간이에요. 어때요? 들어가 보고 싶죠? 지하에서 잠은 자 본 적 있어요? 저는 동생과……."

.

.

.

.

"이제 시간이 없으니까 그만 물어보시고 가시겠어요? 아! 아직 믿음직스러운 분인지는 모르겠지만 만나서 반가워요, 신입 재단장님!"

하네스가 30분 정도 이야기하더니 뒤돌아서 가 버렸다. 김보경이 30분을 내내 경청하며 중간중간 고개를 끄덕이기까지 하는 모습을 보고 옆에 있던 최민식과 노엘 거트는 김보경의 인내심이 대단하다며 속으로 생각했다.

"가시죠."

김보경은 잠시 연구소를 훑더니 이내 자리를 옮겼다.

각 재단 부서를 시찰 후 김보경은 '언더월드' 프로젝트를 제시했고 따로 팀을 꾸려 재단 사상 최대의 투자금을 지원했다. 물론 처음 프로젝트를 발표할 때는 많은 논란이 있었다.

재단장의 의사에 의해 추진된 엄청난 예산 편성과 재단장의 직접적인 지시에 의한 프로젝트 추진은 처음이었기 때문이었다. 재단은 여러 차례 임원진들과 회의를 열었으며 이때 김보경은 적절한 의견을 밝혔고 결국 재단은 프로젝트를 본격적으로 시작했다. 이 프로젝트의 총괄 리더는 건설 개발부의 켈리 호펜이 맡게 되었으며 프로젝트 플래너에는 하네스가 임명되었다.

언더월드는 광물들을 깎는 기술과 핵융합을 기반으로 땅을 파는 기술을 합쳐 지구 내부에 새로운 보금자리를 만들려는 계획이었다.

언더월드 프로젝트는 다가오는 미확인 우주선이 지구를 파괴하는 시나리오에 대응하고 새로운 자원의 발견을 위한 프로젝트였다.

생각보다 김보경의 계획은 성공적이었다. 지구에서 가장 강한 에너지인 핵융합 기술을 제대로 활용했기 때문이다. 핵융합은 전 세계 커뮤니티에서 지구로 접근하는 미확인 비행선에 가장 적합한 대응 수단으로 여겨졌다. 하지만 섣부르게 지구가 호전성을 보이게 되면 다가오는 미확인 비행선이 지구를 파괴해 버릴 수 있다는 물리학자들과 사회학자들의 조언으로 최후의 순간까지 보류된 해결책이었다. 하지만 그동안 핵융합과 반영구 터빈의 개발로 우주 개척과 인류의 미래를 위한 기술 개발을 게을리하지 않았다.

HF는 핵융합 기술과 드론을 활용하여 무인 땅굴 파기에 사활을 걸었다. 이는 언더월드를 실현할 핵심 기술이었다. 무인 굴삭기가 바깥쪽부터 지름이 800m나 되는 굴을 가운데로 돌며 광석들을 퍼내면서 가운데에 심어지는 시추기에 얹었다. 시추기로 퍼 올린 광석들은 무인 드론이 퍼 날랐으며 이 작업은 밤과 낮 구분 없이 계속 이루어졌다. 위로 퍼 올린 광석은 연구 대상이 되기도 하고 다양한 자원으로도 활용되었다. 불과 몇 년 만에 땅속은 맨해튼 빌딩들이 지어질 정도로 자리가 잡혔다. 땅속은 지상보다 기후에 대한 영향이 적었고, 지하의 또 다른 지하를 만듦으로써 지하는 지상이 될 수도 하늘이 될 수도 있었다.

김보경의 대표적인 성과 또 한 가지는 인간에게 적당한 에너지를 공급하는 핵융합 에너지를 갖는 로봇 인간의 개발이었다. 인간을 인공적으로 배양하는 것은 종교계의 반대와 사회적 합의가 이뤄지지 않아 국제법상 불가능했다. 하지만 김보경은 죽음으로 세상과 단절되고 싶지 않은 시한부 인생을 사는 사람들을 모집하여 인간 형태의 인공 로봇에 뇌를 이식했다. 즉, 로보캅이 실제로 탄생한 것이다. 초기 로봇은 행동과 언어 전달이 어색했지만 향후 행동과 언어 전달이 실제 인간과 비교하여 부족함이 없을 정도로 발전했다. AL 그룹을 맡은 강윤서는 김보경 임시 재단장에게 조언하여 개발 초기 VR 기술을 기반으로 본인의 로봇 모습을 생전 모습처럼 보이도록 신호 전달 체계를 제공했다. 이 프로젝트는 로봇으로 생존해 가는 인간에게 자괴감을 줄여 주고 인공적인 신체를 갖는 삶의 만족도를 높여 줄 수 있는 좋은 방법이었다. 해당 프로젝트는 HF의 불법과 합법을 넘나드는 모험적인 프로젝트였으며, 그 끝은 인간의 생명 연장 혹은 영원한 삶을 가능하게 하는 또 다른 방식의 발견이었다.

한편 세계 여러 커뮤니티에서는 김보경의 정체에 대해 세계를 멸망시킬 인물이라는 둥 이재용을 빼내고 본인이 살아갈 땅굴을 파고 있다는 둥 세계 중앙 정부에 조종당하는 인물이라는 둥 다양한 음모론이 퍼지기도 하였다. 하지만 가장 분명한 건 과학과 HF의 발전은 소름이 끼칠 정도라는 것이었다.

나중에 김보경의 HF는 '엄청난 것'을 발견하게 되었는데 그것은 우주의 근간과 인류의 역사를 새롭게 바꿀 것이 분명했다.

제11장

이름 모를 요원의 정체와 프리메이슨

한편 세계 중앙 정부는 극도로 예민해진 상태에서 치안을 통제했다. 이재용을 하루빨리 석방하라며 매일 국제 정부 기구 앞에 시위대가 몰렸다. 해당 시위대는 HF에 소속된 기업에 해당하는 국가의 시민들이었다. 중앙 기관에서는 이재용이 주요 인물로서 내부에 갇혀 있는 것이 아니라 연구 중이라고 발표했다. 그러면서 이재용이 탁자에서 연구하는 모습이나, 주요 인물들과 토의하는 모습을 세상에 공개하기도 했다.

"제발 부탁이오. 이제 그만 떠나 주시오."

이름 모를 요원이 말했다.

놀랍게도 이 이름 모를 요원은 처음 이재용을 구속했을 당시 심문했던 요원이었다.

"아직 다 전하지 못했습니다."

이재용이 초롱초롱한 눈빛으로 말했다.

"다시 한번 말할게요. 인정과 존중이 이젠 화폐가 될 수 있습니다."

이재용이 다시 한번 절실하게 말했다.

"나에게 이야기해 봐야 소용없소. 이미 이재용 당신은 검증도 끝났고, 더 이상 활용 가치가 없다고 결정이 난 것이오."

이름 모를 요원이 말했다. 이름 모를 요원과 정부 기관 관계자들은 이재용을 구속하고 나서 다양한 해킹 공격을 받았다.

HF를 기반으로 한 모기 위성 등은 전 세계인이 비용을 내며 사용할 수 있었다. 이를 이용하여 해커들과 어나니머스는 이재용의 위치와 주변 음성을 분석해 이재용을 심문하거나 구속에 관련된 사람들의 신상을 모두 파악했다. 그리고 그 주변인들의 치부까지 공격하기에 이르렀다. 세계 정부 기관 내부자가 모두 공격 대상이 되면서 이재용을 차라리 내보내고 범죄 혐의를 적용해 재구속해야 한다는 판단을 정부 관계자들이 내린 것이다. 이재용이 구속된 상태에서 발생하는 이러한 네트워크 테러 행위들의 잘못을 이재용에게 적용시킬 명분이 없었다.

"친구여, 당신에게 이야기하는 이유는 나의 말이 긍정적으로 전달될 것을 알기 때문입니다."

이재용이 말했다.

"농담하지 마시오. 나에겐 그럴 능력이 없소. 그저 당신의 이야기에 조금 흥미를 느낀 것뿐이오."

이름 모를 요원이 말했다.

"하하. 어떻게 해야 할지 조금은 답을 찾았을 뿐이고, 이곳에서 쉽게 만나지 못할 분들을 만나고 충분히 설득도 해 봤으니 사실 이제 나갈 때도 되었지요. 나가 드릴게요."

이재용이 말했다.

이재용은 구속되어 있는 2년 동안 고문이라도 받을 줄 알았지만, 미국 대통령의 특별 지시로 사실 특별한 대우를 받았다. 이재용은 이곳에서 HF에서의 행보와 역할, 세계 중앙 정부 기관에 대한 자문 등의 임무를 수행했다. 중요한 임무를 수행하는 만큼 방대한 정보를 가진 그를 철저히 보안, 관리할 수밖에 없었고 전 세계 사람에게는 감금이나 구속으로 전달될 수밖에 없었다. 하지만 이재용은 마지막으로 건네받은 자문을 끝내 실행에 옮기지 못해 아쉬워했다.

처음 HF의 은밀함에 대해 장시간 취조를 받았던 이재용은 대부분을 솔직하게 밝혔고, 이를 통해 얻어 나갈 수 있는 인류의 발전에 대해 설명했다. 이재용은 점차 정책 연구관이나 무기, 외교 관련 요원들과 접촉하게 되었고 비록 외부에 노출되지는 않았으나 아마 세상에서 가장 안전하고 쾌적한 곳에 있었던 것만큼은 분명했다.

사실 이름 모를 요원의 정체는 프리메이슨에 소속된 UN 극비 담당 인사였다. 그의 임무는 이재용의 행보와 방향성에 관해 연구하고 이재용을 국제기관 통제 아래 두는 것이 목적이었다. 하지만 이재용과의 계속된 토론 공방에서 이내 이재용의 순수한 목적에 설득을 당했다. 프리메이슨은 지구로 다가오는 미확인 비행체의 출현과 HF 기술 융합에 의해 크게 힘을 잃은 상태였다. 이재용과 요원의 관계는, 전 세계에서 프리메이슨이 일으킨 사건들이 이재용에게 전달될 정도로 깊어졌다. 이재용은 프리메이슨의 방향성에 대해 알게 된 후 정의와 평화에 대한 다양한 해석을 내려 보기도 했다. 프리메이슨은 인류가 한정적인 삶을 산다는 가정 아래 힘의 균형을 바탕으로 지구의 평화를 유지하기 위한 집합체로 존재해 왔다고 주장했다.

그런데 지금은 HF가 모든 것을 망쳐놓았다고 생각했고 점차 프리메이슨 세계에서도 새로운 가치관을 가져야 한다고 주장하는 세력이 늘었다고 했다. 전 세계의 전쟁 대부분은 프리메이슨이 유발했다는 것이 기정사실이었다. 전쟁 당사국의 아군과 적군을 가리지 않고 프리메이슨 회원들이 산재해 있었으며 대부분 높은 직책을 가졌거나 정치인이었다. 프리메이슨에 따르면 감정은 배제한 채 수학적 공식으로 인류에 긍정적인 효과가 더 많다면 전쟁을 일으키는 명분이 되었다고 했다.

그들이 전쟁으로 얻는 효과는 전 세계의 빈부 격차를 발생시키고 국가와 사람에게 합리적인 서열을 만들면서 시장을 순환시키는 것이 첫 번째였다. 그들이 생각하는 경제는 인류의 삶에 목적과 사랑을 만들어 내는 철학이었다. 또한 전쟁은 국가마다 확실한 서열을 만들어 단순한 정치적인 관계나 역사적인 감정에 치우친 분쟁들을 감소시키는 역할을 해 준다고 주장했다. 불편한 사실이지만 국가들의 서열이 국제적으로 공유되면서 불필요한 전쟁이 사라진 건 사실이긴 하였다. 전쟁 다음으로 프리메이슨이 주장하는 그들의 큰 업적은 바로 원자 폭탄이었다. 이탈리아 물리학자 엔리코 페르미와 원폭의 아버지라 불리는 오펜하이머가 대표적인 상급 프리메이슨 회원이었다고 했다. 프리메이슨은 정치에 관여할 수 있는 수준의 국가들만 원자 폭탄을 보유할 수 있도록 정책을 만들어 냈다. 애초에 프리메이슨은 원자 폭탄을 세계 최강국만 보유할 수 있도록 하려고 했으나 각국에 산재해 있던 프리메이슨 중급, 상급 임원의 강한 반대로 강대국들이 나누어 보유할 수 있도록 하였다. 여기서 충격적인 사실은 핵탄두와 핵물질 유지 비용이 과했기 때문에 프리메이슨 협정을 통해 이미 대부분의 핵무기가 폐기되었다는 사실이다. 일부 전쟁을 억제할 수 있을 만큼만 보유하고 있고 전 세계에 알려진 실제 핵탄두의 개수는 세상에 알려진 보유량의 1% 정도 수준이었다. 핵무기는 인류의 종말이 오게 하는 위력을 갖는 무서운 발명품이었지만 인류에게 거대한 공포를 주어 불필요한 전쟁의 횟수를 획기적으로 줄일 수 있었다.

이재용은 프리메이슨에 대해 알아갈수록 그들은 '철저한 확률과 계산으로 도출해 내는 다수 의결 집단'이며 위험성이 존재한다고 생각했다.

프리메이슨은 그들이 오랫동안 유지될 수 있도록 회원에서 여성은 제외해 왔다. 여성이 남성보다 '감성'과 '모성'이 더 많아 자칫 수학적 확률과 통계로 유지되는 평화를 파괴할 수도 있다는 위험성 때문이었다. 그로 인해 프리메이슨은 대를 위해 소를 희생하는 등 세상 가장 오싹할 정도의 냉정함과 치밀함을 가졌다고 했다. 하지만 HF가 만들어 낸 세상의 안정을 따라갈 수 없었고 상대적인 허탈감과 자괴감을 느끼는 경우가 많았다고 했다. 그리고 그들은 조직을 설립하고 나서 처음으로 와해되었다고 했다.

이재용은 며칠 후 드디어 그 이름 모를 요원에게 마지막으로 인사했다.

"수학은 잡히는 걸 변화시키는 차원이지만 인간의 마음은 우주에서 가장 높은 차원입니다.

그 마음이 우주에서 가장 강하다면 우리는 가장 강한 차원을 갖게 되는 거죠. 친구님, 그동안 감사했습니다. 아마 우리는 곧 다시 만나게 될 것 같습니다. 그땐 제가 스위스 엥가딘 산맥의 별장으로 친구님을 모시고 싶습니다. 그리고 제가 준비한 달콤한 꼬치와 향긋한 위스키를 함께 마실 겁니다. 그땐 친구님과 제가 소중하고 높은 차원의 마음을 나눌 수 있을 겁니다. 그날까지 부디 건강하세요."

제12장

상생에 대한
연구 개발 및 출판 증가

"일부러 늦게 나온 건 아니에요?"

강윤서가 여유로운 미소를 지으며 걸어오는 이재용에게 불만이 섞인 목소리로 말했다.

"벽을 파느라 날려 버린 수저가 스무 개가 넘어요. 오늘 마지막 수저로 벽을 거의 다 파냈더니 나가라는 거예요. 정말 보고 싶었어요."

이재용이 강윤서를 안아 주며 말했다.

"뭐부터 하고 싶어요?"

"당연히 윤서 씨와 집부터 가야죠. 아무 생각 없이 윤서 씨와 온종일 누워 있고 싶어요.

아주 오래된 영화이긴 한데, 「쇼생크 탈출」도 같이 보고 싶어요."

둘은 그렇게 집으로 이동했고 「쇼생크 탈출」은 보지 않았으며 시끄럽고 수다스러운 하루를 보냈다. 집으로 돌아온 이재용은 며칠을 푹 쉬고는 다시 HF로 업무 복귀를 마쳤다.

"너무 쾌적한데요? 기압은 문제가 없나요?"

이재용은 눈이 휘둥그레져서 HF 지하 소형 도시를 확인하며 물었다.

"1차 지하(실제 사람이 편안하게 생활할 수 있는 지하), 2차 지하(에너지 공급 기반 시설이 있는 지하), 3차 지하(폭발적인 에너지 공급 시설이 모여 있는 곳이며 고위험 에너지가 모여 있는 지하) 이렇게 세 곳으로 나누어 복장과 규정을 따로 마련하고 이행하고 있습니다."

김보경이 말했다.

이재용은 최민식 기관장을 바라보며 놀라움을 표현했다.

"재단장님, 아직 놀라시긴 이릅니다. 이번에 김보경 재단장이 진행한 언더월드 프로젝트에서 새롭게 발견된 신물질이 19가지나 됩니다.

그중 네 가지는 저희가 실용적으로 사용할 수 있는 물질입니다. 뿐만 아니라 핵심 자원들이 넘쳐납니다. 이렇게 지구가 위기를 겪기 전 조금 더 빨리 우주보다 지하에 관심을 두었다면 어땠을지 아쉬움도 큽니다."

옆에 있던 노엘 거트가 말했다.

"하지만 국제적인 문제도 있습니다. HF가 산재해 있는 국가마다 그 국가의 환경에 따라서 언더월드 프로젝트를 이행하는 비용과 노력에 차이가 존재합니다. 뿐만 아니라 자국의 지형과 환경적인 요소들 때문에 연구 개발에 참여한 기업들에게 성과를 이룩한 것보다 성과 분배가 불공정하게 이루어진다는 것입니다. 언더월드 프로젝트에 핵심 기술을 제공했다고 하더라도 사업 시행 국가가 타국에 국토를 양보할 수는 없으니까요. 그 부분에 대해 분쟁이 많은 상황입니다. 이런 식이면 최종적으로 언드월드 사업이 성공을 거둔다고 하더라도 문제가 생겨납니다. 언더월드를 제대로 마련하지 못한 국가는 미확인 비행체로 인해 멸망을 할 바에는 타국의 언더월드를 침략해서라도 대피하자는 판단을 내릴 수도 있습니다. 그러한 신호가 이미 관측되고 있습니다. 최근 유럽의 언더월드에서는 고의로 지하에 강한 지진파를 발생시켜 간접적으로 타국의 언더월드에 충격을 가하기도 합니다. 이러한 것이 쌓여 분쟁이 생기고 만약 큰 전쟁이라도 발생한다면 그것이 바로 제3차 세계 대전이 될 수도 있습니다."

최민식이 말했다.

"그 부분에 대해 도움을 줄 수 있는 사람을 안에 있는 동안 만나기는 했습니다. 또한 의견도 충분히 사방팔방 전달을 해 두었고요. 제 이야기를 어느 정도나 이해하고 반영할지는 '그 집단'에서 판단하고 운영하겠지만 '저희 집단'이 더 강해지는 것이 문제를 더 빠르게 해결할 수 있는 상황입니다."

이재용이 말했다.

"그 부분에 도움을 준다는 것이 어떤 도움을 말씀하시는 겁니까?"

최민식이 물었다.

"국경을 없애자고 했습니다."

이재용이 말하자 다들 침묵이 흘렀다.

곧 이재용이 침묵을 깼다.

"그들은 HF와 저에게 계속 요구했어요. 모든 힘을 발휘해서 지구를 지켜 내자는 게 주된 주장이었습니다. 그 전에 제가 그들에게 물었습니다. 영리 재단에 요구하기 전에 세계의 모든 국방력과 첨단 기술부터 공유하고 우주에 대항할 힘을 갖추는 게 우선이지 않겠냐고요. 이러한 위기 속에서도 각 국의 이익과 세계 경제를 우선하는 것이 불쾌했습니다. 모든 HF의 힘을 모아도, 전 세계의 모든 국방력을 모아도, 사실상 저들을 막아 내는 것은 불가능하다고 이야기했습니다. 하지만 그 전에 모든 힘을 합쳐 보자고 했습니다. 최소한의 치안 유지를 위한 다국적 통합 치안 기관을 만들고 모든 국방력과 국경을 하나로 합치자고 말이죠. 하지만 그들은 이룬 모든 것을 아직도 포기하지 못하는 듯합니다."

"쉽지 않군요."

최민식이 말했다.

"그를 믿어 봐야죠."

이재용이 말했다.

"그나저나 재단의 이 많은 발전은 도대체 누가 이끌어 낸 겁니까?"

이재용이 김보경을 보며 물었다.

"누구겠습니까? 당연히 이재용 재단장님과 전 세계 사람이죠."

김보경이 말했다.

"김보경 재단장님이 HF에 대해 많은 걸 공부하셨습니다. 이재용 재단장님께서 추진하신 재단 사업을 기반으로 현실 가능하고 가장 우선 중심이 되어야 할 사업을 잘 발굴하신 거죠."

최민식이 김보경을 치켜세우며 말했다.

"제가 나왔다고 해서 저에게 당장 HF를 맡기는 것은 무리가 있습니다. 또한 효율도 떨어지고요. 그래서 아직은 재단장 자리 인계를 받기는 어렵다고 판단합니다. 하하!"

이재용은 최민식 이사와 김보경의 눈치를 살폈다.

김보경은 잠시 머뭇거리더니 이내 미소를 띠며 말했다.

"저는 좋습니다. 하지만 그분이 허락하실까요?"

김보경이 말했다.

수상한 천국

"아, 그 생각을 못 했네요. 나중에 다시 이야기해요. 그나저나 이야기가 나와서 말입니다. 김보경 대표님은 결혼 안 하세요?"

이재용이 말했다.

그러자 김보경이 오늘 처음으로 당황하며 얼굴이 빨개지기 시작했다.

"갑자기 그쪽 분야로요? 나중에 다시 이야기하시죠. 대표, 아니 재단장님."

김보경이 민감하게 말했다.

"재단장님은 계획이 어떻게 되는지요. 무엇을 준비하는 게 좋을까요?"

최민식이 물었다.

"곧 멸망할지도 모를 이 지구에서 저의 시간을 조금 갖고 싶네요. 한국으로 가겠습니다."

이재용이 말했다.

세상이 많이 변했음에도 불구하고 과거보다 강릉의 바다를 찾는 사람이 많았다. 해안가를 따라 주황색 파라솔과 하얀 천막들이 만들어 낸 운치는 황홀했다. 해안가의 대부분 바닥은 10cm 정도 띄워져 분리되어 있었는데, 이는 요즘 바닷가에 유행하는 바닥 디자인이었다. 사람들이 갯강구나 바다 곤충들을 밟지 않도록 도와주는 역할이었다. 답답해 보이는 검은색 정장과 구두를 맞춰 입은 이재용은 혼자 해안가를 거닐었다. 3년 전 세상을 떠난 할머니에게 인사하고 오는 길이었다. 해안가의 자유분방한 분위기 속에 요즘 입지 않는 검은 정장의 이재용은 유독 튀어 보였다. 그리고 주변인들은 당연히 이재용을 알아보았다. 하지만 놀랍게도 모두가 이재용을 모른 척하고 관심 없다는 듯 행동했다. Score 앱에 프로필을 수정해 두지 않았다면 사람들이 몰려들었을지도 모른다. 이재용은 Score 앱 프로필에 이렇게 글을 남겼다.

"미확인 우주선에 대해 궁금하시겠으나, 미확인 우주선은 계속 접근하고 있고 지난번 발표한 만큼의 시간이 남아 있습니다. 그 외에 제가 더 알고 있는 부분은 아직 없으며 있다면 HF에서 발표해 드리겠습니다. 오늘은 천국에 계신 할머니를 뵙고 인사를 드린 날입니다. 제가 신기하겠지만 조금만 모른 척해 주시면 감사하겠습니다. 오늘도 여러분의 소중한 시간을 지킬 방법을 고민하고 있습니다."

사람들은 천막 아래에서 너도나도 술을 즐기고 있었다. 몇몇은 술을 마시자마자 손목에서 건강 경보가 울렸다. 술을 마시기 전 미리 시계에 있는 건강 알림 기능을 끄지 않아서였다.

천막 전면에 배치된 선반들에는 다양한 책이 가득 진열되어 있었다.

『하루살이의 삶』

『오늘을 어떻게 살 것인가?』

『죽음을 맞이하는 방법』

『외계인과 친구하기』

『보람된 삶』

이재용이 구속되어 있던 기간 동안 세계의 사람들은 자신에게 주어진 시간에 대해 깊은 고민을 했다. 어떻게 보면 시한부 삶이 세계 모든 인류에 동시에 내려진 것이기 때문에, 역사상 최대의 철학이 생겨날지도 모를 일이었다. 그리고 저마다 삶에 대해 생각하는 인문학 서적이 쏟아져 나왔다. 대학과 교육 기관들에서도 인문학의 비중을 높였다. 세계 곳곳에서는 인문학 경진 대회가 열리기도 하였다. 이재용 또한 다음 달 프랑스 광장에서 열리는 경진 대회에 참가 지원서를 냈으며 간단한 지원 영상을 촬영하여 제출했다.

"오랜만이네! 뭐 해 줄까?"

이재용이 자주 가던 천막 횟집의 여주인이 말했다.

"물회랑 어묵탕 그리고 소주요! 하하, 잘 지내셨어요?"

"통 장사도 안 되고 좋았는데, 한가롭게 살다가 갑자기 바빠져서 힘들어 죽겠어. 외계인인가 뭔가 오고 있다고 하니 이 사람들이 다들 갑자기 술을 그렇게 마시네."

"가게 자리 넘기시고 조금 쉬시지 그러세요?"

"나는 세상 적응이 아직 잘 안돼. 그나마 오는 사람들이랑 이런저런 이야기를 주고받아서 세상을 파악하는 거지. 그런 재미로 하는데 이젠 진짜 노동이 되어 버렸어. 진짜 넘길 때가 됐나 봐. 아니 그런데 왜 혼자야?"

"생각할 게 조금 있어서요."

"그래 방해하지 않을 테니까 편하게 마시다 가. 금방 준비해 줄게."

"감사해요."

이재용의 옆자리에서는 남자 둘이 다투고 있었다.

"나도 이참에 언더월드 프로젝트에 참여할까 생각 중이야."

이름 모를 남자가 동석자에게 말했다.

"그냥 가만히 기다리는 건 어때? 괜히 부실해질 것 같아. 내가 너를 아는데 말이야."

함께 자리한 일행이 만류했다.

"조금이나마 생존 확률을 높이려면 프로젝트에 참여해서 우선 입주권을 얻고 싶어. 정말 행복한 세상인데, 더 살고 싶단 말이야."

"누군 더 살고 싶지 않겠니. 작정하고 우리에게 향하는 저 존재들은 정말 나빠. 우리에게 얼마나 위협이 되는지 우리가 모를 거라 생각하는 건가?"

"너는 길 가다가 귀여운 새끼 고양이에게 허락받고 다가갔니?"

"그건 다른 이야기잖아! 잘난 네가 외계인과 같은 편 해라!"

"편들었던 건 아니야. 너의 말이 맞아. 저 녀석들만 아니면 우리가 지금 소주를 마시겠니? 넌 어떤 걸 해 나갈 계획이야?"

"난 지구 한 바퀴를 도는 게 목표야! 여행하면서 내 앞에 펼쳐진 어려움이 있으면 도움이 되기도 하고……. 뭐 그렇게 하루하루 이롭게 지내다가 우연히 마음이 이쁜 여자를 만나게 되면 좋은 이야기도 나누고……. 그렇게 하루하루 살다가 저 우주선을 맞이할 것 같은데?"

"이런 마당에 이롭게 지내는 게 의미가 있겠니? 하루하루 그저 즐겁게만 사는 게 전부이지 않겠어?"

"이번에 HF에서 '골든러'가 쓴 책 읽어 봤니?"

"『시간의 값어치』를 말하는 거지? 안 그래도 읽어 보려 했어!"

"그 책을 읽고 생각을 바꿨어. 수많은 죽음과 시간의 끝을 마주한 수많은 사람이 남긴 것, 그리고 그 가치……. 그 책은 이야기했어. 시간의 종말을 받아들일 준비를 해야만 시간에 가치를 부여할 수 있다고……. 그래서 난 시간이 끝난다고 생각하고 하루하루를 보낼 생각이야."

옆에서 이야기를 듣던 이재용은 의미심장하게 웃었다.

"시간의 가치라……. 아마 우리는 조금 더 행복한 세상을 만들 걸까."

이재용이 혼자 중얼거리며 소주를 한 잔 마셨다.

한편 이재용이 혼자 술을 마시는 그 시간, HF 자율 연구 T룸에서는 자유로운 주제를 기반으로 철학과 진리를 밝히는 토론이 벌어졌다.

이 토론의 주제는 이재용이 주고 간 'Finish'라는 단어였다.

"저는 '완성시키다'라고 해석돼요! Finish는 도달하는 것에 의미가 있고 저희의 삶도 죽음에 도달하면서 삶을 완성하잖아요! 그래서 전 완성으로 이름 짓고 싶어요! 그 완성이 아름다울 수 있도록 이곳에서 저는 최선을 다할 거예요."

머리를 양 갈래로 묶고 주황색의 원피스를 이쁘게 입은 마리앙이 말했다.

"하지만 Finish는 그 완성을 빼앗아 가지 않니? 끝나고 나서는 누가 알아주거나 아니면 자신의 만족조차도 사라지게 만드는 건데 그게 과연 가장 중요한 요소일까?"

김보경이 물었다.

"왜 사라진다고 생각하세요?"

『시간의 값어치』의 저자 골든러가 말했다.

"죽음은 그 사람의 우주가 사라지게 하니까 말이야."

참관하던 강윤서가 말했다.

"라틴어로 Finish의 어원은 경계이기도 하죠. 즉, 끝나자마자 또 다른 시작이 기다린다고요! 지금 저희는 시작하고 있는 건지, 끝으로 다다르고 있는 건지 아무도 알 수 없어요! 그건 시간을 만든 '누군가'만 알 수 있겠죠! 하지만 그 시간에 속해 있는 동안은 새로운 시작에 다다르고 있는 건지, 끝에 다다르고 있는 건지 생각하는 것은 무의미하죠! 그래서 두려워하지 않아도 된다고 생각해요. Finish에 대해서요. 항상 저희는 시작과 끝을 향해서 도달하기 때문이죠!"

골든러가 답변했다.

"맞아요! 그래서 완성이 중요하다고 생각해요! 시작이 되었든 끝이 되었든 둘 중 하나를 우리는 만들어 가고 그 시작과 끝이 완성도가 높을수록 더 새로운 완성도가 높은 시작과 끝을 만들거나 향해 가니까요!"

마리앙이 말했다.

"그렇다면 너희 마음대로 완성에 대해 정의할 수 있니?"

김보경이 말했다.

"완성이 무엇인지는 이미 모두 알고 있다고 생각해요. 완성은 마음을 편안하게 하고 두려움의 눈물과 후회가 없어야 하고, 설렘과 희망이 가슴속에서 벅차오르는 것이라고 생각해요."

마리앙이 말했다.

"아마도 불안하거나 심장이 멈출 것만 같다거나 절망감이 있다거나 숨이 가빠지거나 후회한다면 그것은 잘못된 완성을 해 나가는 것일 거예요."

골든러가 말했다.

"그렇다면 시간의 값어치를 위해 우리는 완성된 삶을 살아가야 하고 그 완성의 종류는 이미 우리의 심장과 마음이 알려 주고 있었던 거구나?"

강윤서가 말했다.

"여러분의 이야기를 듣는 내 마음이 희망을 품게 하는데, 아마 여러분이 지금 또 완성을 하는 건가요?"

김보경이 말했다.

"맞아요!"

마리앙과 골든러가 말했다.

"하지만 그 완성에 대해 사람들에게 알려 주기 위해서는?"

강윤서가 물었다.

"저는 그래서 책을 써요!"

골든러가 답했다.

몇 주 뒤 골든러가 써 낸 『내가 나의 손을 잡는다』라는 제목의 인문학 책은 엄청난 파장을 일으키며 전 세계인의 행동 양식과 사상의 변화에 일조했다.

한편 이재용은 오랜만에 마시는 화학 약품 향의 소주에 잔뜩 취했다.

이재용의 옆자리에서 서로의 계획을 말하던 두 청년은 잔뜩 취한 이재용을 강릉의 그린룸으로 부축해서 데려가고는 이내 사라졌다.

이재용을 인계받은 그린룸의 관리자들은 헐레벌떡 놀라면서 즉시 그린룸 대표이사 김인성을 호출했다.

그린룸에서 이재용의 입에는 마우스 공이 들어가 있었으며 발가벗은 채 고정 거치대에서 미역 색의 젤리처럼 보이는 곳으로 몸이 담가졌다. 입고 있던 모든 옷은 세탁실로 맡겨져 향긋한 의류로 정리되었다. 두 시간 정도 후 이재용의 몸에서 알코올은 대부분 사라졌으며 모든 신체의 기능이 정상으로 돌아왔다. 머리에 두피 청소 기기를 쓰고 있던 이재용은 곧 그린 젤리에서 슬며시 눈을 떴다.

"으악! 뭐야!"

이재용이 소리쳤다.

"뭐긴요. 저예요, 대표님. 아니 재단장님이신가?"

김인성이 말했다.

"외계인에게 납치를 당해서 실험을 당하는 꿈을 꿨어요!"

"그럴 만도 하시죠. 몸을 가누지도 못할 만큼 드셔서는 모르는 행인들에게 들려 오신 건 아세요?"

"하……. 윤서 씨에게 연락 안 했지요?"

"어디 갇혀 있는 동안 형수님이 떠났을 거라고 생각했죠. 그렇지 않고서야 이렇게 몸을 가누지도 못할 만큼 술에 취하시다니……."

"그러고 보니 마중도 안 나오시고!"

"갑자기 그린룸이 바빠졌어요. 술을 마시는 사람이 아주 많이 늘었다고요."

"그것 참 좋은 소식이네요. 나도 어디에 가 있는 동안 가장 생각이 많이 나는 게 이곳에서 마시던 소주였어요. 윤서 씨 걱정은 안 하셔도 됩니다."

"편안하게 쉬시다가 가세요. 저도 갑자기 급하게 나오느라 정리할 게 남았습니다. 건강 잘 챙기시고요. 아침에 차량 대기해 두겠습니다."

"차량은 괜찮아요. 여기서 잘 쉰 것만으로도 감사합니다."

그렇게 다시 은은한 조명 아래에서 살짝 잠이 든 이재용은 곧 일어나 밖으로 향했다.

"신세 많았습니다. 감사합니다."

이재용이 입구 관리자에게 말했다.

"네. 만나 뵙게 되어 영광입니다. 결제는 이곳에서 하시죠. 여기 청구서입니다. 원래 선불이지만 대표님께서 깨우지 말라고 하셔서 결제하지 못했습니다."

이재용은 청구서를 보더니 깜짝 놀랐다. 그린룸 최고 서비스 요금이 모두 적혀 있었기 때문이었다.

"김인성 대표이사 하나는 정말 잘 두었군. 이런……."

이재용은 재단의 자산을 개인적으로 사용할 수 없었기 때문에 어쩔 수 없이 강윤서에게 연락했고, 강윤서는 강릉 그린룸에서 결제한 많은 금액을 보고 이재용이 얼마나 취했을지 짐작할 수 있었다.

제13장

골든러

스페인의 세비야 광장 알록달록한 불빛 속에는 많은 사람이 모여 있었다. 호수의 물은 바람 한 점 없어 빛을 담고 일렁이는 평화로운 광경이었다. 사람들은 저마다 인문학 경진 대회 본선을 관람하기 위해 준비를 단단히 했다. 이불, 술, 망원경 등 저마다의 방식으로 관람했다.

"이불까지 들고 와서 꼭 들어야 해?"

작은 요트 위에서 관람하러 온 어느 부인이 말했다.

"제발, 오늘만 이해해 줘. 이재용도 참석했단 말이야! 오늘 인류의 미래에 대해 어느 정도 알고 갈 수 있는 순간이라고!"

부인의 남편이 말했다.

과거와 달리 경연 대회 사회자는 마이크를 손에 쥐지 않고 골전도 타입의 무선 장비를 목에 걸었다.

사회자뿐만 아니라 관람하는 모든 사람의 목에는 마치 목걸이처럼 골전도 타입 무선 음향 장비가 걸려 있었고 주최자의 안내에 따라 손목의 시계로 주파수를 맞추자 생생한 소리를 들을 수 있었다.

"오늘의 주제는 '우리에게 가장 중요한 일'입니다. 해당 주제는 최근 포털 사이트와 크리에이터, 영상 조회 수 등을 종합하여 관심도 순으로 선정하게 되었습니다."

사회자가 말했다.

"사과나무를 심는 것입니다!"

광장 분수대에 엉덩이를 걸치고 앉은 한 남자가 손을 번쩍 들더니 하는 말에 근처 사람들이 실소했다.

아마도 그는 스피노자를 떠올렸을 것이었다.

"용기!"

"무기!"

"다른 터전!"

.

.

.

.

"연민!"

"국경 없는 세상!"

골든러와 이재용은 각각 '연민'과 '국경 없는 세상'을 제시했다.

"연민이 타인을 위한 행위의 근본은 될 수 있지만 과연 과거 규제나 법적 혜택이 많지 않던 시대에 연민이 사회적 문제를 해결한 적이 있었나요?"

이재용이 물었다.

"시대마다 다릅니다. 원시 시대에는 생존을 위한 지식이 필요했을 테고,

중세 시대는 전염병과 전쟁을 막을 만한 종교관과 의약이 가장 중요했겠죠. 현대 시대부터는 본격적으로 인류가 과학적 혁신을 이룬 시점으로, 기술 융합을 통해 우리가 지금까지 오지 않았습니까? HF라는 재단을 기점으로요. 많은 인류의 근본적 문제를 해결한 지금, 지구를 향해 다가오는 저 미확인 비행체에 대해 지금은 연민으로 함께 지구 땅굴이라도 파서 살을 비비며 살아 봐야 한다고 생각했습니다. 비록 그 끝은 비극이라 할지라도 지구의 인류 생존 방법 중 하나가 될 수도 있겠죠."

"오늘날 '연민'을 느낄 수 있도록 인류의 가치관을 변화시키자는 것인데, 지금 비행체가 접근하고 있고 남은 시간은 약 9년 남짓으로 보입니다. 저들의 접근 속도는 일정하지 못하니 더 빨라질 수도 있겠어요. HF는 가짜 연민과 답답한 사회적 배려가 못마땅해 만들어진 집단입니다. 인류의 문제를 빠르게 종식 시킨 후 과학과 예술에 인류의 에너지를 집중할 수 있도록 했죠. 하지만 연민으로 우주적, 제도적 문제를 해결하기에는 시간적으로 부족하지 않나 싶습니다."

"그래서 전 계속해서 책을 쓰고 있죠. HF는 자본의 융합으로 엄청난 속도의 기술 진보를 이뤘죠. 언젠가 제 책이 전 세계 사람의 '연민'을 통합시켜 인류와 시대 가치관의 변화 속도를 폭발적으로 높일 것이고 저 또한 그 일원으로 해당 경연에도 참석했습니다. 지금 저에게 시간이 부족할 듯하다고 말씀하셨죠. 지금 참가자분께서 주장하시는 국경의 종말이 과연 '연민'이 없는 상태에서는 가능할지요."

"지금의 편리해진 세상도 어느 정도 강제적인 규제를 통해 기본적인 것을 충족하며 사회가 유지되고 있어요. 당장 몇 년 뒤 어떻게 될지 모를 이 지구에 강력한 사회 제도적 조치만이 속도감 있는 실질적인 해결책을 불러올 것이라고 생각합니다. 물론 골든러 씨가 만드는 문학 작품들이 내일 당장 '책'이나 '넷플릭스', '디즈니'로 큰 성공을 이루어 준다면 또 다를지 모르지만요."

치열한 경연 주제를 놓고 골든러와 이재용의 뜨거운 토론이 벌어졌다.

골든러가 이야기한 '연민'은 강자가 약자에게 배려하는 자비가 아니라 타인의 슬픔에 공감하는 인간 본성이라 하였다. 그는 다른 감정보다 지금은 '연민'이라는 감정이 중요하다고 생각한 것이다. 이재용은 '국경 없는 세상', 즉 전 세계 사람의 단합이 지구의 가장 강력한 발전에 대한 해결책이라고 생각했다. 또한 외부의 불확실한 위협에 대한 가장 효율적인 방법이라고 생각한 것이다.

이 대회에서 골든러는 우승했고, 이재용은 5위 안에 간신히 들었다.

"이렇게 잠이 오지 않는 평온함은 정말 오랜만이야!"

간이 의자를 마련하여 연인과 기대앉아 있던 여자가 말했다. 하지만 옆의 연인은 이미 평온하게 잠든 모습이었다. 경연 대회가 끝나고 사람들의 알록달록한 불빛은 사방으로 흩어졌고, 광장은 순식간에 해산되었다. 해당 경연 대회는 다양한 경로를 통해 생중계되었다. 이날의 경연 대회 내용을 잘 정리하여 책으로 내려는 사람들도 여럿 있었을 것이다.

"함께 이동하시죠, 골든러 님."

이재용이 짐을 챙기는 골든러에게 다가가 말했다.

"누구세요?"

골든러가 깜짝 놀라 말했다.

"이재용이라고 합니다."

"아! HF 과거 재단장님!?"

"반가워요. 오늘 경연 잘 들었습니다. 제가 읽은 책들의 주인공이시군요."

"영광입니다!"

"생각지도 못하게 잘생기셨네요. 가는 길이 같으면 함께 가실까요? 저도 HF로 돌아가려고 합니다."

"요즘 못생긴 사람이 있나요? 물론 저는 자연이긴 하지만요. 네. 저도 돌아가려는데, 재단장님 전용기로 함께 가는 건가요?"

"제 전용기는 따로 없습니다만……. 제일 비싼 수단으로는 갈 수 있을 것 같아요."

둘은 함께 지하 루프를 타고 이동했다.

"저보다 어리신가요?"

옆에 앉은 이재용이 물었다.

"네? 죄송하지만 그거 진지하게 물어보시는 건가요?"

골든러가 황당하다는 듯 물었다.

"농담입니다. 젊어 보이는데, 그 깊은 생각들이 참 신기해서요."

"깊은 생각들일까요? 이미 다양한 서적을 쓴 역사의 인물들은 더 어리고 힘들고 네트워크가 없는 시대에 사상을 바꿔 버렸는데요."

"하지만 어떤 상황에서 설득력이 있게 이야기를 꺼내기가 쉽지 않죠."

"칭찬으로 생각할게요. 제가 신기하다고 하셨는데, 세상 사람 대부분은 이재용 재단장님을 더 신기해할 거예요"

"그렇겠죠. 사람들이 좋아하는 돈을 그렇게 많이 갖고도 활용도 안 해 보고 투자했으니까요."

"아니요. 따뜻한 사람이어서요. 정말 난로 같은 사람이라고요."

"욕심이 없어서라 생각했는데 그게 아니었나……."

"재단장님이 하시는 행동과 결과들을 보세요. 지구는 자칫 천국이 될 뻔했다고요. 저 정체 모를 미확인 물체만 아니었다면요."

"그래서 말씀드릴게요. 아직 완성 못한 천국을 함께 만들어 보실래요?"

"네? 이미 그러고 있다고 생각하는데요? 제 책들을 보시면 온통 그 결과와 비슷한 방향이라고요."

"네. 하던 일은 마저 잘해 주세요. 사실 저는 부탁을 드리고 싶어서요. 한국 AL 그룹 본사에 있는 생각 공원이라고 아시나요?"

"네! 알아요! 알고 있어요!"

"저와 함께 가 보실래요? 날은 따로 잡아서 알려 드릴게요."

"정말요? 그래도 돼요?!"

골든러는 한껏 기대에 부풀어 대답했다.

기대감에 눈이 반짝반짝한 모습은 드디어 골든러를 어린아이처럼 보이게 했다.

사실 이재용은 골든러와 접촉하기 전 골든러가 제일 좋아할 만한 것을 최민식 기관장에게 미리 확인했었다. 하늘이 너무 푸르러 생각 공원의 돔은 활짝 개방되어 있었다. 생각 공원 바깥을 둘러싼 유리 벽은 마치 벽이 없는 것처럼 느껴질 정도로 깨끗했다. 바람 한 점 불지 않는 날씨에 인상을 구기며 구상나무 아래에서 현장을 지휘하는 김범철 공원장이 보였다. 잔디는 맨발로 걸어 다녀도 될 정도로 부드럽게 정돈이 되어 있었고, 구상나무들은 미모를 뽐내기라도 하듯 정갈한 모습이었다. 그리고 골든레트리버 여러 마리가 공원에서 활기차게 뛰어다녔다. 한편 공원 한가운데는 달맞이꽃, 튤립, 피튜니아가 색을 뽐내고 있었다. 달맞이꽃과 튤립은 김보경이 AL 그룹의 부사장일 때, 피튜니아는 강윤서가 대표일 때 각각 심어졌다.

수상한 천국

꽃들은 특별하게 관리되고 있었으며 이쁜 빛깔은 지나가는 사람의 눈을 쏠리게 만들기 충분했다. 꽃들은 서로 경쟁이라도 하듯 피어 있었고, 골든 러는 빙판 위를 걷는 두루미처럼 넋을 잃고 걷고 있었다. 또한 이재용과 함 께 걷고 있어 쏠리게 되는 사람들의 시선도 살짝 즐기는 듯하였다.

"좋으세요? 이 공원은 제가 생각하긴 했지만 저기 인상을 찌푸리고 계신 김범철 공원장님이 손수 가꾸고 만드신 공원이랍니다. 정말 훌륭한 분을 모셨죠."

이재용이 말했다.

김범철 공원장은 이재용과 특별한 어느 날 처음 만났었다.

과거의 일이다.

이재용은 스타트업 기업을 시작하고 얼마 지나지 않아 대한민국 충남 동 학사의 거리를 거닐고 있었다. 그곳은 빵 냄새와 탐스러운 음식 냄새로 가 득했다. 계약금으로 받은 두둑한 목돈과 함께 어릴 적 할머니와 함께 걸었 던 거리를 생각하며 산책하던 때였다.

"앗! 깜짝이야! 푸하하!"

이재용은 천천히 걷는 자기 발등을 툭 잡아채는 강아지에 깜짝 놀라며 폭 소를 터트렸다.

"죄송합니다."

강아지의 주인으로 보이는 무표정의 한 남자가 강아지의 발을 치웠다. 평 소 강아지를 무척 좋아했던 이재용이 웃으며 물었다.

"물지 않고 제 발을 잡는 강아지는 처음이네요."

"죄송합니다. 놀라셨죠. 저희 아이가 가끔 자기 마음에 들면 툭 건들고는 합니다."

무표정의 남자가 말했다.

"이 녀석, 툭 건드려 놓고는 말을 못 하는구나. 뭔가 할 말이 가득해 보이는데?"

이재용이 강아지를 향해 중얼거렸다.

"……."

강아지는 말없이 이재용을 바라보았다.

그렇게 한동안 강아지와 마주 보던 이재용은 다시 길을 걸어가려던 찰나에 무표정의 남자 주변으로 꾸며진 자리를 보았다. 심은 지 얼마 되어 보이지 않는 보리수와 로단테 꽃들이 주위에 정돈되어 있었다.

"아니, 키우기 어려운 이 식물들을 어떻게 이 좁은 공간에서 가꾸셨나요?"

이재용이 무표정의 남자에게 물었다.

"그것만이 제가 할 일이었어요. 모든 정성을 다했습니다. 추운 날은 이 아이를 먹이기 위한 음식을 데우면서, 더운 날은 직접 부채질을 하면서요."

무표정의 남자가 말했다.

무력해 보이기도, 슬퍼 보이기도 하는 남자 앞에서 이재용은 한동안 말없이 강아지를 쓰다듬었다. 그리고는 무표정의 남자가 크게 결심한 듯 갑자기 이재용을 향해 말했다.

"잘 키워 주실래요?"

무표정의 남자는 강아지에게 관심이 있으면 입양하라는 듯 말했지만, 전혀 강아지를 보내 줄 마음이 없는 듯하다고 이재용은 느꼈다.

"네, 그렇게 하겠습니다."

이재용이 말했다.

"감사합니다. 정말 감사합니다."

수상한 천국

무표정의 남자는 거듭 감사하다고 하더니 갑자기 눈물을 흘렸으며 바로 자기 주변에 있던 강아지의 물품들을 정리하기 시작했다.

"저기, 죄송하지만 강아지만 말고 주인분께서도 함께 이사할 수 있을까요?"

이재용이 조심스럽게 물었다.

"네? 저는 보다시피 함께할 수 없는 사람입니다. 불편하실 거예요."

무표정의 남자가 당황하며 말했다.

"이 아이가 저와 함께 간다면 너무 좋겠습니다. 저와 함께하는 회사 사람들도 분명 좋아할 거예요. 하지만 주인분께서 이 자리를 가꾸어 놓으신 모습을 보니……. 우리 회사의 정원사가 되어 주실 수 있으신가요? 이 아이도 함께 돌봐 주신다면 아주 좋을 것 같습니다."

이재용이 조심스럽게 말했다.

"분명 불편하시고 짐이 되실 거예요. 하지만 그 정원, 제가 책임지고 세상 최고의 정원으로 만들어 드릴게요."

잠시 침묵이 흐르고는 무표정의 남자가 대답했다.

그것이 김범철 공원장과 이재용의 첫 만남이었다. 김범철 공원장은 과거에 이쁜 딸과 부인을 교통사고로 잃었다. 그날은 가족사진을 찍기 위해 사진관으로 향하던 날이었다. 딸은 며칠 전 길에서 주운 강아지가 많이 아파 병원에 맡기고 사진관으로 가겠다고 했다. 그런데 엄마와 함께 병원에 강아지를 맡기고 오던 중에 중앙선을 침범한 반대 차선의 차에 의해 목숨을 잃게 되었다고 했다.

고아부터 시작하여 대기업까지 다니던 김범철은 모든 것을 내려놓고 전 재산을 기부한 채 강아지를 누군가에게 입양 보내고 나서 가족을 따라 자살할 생각으로 하루하루를 보냈다고 했다.

다시 현재로 돌아와서 골든러는 말했다.

"저는 지금 HF에서 너무 행복해요. 아무 불안 없이 생각하고 뜻을 펼칠 수 있어요. 그리고 제가 존중받고 사람들이 반응하는 모습들도 바로 확인할 수 있죠. 심지어 이곳에서 제일 존경하는 재단장님과 함께 걷고 있잖아요!"

그때였다.

주드 대통령에게 달려들었듯이 방심하고 있는 골든러를 향해 골든레트리버 한 마리가 달려들었다. 이내 골든러는 바닥에 나뒹굴며 입고 있던 티셔츠가 등 위로 훌렁 넘겨졌다. 그때, 끔찍한 흉터가 골든러의 등 위로 나타났다. 처참하게 파여 있는 흉터였다. 바닥에 나뒹굴게 된 골든러는 행복한 듯 웃으며 자신을 핥는 레트리버를 쓰다듬었다. 안 본 사이 나이가 많이 들어 보이는 김범철 공원장은 골든러에게 다가가 골든레트리버를 떼어 냈다.

인상을 한껏 찌푸리며 레트리버를 데려가는 공원장에게 이재용이 슬쩍 귓속말을 걸었다.

"공원장님, 모든 치료가 무료입니다. 건강이 더 안 좋아 보이세요."

"곧 가족에게 가겠죠. 치료까지 받으며 더 살 생각은 없습니다. 동진이와 서진이를 보낸 것만 해도 충분해요. 이제 저 다음의 공원장도 준비하셔야죠. 그리고 대표님, 위반하셨습니다."

공원장은 비장하게 말하고는 씩 웃으며 레트리버의 목덜미를 잡고 멀어졌다.

"여전하시군. 그나저나 웃으시다니……. 저런 표정이셨구나."

이재용이 중얼거렸다.

골든러는 생각 공원에서 한동안 AL 그룹에서 일하고 있는 사람들을 바라봤다.

깊이 있는 책을 쓴 저자답지 않게 천진난만한 모습을 보여 주는 골든러의 모습에 이재용은 흐뭇하면서도 무언가 궁금해졌다.

"HF에는 어떻게 오게 되었어요?"

이재용의 질문에 골든러는 잠시 생각에 잠겼다. 잠시 후 골든러가 말했다.

"사실은 어떻게 온 건지 기억나지도 않아요.

저는 어릴 적부터 종교에 빠지신 아버지와 살면서 많이 맞고 자랐고 매일 맞은 얼굴로 학교에 가서인지 친구들도 많지 않았어요. 종교 때문에 아버지는 자기 몸에 상처를 내며 자해했고, 자기 몸에 더 이상 상처를 낼 곳이 없으면 저와 엄마, 누나를 칼이 엉겨 붙은 자루로 내리치셨어요. 친구들은 아버지가 맛있는 음식도 해 주고 집에 데려갈 때는 목마도 태워 주었죠. 그 모습을 보고 제가 너무 초라하고 부끄러워서 친구들에게 말도 하지 못했던 것 같아요. 어느 날은 등에 살이 아직 올라오지도 않았는데, 이 정도면 더 맞아도 되겠다며 자신에게 아무 도움도 되지 않는 것이 꼴 보기 싫다고 저를 학대하려 하셨죠. 그때 너무 무섭고 두려웠는데 밤에 엄마, 누나와 집을 도망쳐 나왔어요. 그렇게 정말 멀리 도망쳐 왔다고 생각하는 곳에서 엄마는 여러 노동으로 저희에게 음식을 먹이며 보살펴 주셨어요. 과수원 근처 배수로에 비닐과 나무로 움막을 만들고 개울가에서 몸을 씻고 벌레 때문에 힘든 와중에도 엄마는 계속 저 하늘을 보면서 지구가 아름답다고 하셨어요. 일을 마치고 돌아와서는 야산에 꽃과 풀을 보면서 하나하나 이름을 다 알려 주시며 너무 이쁘고 귀한 풀들이라고 이야기해 주셨어요. 엄마는 저에게 풀잎과 꽃과 땅과 하늘을 보는 방법 그리고 그 의미를 생각하는 방법을 알려 주신 분이었어요. 저는 그런 엄마가 너무 소중했어요. 어느 날은 엄마가 캐 오는 약초와 열매를 제가 미리 구해 놓으면 엄마와 한시라도 더 함께할 수 있지 않을까 하는 마음에 열매를 따러 갔다가 길을 잃고 밤이 늦어서야 근처에서 저를 발견한 엄마에게 많이 혼나기도 했어요. 매일 밤 저와 누나는 엄마를 양쪽에서 부둥켜안고 잠이 들었고 그렇게 하루하루를 살아갔어요. 엄마는 그런 저희를 매미라고 하기도 했죠. 제법 터를 잡고 매일 가족만을 생각하며 저도 나름 건강하게 커 나가고 있었는데 살면서 너무 끔찍한 하루가 찾아왔어요.

어느 날 마을에 총을 든 군인들이 와서 마을 사람들을 전부 한곳으로 몰아 놓고는 머리에 마대를 씌우고 한 명, 한 명 총을 쏴 학살하는 모습을 보았어요. 뒤에서 순서를 기다리던 사람들은 마대가 머리에 씌워지자 방금 앞사람처럼 머리에 총을 맞고 죽을 생각을 해서인지 발걸음이 아주 무거워 보였어요. 저는 너무 두렵고 무서웠어요. 총을 쏘는 사람들과 그 사람들보다 높은 사람이 저렇게 두려워하는 사람들을 위해 제발 멈추기를 바랐어요. 하지만 제가 본 건 높아 보이는 사람은 뒤에서 여유 있게 앉아서 옆 사람과 웃으며 그 모습들을 즐기는 모습이었어요. 저는 그 웃음이 아직도 잊히지 않아요. 그렇게 배수로에 몰래 숨어서 산에 올라간 엄마가 내려올 때까지 기다려야 할지 아니면 산에 올라가 엄마에게 사실을 알리고 도망가야 할지 그러다가 엄마와 어긋나서 다시는 못 보면 어떻게 해야 할지 고민하던 찰나에 언덕에서 누나와 손을 잡고 내려오는 엄마를 봤어요. 엄마는 하필 나무가 잘 정리된 산길을 누나와 함께 내려오고 있었어요. 한쪽 구석 트럭에서 총을 든 군인들이 엄마와 누나를 발견한 걸 저는 보았어요. 그리고 저는 미친 듯이 엄마에게 뛰어갔어요. 저희 엄마는 무리하게 산에서 일을 하시는 탓에 다리가 항상 아팠어요. 군인들은 총을 겨누고 저희 쪽으로 빠르게 뛰어오고 그렇게 저는 엄마 손을 잡았어요. 그런데 엄마가 저를 뒤로

수상한 천국

밀치더니 저의 등을 있는 힘껏 미셨어요. 저는 엄마보다 이미 힘도 세고 달리기도 훨씬 빠른데 엄마는 자신은 도망갈 몸이 아니라며 도망가라며 저를 밀치셨어요. 저는 엄마 손목을 부여잡고, 정말 꽉 부여잡고 엄마를 잡아당겼는데 엄마가 저를 혼냈어요. 하지만 저는 엄마 손을 잡았고 누나와 함께 있는 힘껏 산 위로 도망쳤어요. 그런데 그때 느꼈어요. 이렇게 도망가면 분명 세 명 다 마대를 뒤집어쓰고는 죽을 거라는 걸요. 그래서 저는 왼쪽 숲속으로 제가 제일 사랑하는 엄마를 있는 힘껏 밀었어요.

저는 위로, 누나는 오른쪽으로 이렇게 세 갈래로 도망가면 분명 한 명은 잡히겠지만 운 좋으면 두 명 아니면 한 명이라도 살겠구나 싶었거든요. 그때 생각했어요. 엄마와 함께 마대를 뒤집어쓰고 죽음을 맞이하는 게 맞는 걸까 아니면 생사도 모르게 이렇게 헤어지는 게 맞는 걸까. 그런 고민이 머릿속에 순식간에 지나갔는데, 제가 살아야 엄마가 기뻐하실 거라고 생각해서 온 힘을 다해 도망갔어요. 한 치 앞도 안 보이는 한밤중에 정신을 잃을 때까지 도망쳐서 도착한 곳은 사람들이 많이 찾지 않던 어느 마을의 도서관이었어요. 그 도서관 관리자분이 저를 숨겨 주셨고, 몰래 음식도 챙겨 주셔서 무작정 거기서 살았어요. 저는 토할 정도로 슬프고 고통스러웠어요. 그리고 극도로 슬퍼서 계속 생각해 봤어요. 왜 그 군인은 알지도 못할 만큼 소중한 추억이 담겼을 사람들의 머리를 총으로 쏘며 웃었을까? 나는 엄마가 살았는지 죽었는지 모르는 이 시간 속에서 어떻게 해야 할까? 어떻게 해야 엄마가 기뻐하실까? 왜 이 비극에도 불구하고 나는 살아야 할까? 그때 이런 궁금증을 바탕으로 책을 정말 많이 읽었어요. 더 이상 읽을 책이 없어서 그때부터는 직접 책을 쓰기도 했어요. 도서관 할아버지는 제가 쓴 책을 팔기도 하며 저에게 생필품을 나눠 주기도 하셨어요. 하지만 아버지가 저를 찾을까 봐 제 이름으로 책을 쓰지는 못했고 어느 날 몸에 난 상처들이 병을 일으키며 점점 죽어 갈 때였어요. 제가 살던 국가에도 HF가 들어선다는 소문이 있었는데, 종교 단체의 반발이 심했고 그날 마을을 배회하던 어떤 동양인과 마주치게 되었어요. 도서관 할아버지가 저를 그분에게 가도록 했고, 처음으로 안심이란 걸 해 봤어요. 그리고 정신을 차리고 깨어난 곳이 아프리카 HF 본부였죠. 그때부터 제가 좋아하는 생각을 담아 제 이름으로 책을 내기 시작했어요. '골든러'는 원래 저의 이름은 아니고 도서관 할아버지가 지어 준 이름이지만요. 그렇게 HF에 오게 되었어요. 우연히 오게 되었다고 하면 계속 질문하실까 봐 저의 삶 대부분을 이야기했어요."

"제가 궁금한 부분을 거의 모두 이야기해 주어서 고마워요. 골든러 씨에 대해 알고 싶었어요."

"저에 대해 더 자세히 알 수 있는 방법을 알려 드릴까요?"

"어떤 건데요?"

"맛있는 음식! 그거면 돼요."

"한국에 오셨으니 잘 준비해 볼게요."

이재용은 골든러가 한국에서 종일 자유로울 수 있도록 별도의 시간을 정하였고 이후 약속 장소에서 보기로 했다.

한 바닷가 근처 허름한 포장마차에서 골든러는 이재용과 나란히 마주 앉아 음식들을 기다렸다.

"골든러 씨의 글과 경연 대회에서의 철학을 잘 보았어요."

"저의 철학을 보셨나요?"

"들었다고 표현하는 것이 맞는 건가요?"

"아니요. 저는 철학이 무엇인지 모르거든요! 그저 지금 상황에서 저희 모두에게 가장 필요한 것이 무엇인지 효율적인 것을 제시했던 것뿐이에요."

"그렇다면 그런 견해와 골든러 씨의 사상들은 어떻게 형성되었나요?"

"그 질문에 질문으로 답변을 드리죠. 재단장님은 어떻게 따뜻한 사람으로 형성된 거예요?"

"모릅니다. 그렇게 생각하지도 않고요."

"모릅니다. 같은 대답이네요."

"하하, 그렇군요. 제가 바보 같은 질문을 한 거군요."

"여기 나왔습니다."

골든러 앞에 물회와 제육볶음과 불고기가 차려졌다.

"히익~~~! 냄새가 너무 좋아요. 빨리 먹어 보고 싶어요!"

골든러는 허겁지겁 앞에 차려진 음식을 먹었다.

이재용은 혹시나 음식들을 거부하지는 않을지 조마조마한 표정으로 골든러를 바라봤다. 그리고는 호기심 어린 표정으로 음식을 씹어 삼키는 골든러를 바라보며 조금 안심한 듯 소주잔에 술을 채우더니 이내 들이켰다.

차갑지도 습하지도 않은 바람이 이재용과 골든러를 감싸며 은은하게 불었다. 옆에서는 새까맣게 빛나며 일렁이는 파도가 분위기를 더욱 차분하게 했다.

"만약 제가 결혼이라는 걸 조금 빨리 했다면 골든러 씨만큼 성장한 아이가 저와 함께했을 거예요."

"그럼 가끔 이렇게 저와 좋은 곳에 다니면서 저를 그 아이로 생각하세요. 마음에 드실지는 모르지만……."

이재용은 물회를 한 수저 떠먹고는 골든러의 말이 마음에 들었는지 기분 좋은 얼굴을 했다.

"저는 저희에게 다가오는 측정할 수 없는 위험으로부터 가장 필요한 것이 인류의 단합이라고 생각했어요. HF를 기획하게 된 계기 또한 인류의 단합이 중요한 가치를 갖는다고 생각했기 때문이고요."

"저도 그 시대에 그것이 가장 중요한 가치였다고 생각하고 동의해요! 이만큼 세상이 엄청나게 변했잖아요."

골든러가 말했다.

"그래서 국경을 없애고 싶었어요. 시간이 없다는 급한 마음에 제도적으로 필요하다고 생각했고요. 그것이 국제적인 정책으로 연결되었으면 했습니다. 하지만 골든러 씨의 연민적인 가치가 더욱 대중에게 인정받고 우승을 하셨죠. 제도적인 단합보다 정말 연민에 집중하는 가치가 지금 우리 모두에게 가장 중요한 것일까요?"

"재단장님이 말씀하신 것이 제일 중요한 것도 맞고 제가 이야기한 것이 제일 중요한 것도 맞을 거예요. 하지만 연민의 가치는 재단장님이 만드신 'Technical Combination' 패러다임의 다음 버전 정도라고 생각해요. 제가 말한 패러다임이 성공적으로 자리 잡는다면 재단장님이 말씀하신 국경을 없애는 것 정도는 일도 아니라고 생각해요. 우선 우리가 모두를 불쌍하게 생각해야 한다는 거죠."

"패러다임의 관점으로 말씀하셨던 거군요. 그렇게 된다면 골든러 씨가 말씀하신 대로 세상은 또 다른 변화를 맞이하겠죠. 하지만 속도입니다. 빨리 가능할까요?"

"인류는 진화했어요. 생존, 권력, 영토, 돈, 기술, 연민 그리고 '그다음'이 있겠죠. 서두른다고 계속해서 진화를 거듭할 수는 없다고 생각해요. 그리고 세상의 어떠한 정책들로 하루아침에 진화적인 관점이 바뀌었던 적은 없었어요. 그러니 급하다고 해도 올바른 방향과 속도로 진화해 나가야죠. 그 과정을 거치는 중에 우리가 파괴된다면 그건 어쩔 수 없이 자연스러운 거라 생각해요."

"만약 그 가치에 대한 관점을 하루라도 더 빨리 전파하고 인류를 진화시키는 것에 성공했다면요?"

"그다음은 '그다음'으로 또다시 진화해야겠죠. 아마 그땐 이 지구가 정말 천국이 되고, 재단장님이 꿈꾸시는 재단의 모든 기술력이 높은 경지에 다다르고, 또 다른 재단장님 같은 어떤 존재가 무언가를 만들어 가겠죠. 그땐 저 위협이 되는 미확인 비행선의 주인이 저희 지구의 인류가 될 거고요. 혹시 모르죠. 재단장님 같은 존재가 아니라 악의 존재가 재단장이 된다면 인류가 다시 처음부터 시작하게 될지……."

"그렇다면 연민에 대한 사상적 진화를 하루빨리 인류가 이루어 낸다면 그다음은 무엇일까요?"

이재용의 질문에 한동안 골든러는 말이 없었다. 그저 맛있는 음식을 계속 먹기만 하였다. 한동안 골든러는 배를 채우더니 바닷물이 만드는 풍요로운 빛깔을 바라보았다.

한참 경치를 바라보던 골든러가 말했다.

"재미있는 생각 알려 드릴까요?"

"무엇이죠?"

"궁금해요?"

"아마도요?"

"그럼 나중에 말할래요."

"궁금해요, 아주."

"조금 쑥스러운 이야기인데요. 재단장님이 만약 죽어야 하는 순간에 제가 대신해서 죽을 수 있다면 전 기꺼이 대신 죽을 거예요. 재단장님이 만약 다쳐야 하는데, 제가 대신해서 다칠 수 있다면 그땐 기꺼이 대신 다칠 거예요."

"왜요?"

"몰라요. 하지만 이 감정이 아마 연민 다음으로 느껴야 하는 인류의 다음 진화 단계이지 않을까요? 아까 물어보셔서요."

"희생, 그게 가능하기나 할까요?"

"과거 역사에서도 비슷한 사례가 있었어요. 자신의 국가를 침범하고 학살을 자행했던 국가에 위기가 발생하면 피해국이 가해국에 식량을 지원하거나 의료를 지원하는 사례 말이죠. 문명 초기에 그러한 행위들이 가능하다고 생각했을까요?"

"희생이라……. 자신보다 모든 타인을 위하는 것을 말하는 걸까요?"

"네, 연민이 타인의 슬픔을 견디기 힘들어하는 마음이라면 희생은 타인의 슬픔을 자기 것으로 서로 가져오려는 더 진화된 인류의 사상이자 감정 같아요."

이재용은 심장이 두근거렸다. 인류의 사상적 진화를 인류 진화론의 근본으로 생각하는 골든러에 의해 심장이 요동쳤다. 그리고 생각에 생각을 거듭한 이재용이 말했다.

"재미있는 사실 하나 이야기해 줄까요?"

"어떤 거요?"

"궁금해요?"

"조금요."

"그럼 이야기 안 할래요."

"네. 아주 궁금해요, 재단장님."

"저도 골든러 씨 대신에 다치거나 죽을 수 있다면 기꺼이 그렇게 할 거라는 사실이에요."

눈이 휘둥그레진 골든러는 행복한 표정으로 말했다.

"우와!!! 이 테이블에 앉아 있는 재단장님과 저, 우리 둘만 지구에 존재했다면 우리는 이미 희생의 단계까지 진화한 인류군요!"

이재용은 골든러를 바라보며 행복하게 미소 지었다.

제14장

이재용의 거래

몇 년이 흘렀다.

"발사 실패 확률은 0.2% 정도 됩니다."

어떤 거대한 미사일 내부에서 이재용이 말했다.

"0.2%라······. 그 정도면 충분하군."

이재용이 구속된 당시 만났던 요원이 말했다.

"이제 제가 부탁할 차례군요. 제가 전에 이야기했었던 엥가딘 산맥의 산장으로 가시죠."

이재용이 말했다.

"산장에 함께 가는 것으로 부탁이 끝나는 것이라면 좋을 텐데 말이지."

요원이 말했다.

"그랬다면 이 많은 미사일을 쏘지 않았겠죠."

세계 곳곳의 정부 기관과 HF를 비롯한 민간 기관은 미확인 우주선에 대항하기 위해 여러 수단을 논의했다.

이재용을 비롯한 일부 학자는 지구로 접근하는 미확인 비행선을 향해 무기를 실은 미사일을 발사하는 걸 반대했다. 지구로 접근하는 목적이 파괴의 목적이 아닌 관찰이나 친교의 목적이라면 지구가 생존할 확률이 있다는 이유였다. 하지만 세계 정부 기관의 인사들과 고위 군인들과 장관들은 인류가 발전시킨 강한 무기들에 대한 확신이 있었다.

결국 정치인들의 선택으로 무기를 사용한 저항이 시도되었다. 세계 최고의 우주 비행 기술은 HF가 보유하고 있었고 이재용은 기술 제공을 끝까지 거부하였으나 요원과의 협상과 비밀 조건으로 결국 우주로 쏘아 올릴 거대한 미사일 3,000발이 준비되었다.

엥가딘 별장에서는 꼬챙이에 토마토와 아스파라거스, 버섯, 두툼한 양고기를 꽂아 굽고 있는 이재용이 보였다.

"나의 마음을 충분히 흔들 만한 장소군."

요원이 말했다.

"양고기와 토마토를 드신다면 흔들리다 못해 무너질 거예요."

이재용이 자신 있게 말했다.

"지구를 사랑하는 철학자 아니었소? 고기 굽는 모습이 위선적으로 보이는군."

"하하! 사람이 맛있었다면 사람도 먹었을 수도요? 세상 사람들은 제가 착하다고 착각하죠. 세상에 몇 대 없는 슈퍼카를 보유한 탐욕스러운 저를 모르고요."

"아무튼 희한한 돌연변이임이 틀림없소."

이재용은 창고에서 위스키 한 병을 가져왔다.

"이 위스키가 그토록 나를 유혹하려고 한 그 위스키요? 30여 년 전 가난

했던 나의 아버지가 즐겨 마시던 싸구려 위스키군."

요원이 말했다.

"이 위스키를 마시면서 윤서 씨를 처음 만났죠. 이 술이 저에게는 항상 최고입니다. 혹시 좋아하시는 술이 있으세요?"

"난 어디를 가나 웬만하면 매캘란 정도의 술을 대접받소. 하하! 아마 당신은 알지도 못하는 술일 테지."

"잠시만 기다리시죠."

이재용은 창고로 가더니 놀랍게도 매캘란 위스키 하나를 꺼내 왔다.

"오! 그래! 이 브랜드의 술이오. 제법이군."

요원이 말했다.

이재용은 얼음 잔에 술을 가득 담고 경치가 한눈에 들어오는 자리에 앉아 설경을 바라보았다. 가까운 곳에 하얀 눈을 입고 있는 소나무와 구상나무들이 보였다. 산장 마당에는 조명이 잘 마련되어 있어 은은한 절경을 보기 좋았고 장작은 춥지 않도록 적당하게 타올랐다.

장작 냄새와 담백한 고기 냄새가 분위기를 달아오르게 했다. 그렇게 둘은 술 한 병을 거뜬히 비우고 본론을 이야기했다.

"그래서 부탁하고 싶은 것이 무엇이오?"

요원이 물었다.

"전 세계 국경에 장애물과 위험물이 표기된 지도를 요구합니다."

"어디 침투하고 싶은 국가라도 있소? 그런 거라면 차라리 나에게 편하게 말씀하시오. 어디든 내가 더 안전하게 침투할 수 있도록 도와주겠소."

"그런 게 아닙니다. 전 세계 사람과 국경을 건널 겁니다."

"미쳤소? 정말 제정신이 아니군. 하지만 약속은 약속이니 내가 지도는 구

수상한 천국

해 줄 수 있소. 하지만 국경을 건너는 건 내가 관여하는 부분은 아니오. 또 그 안전에 대해서도 보장할 어떤 힘도 의사도 나는 없소."

"그건 제가 알아서 하죠. 제가 요청하는 건 그 지도면 충분합니다."

"그 정도는 해 줄 수 있지. 미사일 3,000발과의 거래치고는 부담이 적군."

"오늘 술은 마음에 들었습니까?"

"음……. 익숙한 맛이었소. 우리가 돈독해지기 아주 적당할 만큼의 술이었지."

"하하, 다행이군요."

둘의 거래가 성사되자 이재용은 강윤서에 대해 이야기하기도 했고, 요원은 본인이 첩보 요원으로 활약하던 시절의 영웅담을 이야기하기도 했다. 그날 밤, 둘은 아주 가까워졌다. 이재용이 매캘란 빈 병에 담은 싸구려 위스키와 함께 둘은 밤을 지새웠고 미래를 이야기했다.

제15장

국경

이재용이 발표한 미확인 비행선 도달까지 몇 년 남지 않은 어느 맑은 날이었다.

전 세계의 다양한 언론사와 개인 방송인이 어느 산 능선에 모여 멀리 우주선 발사장을 바라보고 있었다.

"이제 18시간 뒤면 인류를 구할 미사일 3,000발이 발사될 예정입니다. 추진체는 미확인 우주선의 궤도에 맞춰 끊임없이 추진될 최상의 핵융합과 자기장 기술이 접목되어 있습니다. 각 미사일 탄두에는 전 세계 무기 기술이 총체적으로 담겨 있다고 합니다. 원자 폭탄, 플라스마 광선, 방사능 물질, 심지어 어떤 탄두에는 미생물을 가득 담은 액체가 담겨 있습니다."

어떤 방송 진행자가 말했다.

한편 미사일 발사를 반대하는 무리가 한쪽에서 시위를 하고 있었으며 반대편에서는 기도를 하는 무리도 보였다. 같은 시간 미국, 중국, 한국, 일본, 인도, 아프리카, 이스라엘, 아랍 국가 등 주요 국가의 국경에는 점점 인파가 늘어나고 있었다. 국경에 인파가 늘어나고 있었던 건 이재용 때문이었다. 이재용은 미사일 발사를 하루 앞두고 또다시 전 세계를 상대로 라이브 방송을 진행했다.

어제였다.

"HF의 안정적인 우주 기술과 전 세계 여러분의 정치적 판단이 모여 지구를 위한 미사일이 발사됩니다. 재단장이기에 재단을 향해 쏟아지는 많은 양의 응원과 비난은 단 하루도 편안한 잠을 이룰 수 없게 하였습니다. 하지만 현재의 역사는 오늘날의 방법을 선택했고 제가 함께하는 재단은 그 수단으로 선택을 받았습니다. 인류는 사상적으로 많은 진화를 이루어 냈습니다.

그 진화의 증거로 초기 인류는 수많은 부족 단위부터 인간과 인간 사이를 가로막는 경계가 있었지만 오늘날 몇 개 남지 않은 국경이 사상적 진화를 말해 주고 있습니다. 저는 호전성을 보일 수 있고 자칫 지구를 진정한 파멸의 길로 가게 할 수도 있을 저 수 많은 미사일 3,000발을 쏘아 올릴 준비를 마쳤습니다. 인류의 생과 사의 갈림길에서 저는 조금 더 나아가고자 합니다. 인류의 미래를 위해 저 정도로 거대한 시도를 했던 일은 역사적으로 없었습니다. 하지만 서로를 향한 폭탄과 총구는 있었습니다. 현재 일부 국가에서는 언더월드 프로젝트가 잘 활성화되고 있지만 일부 국가에서는 지리적 불리함으로 제대로 사업이 이루어지지 않고 있습니다. 열악한 땅속의 공간을 두고 우리는 또다시 서로를 나누는 국경과 경계를 만들어 내고 있습니다. 그 모습은 여러분과 나, 온 지구를 위해 쏘아 올리는 미사일의 모습과 모순적인 행태입니다. 또다시 인류의 새로운 시작의 첫 단추가 잘못 채워질 수 있습니다. 이제 지구는 또 다른 사상을 향해야 합니다. 여러분이 경연 대회에서 우승하게 했던 5년 전의 골든러가 주창했던 '연민'의 사상적 가치로 우리는 조금 더 가까이 가야만 합니다.

하지만 우리에게는 시간이 없습니다. 그 시간을 단축하기 위해 저는 부득이하게 우주로 첫 미사일을 쏘아 올리는 그 시간과 동시에 여러분과 함께 국경을 건너려고 합니다. 국경은 강국에서 소국으로, 소국에서 강국으로 한 방향이 아닌 양방향에서 동시에 건너게 될 것입니다. 만약 우리가 국경을 건너는 타인의 손을 잡고 함께 희망과 용기를 준다면 지구는 몇 년 뒤 더욱 완성된 모습일 것입니다. 설령 멸망한다고 해도, 우리 지구는 완성도가 높은 아름다운 행성으로 영원히 우주의 시간 속에 남게 될 것입니다. 몇 년 뒤 지구가 파괴되어도 우리 지구는 올바른 빛을 밝혔던 최후의 어떤 존재로 남게 될 것입니다. 지금 업로드를 해 드린 첨부 자료는 전 세계 주요 국경 안전지대를 나타낸 지도입니다. 여러분! 첫 미사일을 쏘아 올리는 '그 시간'에 모두 함께 국경을 건너 주세요. 그리고 제일 앞에는 제가 서 있을 것입니다."

이재용은 어딘지 모를 장소에서 기습 방송을 했고 또다시 세계 정부의 정치적 분노를 유발했다. 미국 정부를 비롯한 강대국의 정부는 즉각 성명을 발표했고 이 발표는 많은 언론에서 다루어졌다.

"미사일 발사 시기를 늦춰야……."

"미사일을 발사하지 않을 시, 궤도를 다시 맞추고 발사하기 위해서는 약 3년 이상 소요……."

"이재용은 영웅인가 테러범인가?"

한편 어떤 비밀스러운 회의실에서는 이름 모를 요원과 미국 대통령을 비롯하여 강대국의 정상과 총리 등 여러 참석자가 함께 있었다.

"어떻게 할까요?"

미국 대통령이 말했다.

"국제적인 큰 행사를 앞두고, 경계가 소홀한 틈을 타 국경을 건너 버리겠다는 의도라······."

참석자 한 명이 걱정스럽게 한탄했다.

"어떻게 하긴요. 당신은 그 자리에서 자리에 맞는 역할을 할 뿐이죠."

참석자 중 한 명이 미국 대통령에게 말했다.

"제가 있는 자리는 영토를 보존하고 국가의 경제적 발전을 이루기 위해 노력하는 자리입니다. 또한 국가의 위기가 발생했을 때, 헌법적 권리를 독재적으로 통제할 수 있습니다. 그렇게 하라는 겁니까?"

미국 대통령이 말했다.

"아, 한마디가 빠졌군. 그 자리에서 우리의 뜻과 일치하는 역할을 할 뿐이라는 것을."

참석자 중 한 명이 다시 미국 대통령에게 말했다.

"미치광이 하나가 수천 년에 걸쳐 이룩한 국가와 자본주의의 가치를 통째로 파괴하고 있어요. 우리는 저 미확인 비행체의 위기 이후를 생각해야 하고 그다음의 세계 질서를 다시 계획해야 할 텐데 말이죠. 이번 기회에 제거해 버리는 게 좋다고 봅니다. 위에 계신 분께서도 그 미치광이를 제거하는 쪽으로 생각하십니다."

또 다른 참석자 한 명이 말했다.

"하지만 그들에게 우주 기술과 의료 기술을 제공받고 있고 그 비중이 엄청납니다. 성급하게 그를 제거하게 되면 HF에 참여한 다양한 국가와 기업의 수장이 크게 동요할 수 있고 언더월드 사업을 비롯하여 지구 위기 대응력이 떨어질 수 있어요."

이름 모를 요원이 말했다.

"당신이 이재용을 포섭하는 것만 성공했어도 일이 이렇게 되지는 않았습니다. 그리고 국가들을 일부 제어할 정도의 힘은 아직 우리에게 남아 있어요."

참석자 한 명이 말했다.

"맞습니다. 그자를 포섭하기만 했다면 이런 일이 발생하지도 않았을 겁니다. 그자는 국제 질서를 파괴하는 원흉입니다."

또 다른 참석자 한 명이 거들었다.

"수백 년 전 '카를 마르크스'라는 돌연변이 같은 괴물이 하나 있었지. 그를 비롯하여 가족들을 짧은 시간 동안 자연스럽게 제거하기란 쉽지 않았어. 그의 위험한 발상과 사상은 전 세계에 혼란을 발생시켰고, 우리 조직은 그 혼란을 잠재우기 위해 또다시 많은 시간과 돈을 투입하여 세계의 평화를 이룩했지. 잘못된 선동과 사상들은 또다시 세상을 혼란스럽게 할 것이오. 하루속히 자연스럽게 그를 제거해 낼 방법들을 찾으시고 실행하시오. 시간이 없소."

상석에 앉아 있는 참석자가 말했다.

"하지만 위원님 또한 HF의 의료 기술로 생명을 연장하였고 지금 손목에도 그들이 만든 시계를 착용하고 있지 않습니까? 몸에 핵융합 장치까지 지닌 채로 말입니다."

이름 모를 요원이 모순을 지적하며 말했다.

"인류에게 기술이란 참으로 달콤하고 숭고하지. 하지만 힘의 균형과 세계 질서에 대한 통제력이 우리 모두를 안정으로 이끌었고 지금도 평화를 유지하고 있소. 지금 그가 제거된다고 해서 HF 자체가 갑자기 멈추거나 사라지지 않소. HF 또한 하루빨리 우리가 장악해야 할 기관에 지나지 않소."

"맞습니다. 그놈은 비밀스럽고 음흉한 놈이요. 신공산주의 스파이일 확률이 높습니다.

이 기회에 다시 공산화를 일으키고 전 세계의 질서를 바꿔 놓으려는 위험 천만한 자요."

다른 참석자들이 거들었다.

회의에 참석한 대부분의 프리메이슨 소속인은 프리메이슨과 연관된 국가 정상들에게 국경 사수를 지시했다. 경고 사격 후 통제 불능의 상황까지 발생할 시 사람들을 사살하도록 말이다.

그중 이재용이 가장 앞장선다면 다른 국경을 넘는 자들과 함께 자연스럽게 제거하도록 지시했다.

하지만 이재용이 어디에 나타날지 알 수 없는 노릇이었다. 그리고 각국 정상은 부디 이재용이 본인의 소속 국가에 오지 않기를 바랄 뿐이었다. 이름 모를 요원은 HF의 미사일 발사 기지로 향했다. 그리고 하이퍼루프에서 자신의 자리로 이동하던 요원은 한 남성의 옆자리에 앉자마자 순간적으로 옆 사람이 이재용임을 알아차렸다. 그리고 주변 눈치를 살피며 극도로 격앙되지만 조심스러운 목소리로 말했다.

"내가 준 것을 그딴 식으로 이용하다니……. 내가 그 역할이라는 것이 알려지면 나는 죽은 목숨이오."

"나는 당신들에게 지금 이용을 당하고 있으니 그 정도의 값은 치렀다고 생각합니다. 저 수 많은 미사일을 결국 쏘아 올리고 우리 HF를 손에 쥐고 활용하고 있지 않습니까?"

"세계를 위해서! 대의를 위해서! 그것도 모르오? 지금까지 전 세계는 소수의 어쩔 수 없는 희생으로 평화를 이룩해 왔고 그 덕에 당신도 평화 속에서 잘 살았던 것 아니오? 도대체 당신이 바라는 게 무엇이오? 지금 국경에는 수십만 명이 운집해 있고 미사일을 발사할 때 정말 국경을 건넌다면 유례없는 희대의 학살이 벌어질 것이오. 모두 당신 때문이지. 지금이라도 멈추시오. 위에서는 국경을 사수하라는 명령이 내려졌소."

"만약 그렇다면 제가 첫 번째 죽임을 당할 것입니다. 테러범이 아니라 희생자로 기억된다면 저는 그것으로 충분합니다. 어쨌든 지구가 저 거대한 미확인 비행체로부터 파괴될지 살아남을지 확률에 의존해야 하는 상황 속에 조금 더 먼저 죽는 것뿐이죠."

"국경이 붕괴한다면 종교적인 문제와 영토 분쟁이 다시 발발하고 각국의 정부는 치안과 통제가 불가능하오. 당신의 의도를 어느 정도 짐작은 하지만 모든 건 절차가 있는 것이오."

"지구를 위해 쏘아 올리는 저 미사일을 앞두고도 약자와 강자, 언더월드를 가진 국가와 가지지 못한 국가로 나뉘는 모순된 세상의 모습을 없애려는 겁니다. 보이지 않는 노력으로 이룩한 이 세계의 질서와 서열을 없애는 것이 누군가에게는 끔찍하겠지만 이것은 우리 인류가 지구의 위기를 통해 하나가 될 수 있는 마지막 기회의 순간이기도 합니다. 지구의 평화를 위해 쏘아 올리는 미사일은 인류의 희망이자 새로운 시작을 위한 기회의 수단입니다. 만약 세계의 국경을 세계인들이 밟는다면 지구의 발전이 수천 년은 앞당겨질 것입니다."

"만약 국경을 건너는 순간 수만 명의 군중이 학살을 당한다면 그때도 그런 낭만적인 이야기를 할 수 있겠소?"

"한 가지만 부탁해도 되겠습니까?"

"내가 지금 당신을 당장 고발하여 구속해야 하는 상황에 나에게 부탁을 한다는 게 제정신이오?"

수상한 천국

"저도 상응하는 무언가를 당신께 드리겠습니다."

"먼저 이야기해 보시오. 듣고 판단하지."

"당신을 비롯한 정부와 조직에서는 HF의 우주 센터와 첨단 관측 센터의 주요 통제권이 필요하지 않습니까? HF의 우주 센터와 첨단 관측 센터의 통제력이 발현된다면 당신들이 원하는 세계 지배력은 어느 정도 만족이 된다고 생각하는데요?"

이재용은 김보경을 새로운 재단장으로 위임했다고 말했다. 그리고 권한을 위임받은 김보경이 요원이 소속된 조직과 주요 권력 기관에 HF 첨단 관측 센터를 포함한 우주 센터의 정보를 많이 넘겨주고 협조하도록 하겠다고 설득했다. 이 설득은 현 지구의 위기 속에서 요원이 조직에서 다시 인정을 받을 수 있을 만큼의 제안이었다.

"당신의 부탁은 무엇이오?"

"저는 팔레스타인 국경으로 갈 것입니다. 그리고 그곳에서 이스라엘의 국경을 건널 겁니다. 제가 그곳을 무사히 건널 수 있을지는 모르겠습니다. 하지만 이것만 약속해 주십시오. 건너든 건너지 못하든 당신들이 운용하는 반군 세력이 종교를 들먹이며 무력을 행사하거나 분쟁을 조장하는 행위만큼은 막아 주십시오. 저는 인류가 진정으로 선택해야 하는 순간이라고 생각합니다. 이 선택의 순간만큼은 누군가의 선동이나 조작으로 방해를 받고 싶지 않습니다. 이 정도는 당신의 힘으로 통제할 수 있다고 믿습니다."

잠시 고민하며 계산을 마친 요원이 말했다.

"그 정도는 해 줄 수 있소. 하지만 진짜 반군이 나타난다면 내가 약속을 어긴 것이 아니라는 것만 기억해 주시오. 그리고 국경 수비대가 국경을 사수하는 것은 행정력이기 때문에 나에게 기대하지 마시오. 그리고 당신이 팔레스타인으로 향한다는 정보는 어차피 몇 시간 뒤면 밝혀질 테니 내가 굳이 보고할 필요까지는 없겠지."

"감사합니다. 저는 먼저 내려서 다른 경로로 이동하겠습니다."

"아! 이봐! 그리고 보니 당신이 나의 경로를 어떻게 알고?"

"제가 당신들보다 정보력이 더 우수하거나 빠르다는 생각은 안 해 보셨습니까? 다음에 살아서 만난다면 다시 한번 매캘란 빈 병에 싸구려 위스키를 담아 대접하고 싶군요."

이재용은 하이퍼루프에서 먼저 내렸다.

요원은 이재용의 뒷모습을 넋 놓고 바라보다 실소를 금치 못했다.

"다치지만 말게."

요원은 혼자 중얼거렸다.

한편 세계의 유력 방송 매체들은 미사일 발사를 앞두고 전 세계 국경 지대에 잔뜩 운집한 군중과 미사일 기지를 번갈아 가며 보도하느라 정신이 없었다. 미사일 발사를 2시간 앞두고 드디어 이재용이 등장했다.

"팔레스타인 국경에 나타난 이재용!"

"이재용의 종교는 무엇인가, 이슬람교인가 유태교인가?"

"그가 얻고자 하는 것은 무엇인가?"

이재용이 등장한 곳은 팔레스타인의 국경 지대였다.

이재용은 순식간에 많은 취재진과 인파에 둘러싸였다. 그는 아디다스 추리닝과 아끼는 오래된 흰색 스니커즈를 신고 덤덤한 표정으로 국경 앞에 있었다.

한 취재진이 이재용에게 물었다.

"왜 국경을 건너려고 하시는 겁니까?"

"이상하지 않습니까? 저는 지구에서 태어난 인간입니다. 제가 물어보죠. 우리는 왜 같은 지구 위에 태어나 다른 땅을 밟지 못하게 된 거죠?"

"현재 경찰의 통제력으로는 감당이 안 되는 군중을 이재용 씨가 만들었습니다. 결국 각국의 군사력을 이재용 씨가 다시 작동시켰습니다. 이것이 진정 평화를 위한 행동이라 보십니까?"

"HF는 인류의 기본 요건을 충족시키고 이에 대한 파생적인 생산력을 바탕으로 수익을 창출하는 자급적 재단일 뿐이었습니다. 저희의 존재 가치는 어떤 파괴적인 수단이 되어서는 안 됩니다. 하지만 지구에 있는 우리가 모두 살고자 HF를 작동시켰고 결국은 이용을 당하고 있죠. 어떤 것이든 성은 변해도 가치관은 변하면 안 됩니다. 하지만 그 와중에 소외 국가와 강대국으로 나뉘는 모습에 모순을 느꼈습니다. HF의 거의 모든 것을 걸고 곧 미사일이 쏘아 올려집니다. 국경을 건너는 역사적인 오늘이 5년 뒤 지구의 운명을 바꿀 수 있을 거라는 소망을 담아 저는 목숨을 내놓으려 합니다."

"이해가 되지 않습니다. 왜 당신이 이런 행동들을 하는지요. 타협이나 협상 등 다양한 방법도 있지 않습니까?"

"너무 느립니다. 오늘 국경을 건너 드디어 인류의 역량이 통합된다 해도 지구를 지켜 낼 만큼 나아갈 수 있을지도요. HF를 처음 설립할 때도 비슷한 이유였습니다. 기술 융합으로 전 세계의 보탬이 되는 것 말입니다. 그리고 저는 증명했죠. 이젠 인류의 통합을 위해 저를 바칩니다."

"이재용 씨는 종교가 무엇입니까? 현재 이슬람과 유대교, 기독교인들 사이에서는 당신이 어떤 종교를 위해 일한다고 생각합니다. 심지어 이재용 씨가 사이언톨로지를 믿는다는 이야기까지 나옵니다."

"저는 사람입니다. 그래서 사람을 믿습니다. 사람에게서 제가 탄생했고 사람에게서 배신당하기도 사람에게서 용서를 받기도 했습니다. 어떤 종교에 관해서 공부하거나 깊게 접근해 본 적이 없습니다. 세상 모든 종교를 사랑하고 존경합니다. 다른 종교를 찬양하면 배척을 하는 종교인들에게는 종교가 없다고 하고 싶고 저를 용서하거나 포용하는 종교인들에게는 함께 신을 믿는다고 하겠습니다. 저는 오늘 사람에 의해 사라질 수도 있고 또다시 어떤 존재로 사람에게서 만들어질 수도 있겠죠. 만약 제가 오늘 죽는다면 언젠가 시간을 통제할 수 있는 차원까지 인류가 가게 될 때 그때 저를 다시 꺼내 주시면 감사하겠습니다. 오늘의 역사로 저는 살아지거나 사라지겠습니다."

"어떻게 국경을 건너실 생각입니까?"

"주머니에 손을 넣고 걸어갈지 양팔을 휘저으며 걸어갈지 고민입니다. 기자님은 어떻게 생각하세요?"

"한 손만 주머니에 손을 넣고 건너는 것도 괜찮을 것……. 아니 지금 그게 중요한 것이 아니죠. 하나만 더 질문을 드리겠습니다. 왜 하필 팔레스타인입니까?"

"언더월드 프로젝트로부터 가장 낙후된 지역이라 판단했습니다. 지질이 좋지 않고 원자력 드론과 굴삭기가 정치적인 이유로 반입하고 활용되기가 쉽지 않았습니다. 그리고 전 세계에서 평화와 관련된 가장 상징적인 지역이라고 판단했습니다."

그때 군중을 뚫고 한 노인이 이재용에게 다가와 물었다.

"당신이 되고 싶은 것이 무엇이오? 영웅이오, 신이오?"

"저는 건축가가 되고 싶습니다. 천국 건축가, 지구를 천국으로 건설하고 싶습니다."

"그건 신만이 할 수 있소! 당신은 지금 신의 놀이를 할 뿐이오!"

"그렇다면 정정하겠습니다. 지구를 천국과 흡사하게 만들고 싶은 사람입니다."

답변이 끝나고 미사일 발사가 임박하자 이재용은 점차 국경으로 이동했다. 대한민국 AL 그룹 생각 공원에서는 김범철 공원장과 강윤서가 그의 덤덤한 모습을 화면으로 지켜보고 있었다. HF 재단장실에서도 김보경이 그 모습을 화면으로 신중하게 바라보고 있었다. 군중은 이재용에게 길을 비켜 주었고 걸어가던 중 팔레스타인 청년 한 명이 이재용을 붙잡으며 말했다.

"건너지 마세요. 차라리 지금처럼 HF에서 우리를 위해 열심히 살아 주세요. 죽지 말아요. 이곳에서 저희와 함께 살아 주세요."

청년이 울먹이며 이재용을 붙잡았다.

"사랑하는 사람을 만나 유한한 시간 속에 평생의 약속을 했습니다. HF를 기획했고 많은 분께 편의와 안정을 제공했습니다. 이제 저는 마지막 가치를 전하러 가는 겁니다. 젊은 친구가 이제는 나를 이어받아 세상에 가치를 만들고 전해 주세요. 제가 생각한 마지막 저의 행동은 이겁니다. 제가 사랑하는 사람과 영원하기 위한 방법입니다."

이재용은 다시 국경을 향해 걸었다.

맞은편 국경에서는 계속해서 심각한 사이렌 소리와 경고 방송이 흘러나왔다.

"국경을 절대 건너지 마십시오. 경고합니다. 국경을 절대 건너지 마십시오. 독립된 국가로서 자동으로 자주권이 발동됩니다."

"이것은 실제 상황입니다. 국경을 건너지 마십시오. 우리는 자동으로 자주권이 발동됩니다. 실제 발포될 것입니다. 국경을 건너지 마십시오."

이재용의 왼쪽 손목시계는 위험을 감지한 듯 경고 알림이 계속 울렸으며 심장 박동 수는 높은 수치로 상승했다. 이재용은 호흡을 가다듬으며 이내 손목시계의 전원을 꺼 버렸다.

비슷한 시간, 미사일 발사장에서도 카운트다운이 시작되었다.

"10!"

"9!"

.

.

.

.

"2!"

.

.

.

"1!"

이스라엘 경계에서, 소총 방아쇠에 있는 손가락에 점차 힘을 주는 이스라엘군 앞에서 이재용은 마음을 다잡았다.

미사일은 넓은 발사장에서 차례대로 쏘아 올려졌으며 거대한 크기와 불꽃은 황홀한 장면을 연출했다. 미사일을 전부 쏘아 올리기 위해서는 하루는 족히 필요했다. 쏘아 올리는 동안 미사일 하나가 발사 실패를 하긴 했지만, 나머지는 순조롭게 하늘로 향했다. 미사일은 인공 지능과 관측 장비가 탑재되어 있었고 지구로 정보를 전송할 수 있었다.

마치 헨젤과 그레텔처럼 궤도 중간에 소형 위성을 뿌렸으며 이는 지구로

수상한 천국

정보를 빠르게 수신하는 데 더욱더 효과적이었다. 궤도는 인공 지능에 입력한 명령어로 목적을 달성할 수 있게 자동화가 되어 있었다. HF와 NASA가 공동 개발하였으나 호환성에 있어서는 대부분 HF의 기술들로 만들어졌고 HF의 소프트웨어와 AI가 사용되었다.

NASA는 미사일의 안정적인 설계를 제공했고 기존에 관측하던 장소와 부지 사용 승인권을 제공했다. HF가 보유한 세계 최고 기술의 핵융합 장치들을 무기화하는 일은 김보경 신임 재단장과 프랑키 박사를 중심으로 이루어졌다. 미사일 탄두에 장착하는 역할도 대부분 HF가 도맡았다. 전 세계의 재정과 HF의 막대한 예산을 투입하는 만큼 진행은 꼼꼼하게 이루어졌다. 어떤 때는 미국 대통령을 참관하게 해서 일부 미사일 내부를 들여다볼 정도로 HF에서 진행되는 부분을 꼼꼼하게 점검하기도 하였다. 한편 국경 가까운 곳으로 점점 다가가는 이재용은 애써 태연한 척했으나 두려운 것도 사실이었다. 하지만 자신을 먼발치에서 따라오는 군중에게 용기와 희망을 보여 주기 위해서라도 차근차근 걸어 나갔다.

이재용을 자신을 감싸고 호위하려는 군중에게 먼발치에서 따라오라고 설득했다. 그리고 자신은 유명하고 종교적인 이해관계가 없으나 자칫 군중이 앞서 국경을 건넌다면 종교와 정치적인 이해관계로 사살될 수 있다고 이야기했다.

이재용이 열 걸음 정도 다가서자 정말 총알이 날아와 땅 앞의 흙과 돌을 튕겼다.

또 열 걸음 다가가자 이재용의 발 앞에 튕기던 총알과 자갈들도 조금 뒤로 물러났지만, 곧이어 군중도 보라는 듯 라인을 따라 총알이 일제히 쏟아졌다.

또 열 걸음 다가가자 더 이상 이재용의 발 앞에서 튕기는 자갈들도 물러서지 않았고 이러다 이재용은 정말 총알에 맞겠다는 생각이 들었다.

이재용의 모습과 미사일이 계속 쏘아 올려지는 모습은 정말 큰 모순이었다. 인류를 구하기 위한 미사일과 맨몸으로 받아 주길 바라는 이재용의 모습…….

"제발 그만, 제발…….'

이재용에게 총을 겨눈 여군 한 명이 혼자 중얼거렸다.

이재용이 다시 걸음을 떼기 직전 결국 여군의 방아쇠가 당겨졌다.

"탕!"

"흡…….'

이재용의 허벅지에 여군의 총알이 지나갔다.

그 모습은 전 세계에 생중계되었으며 전 세계 사람은 그들을 응원하기도 눈물을 흘리기도 했다. 그리고 많은 사람은 입을 틀어막으며 이재용을 걱정했다.

한편 비밀 회의소에서는 대통령을 비롯한 비밀 조직의 임원들이 모여 상황을 지켜봤다.

"제대로 쏴야지! 질서를 위해, 기강을 위해…….'

한 임원이 말했다.

"그렇지! 이번에 다시 걸어가면 다리가 아니라 머리를 날려 버려!"

조직의 임원들은 중얼거리며 이재용이 국경을 건너는 것이 실패하기를 바랐다.

허벅지의 통증으로 신음하던 이재용은 이를 꽉 깨물고는 중얼거렸다.

"미안해요, 윤서 씨…….'

수상한 천국

그리고는 주르륵 흐르는 피를 무시한 채 붙어 있는 먼지를 털며 다시 일어서서 걷기 시작했다.

"아끼는 바지인데……."

이재용이 총에 맞자 뒤따르던 군중은 웅성거리기 시작했고 잠깐 머뭇거리긴 했지만 이재용이 걸음을 옮기자 함께 나아가기 시작했다.

"이러다 정말 죽을 수도 있겠군. 골든러, 이 정도면 우리가 모두 연민까지, 희생까지 조금 더 빨리 다가가기에 충분할까요?"

제정신이 아닌 듯 혼자 중얼거리던 이재용은 미소를 머금고 다시 걷기 시작했다.

"못 하겠습니다. 못 하겠습니다."

이재용에게 총을 쏜 여군은 눈물을 하염없이 흘리며 더 이상 총을 쏘지 못하겠다고 했다.

"상부에서 이 질서를 확립할 기회를 너에게 준 것뿐이야. 상부에는 네가 해내지 못했다고 내가 보고하지. 저리 뒤로 빠져 있어."

상급자가 한심하다는 듯 여군을 뒤로 밀치더니 이재용을 조준했다.

"법과 정의, 질서, 기강의 본보기를 내가 정확히 보여 주지."

상급자가 중얼거리며 이재용의 머리를 쏠지 심장을 쏠지 고민하면서 방아쇠를 힘을 주어 당겼다.

"잠시만……."

.

.

.

.

"탕!"

　·

　·

　·

　·

　·

　·

이재용의 다리를 쏜 여군이 상급자를 다급하게 밀치자 총알은 허공을 향했다.

"무슨 짓이야?"

상급자가 말했다.

"뒤, 뒤를 보세요!"

뒤를 보자 이스라엘 군인과 경찰들이 도저히 막을 수 없는 수의 이스라엘 시민이 파도처럼 밀어닥쳤다.

"이런!"

상급자가 당황하며 사격 중지를 명령했다.

이스라엘 군중은 국경을 건너 이재용을 감싸며 부축했고 팔레스타인에서 건너오는 군중에게도 다가가 손을 뻗었다. 이스라엘의 청년들과 앞서 달려온 시민들은 여자와 아이, 노인들을 챙겼으며 그들은 다 함께 국경으로 걸음을 옮겼다.

이스라엘 시민들은 인간 방패가 되었고 이재용을 가장 먼저 둘러업은 무리는 이재용의 치료를 위해 많은 시민 사이를 뚫고 국경으로 달려갔다. 사람들은 일제히 길을 터 주었다. 마치 파도가 갈라지는 듯한 모습은 다 함께 하나가 된 모습이었다.

이스라엘의 모습이 생중계되고 다른 국가들에서도 비슷한 일이 발생했다. 강국의 시민들이 소국으로 건너가 국경을 넘으려는 자들의 손을 잡아 주는 모습이 다양한 채널을 통해 중계되었다.

"내려 주세요. 잠시만 내려 주세요."

국경으로 업혀 가던 이재용은 자신을 업은 이스라엘 시민의 등을 어루만지며 말했다. 시민은 이재용을 내려 주었다. 부축을 받고 일어선 이재용은 자신을 쏜 군인을 향해 간신히 다가갔다.

이재용은 여군에게 다가가 웃으며 말했다.

"난 괜찮습니다. 정말 감사합니다. 다 이해합니다. 울지 마십시오. 정말 괜찮습니다. 미안합니다, 힘든 일을 하게 해서."

이재용은 여군을 위로하고 다시 발걸음을 돌려 이스라엘 국경을 빠져나갔다. 이재용은 이스라엘이 급하게 만든 수용 시설에서 치료를 받았다. 그리고 한참 뒤 강윤서가 달려왔다.

"울지 마요. 미안해요. 당신과 이제 지구가 멸망할 때까지 함께할 수 있게 되었어요."

이재용이 자신에게 달려온 강윤서에게 말했다.

한편 이스라엘 임시 수용 시설에는 다양한 음식과 구호품이 도착했다. HF는 국경을 건너 수용소에 보호되고 있는 국가들에 특별한 지원을 하였으며 전 세계의 초일류 기업들 또한 많은 지원을 아끼지 않았다. 전 세계로 중계되는 상황이다 보니 홍보도 톡톡히 되었으나 진정성은 알 수 없는 부분이었다.

이번 일로 실제 국경이 사라지지는 않았지만 시민들이 걸었던 길부터 수용 시설까지는 통행이 자유로워졌다. 이번 일은 인종과 종교, 정치가 막아내지 못한 인류가 이루어 낸 상징적이고 역사적인 일이었다.

이 일을 계기로 훗날 세계 종교 지도자들은 막연한 종교적 평화가 아닌 타 종교에 대한 방식과 교리에 대해 응원하고 이해하기 시작했다. 이는 종교에서 정치로 불이 옮겨 붙었으며 세계인의 사상적인 성숙함이 더욱 당겨질 수 있는 계기가 되었다. 또한 언더월드 프로젝트를 진행하면서 소외된 국가와 지리적 불리함을 갖는 국가에 대한 대책까지 마련되기 시작했다.

미사일은 6발의 불발을 제외하고 전부 발사되었으며 나머지 미사일은 궤도를 놓쳐 다음을 기약하며 해체되었다. 공교롭게 불발된 미사일은 전부 외부로부터 점검을 받았던 미사일이었다.

HF는 지구로 접근하는 미확인 물체와 D-Day를 실시간으로 공개하였다.

몇 년 뒤 미사일이 물체에 다다랐을 때 D-Day가 사라지길 지구의 모든 인류는 기원했다. 이재용의 약속대로 HF의 우주 관측 센터와 우주 연구소의 방대한 정보들은 비밀 조직의 손에 들어갔다. HF는 김보경을 완전히 새로운 재단장으로 임명하였고 이재용은 '거대한 것'을 만들기 시작했다.

제 16 장

도달한 미사일

벌써 우주선이 미확인 비행체에 도달할 시간이 다가왔다. 그동안 세계 곳곳의 땅속은 파헤쳐지고 지구의 시민들은 땅속에 인류가 살아갈 수 있도록 건설하느라 바빴다. 미사일의 결과에 따라 지상 세계의 부동산 가치와 지하 세계의 부동산 가치가 극명하게 달라질 것이었다. 언더월드는 나날이 발전되고 규모가 커졌으나 새로운 빈부 격차를 초래했다. 지상과 달리 언더월드는 철저하게 국가와 기업에 의해 만들어지는 땅이었다. 또 재화와 노동력이 투입되었기 때문에 아무리 많은 언더월드를 짧은 시간 동안 건설한다고 해도 그 크기는 전 세계인 모두를 수용하기에는 무리가 있었다. 주요 행정 기관과 공무원들이 언더월드의 핵심지에 거주권을 부여받았으며 국가마다 다른 문화와 양식에 의해 시민들의 수용 시설이 건설되었다. 지상 세계에만 살아도 되었던 시절 해결했던 인류의 필수적인 요소들을 HF가 해결하며 주춤했던 경제가 언더월드라는 새로운 기축 통화가 생겨나며 다시 활발해졌다. 언더월드에 지분을 얻기 위해 세계인들은 공무원이 되려고 했고 주요 입지에 들어갈 권리를 가진 사람들은 이성을 판단하는 요소가 되기도 했다. 언더월드에 들어가지 못할 수도 있다는 사실은 시민들에게 불안감을 주었으며 모두 미사일이 저 우주선을 막아 주길 기도할 뿐이었다. 그나마 몇 년 전에 이재용이 국경을 건너며 시작된 화합이 국경을 초월하여 언더월드 프로젝트를 더욱 활성화하는 데 일조했다.

어느 거대한 우주선 앞에 이재용과 김보경이 있었다.

"몇 년 살기에는 정말 거뜬하군요."

김보경이 말했다.

"많은 수가 타려면 필요한 크기입니다. 사치라고 생각하지 마세요, 재단장님."

이재용이 김보경에게 말했다.

"도망간다고 오해를 받기 적당한 크기입니다. 저도 태워 주시죠."

김보경이 말했다.

"미안합니다. 지금 있는 사람 수로 설계했어요. 아니면 김보경 재단장님이 결혼해서 아이를 갖게 된다면 대신 타게 해 드리죠."

이재용이 말했다.

"아쉽지만 저의 가정이 셋이 되는 것은 힘들겠군요."

김보경이 고개를 저으며 말했다.

김보경과 이재용은 아주 거대한 우주선 앞에서 계속 대화를 나누었다. 우주선은 아주 견고했고 내부는 사람이 살아갈 수 있는 요소가 가득 배치되어 있었다. 둥글게 되어 있는 미사일의 머리는 역추진을 할 수 있게 설계되었으며 HF의 핵심 원자력 기술과 AI 고에너지 필수 식량과 물 정화 기술이 들어 있었다.

탑승객이 20년 이상 살기에 문제없을 만큼 크기도 아주 거대했다.

한편 이재용은 아주 비밀스러운 장소에서 HF 자율 우주 연구 센터 소장인 이재훈과 대화를 나누었다.

"어떻게 되었습니까?"

이재용이 물었다.

"약 한 달 동안 역추진 제어에 성공했습니다. 성공적으로 속도가 줄여지고 있습니다."

이재훈이 말했다.

"그 정도면 충분합니다. 정말 다행입니다. 수고하셨습니다, 소장님."

이재용이 말했다.

"이제 두 시간 뒤면 지구 궤도로 출발하게 될 거예요. 약 2년 정도 후에 태평양으로 진입할 수 있도록 최대한 노력하겠습니다."

"걱정되는 부분은 중앙 정부와 HF에 잠입한 정부 요원들에게 해당 정보가 전달되면 절대 안 된다는 것입니다. 앞으로도 김보경 재단장 외에는 아무도 믿어서는 안 됩니다."

"네, 명심하겠습니다."

한편 지구의 모든 시민은 쏘아 올려진 미사일이 미확인 비행체에 도달하는 것을 보기 위해 방송 화면만을 바라보고 있었으며 이제 곧 그 결과가 HF와 중앙 정부를 통해 발표될 예정이었다.

"쉽지 않네요. 희망을 없애는 일은요."

이재용이 말했다.

"지금 겪는 시련과 아픔은 나중을 위해서는 필연적인 과정일 뿐이죠. 진실한 마음은 제가 제일 잘 알아요. 괜찮아요."

강윤서가 위로했다.

"또 하나의 희망을 주기 위한 과정이에요. 어렵지만 담담하게 받아들이세요!"

골든러도 거들었다.

약 두 시간 뒤 미사일이 미확인 비행체에 도달하는 모습이 전 세계에 생중계되었다.

"미사일 미확인 비행체 저지에 실패하다!"

"2차 미사일 발사 시기는?"

"미확인 비행체 미사일 돌파, 여전히 지구로 접근 중!"

"미사일 방어 실패!"

"외계인을 자극하다! 지구의 남은 2년과 운명은?"

"이재용의 다음 계획은 무엇인가?"

"기하급수적인 예산은 우주로 산산조각!"

전 세계에 미사일 저지가 실패했다는 소식이 중계되자 모든 곳에서 탄식이 흘러나왔다. 그리고 D-Day는 이제 세 자릿수로 바뀌었다.

D-840

모든 사람은 시간에 있어 예민해졌고 행동과 성격이 급해지기까지 했다.

.

.

.

D-510

사람들의 독서량은 크게 늘어났다.

지상 세계의 부동산 가치는 제로에 가까웠다. 지하에서 생활하는 연습과 이주 대책에 대해 정치적인 대안이 쏟아져 나왔다. 많은 국가가 지상 부동산을 언더월드와 헐값에 교환했다.

.

.

.

.

D-150

언더월드에 입주자들이 들어가 살기 시작했지만 제대로 정비되지 못한 언더월드는 질서 정연하지 못했고 새로운 행정과 공권력이 개입하며 혼란이 발생했다. 들어가지 못한 예비 입주자들은 순번을 기다리며 절망했고 새로운 희망을 간절히 기대했다.

.

.

.

.

.

D-30

지상 세계는 관리자와 행정 기관 및 공권력이 사라지기 시작하며 태평하고 고요해졌다. 그리고 우주의 순리 또한 자연 일부분이라며 순응하는 사람들로 지상 세계가 채워졌다. 국경에 있던 군인들은 철수하기 시작했고 최소한의 치안 유지 인력만 그곳에 존재했다.

.

.

．
．
．
．

D-10

전 세계 국방력은 전부 미확인 비행체에 쏠려 있었고 지상에는 작전을 지휘해야 하는 군 병력으로 가득했다. 그들은 지상에 남은 시민들에게 비상 상황 발생 시 지하로 대피하는 요령들을 전파했다. 강력한 화력의 비밀 무기들로 지상이 가득 채워졌으며 각 정부 기관은 대비 태세를 공고히 갖추었다. 심지어 그동안 베일에 싸여 있던 무기들이 쏟아져 나왔다. HF는 전 세계 최고의 기관으로서 세계 모든 영향력에 관여했고 인류에게 가장 절실한 기관이 되었다. 또한 살아남는 방법에 관한 책들이 계속해서 출판되고 읽혔다. 사람들은 똘똘 뭉쳤고 도덕적으로 변모했다. 언더월드에 들어간 세계 인구는 20%도 되지 못했고 80%의 들어가지 못한 시민은 지상의 구축된 곳에 터를 잡기 시작했다. 일부는 언더월드에 승인되지 않은 상태로 들어가려고 하다가 법을 어기기도 하였으며 행정의 빈틈이 생기기 시작하자 지상 세계 이곳저곳을 누비며 약탈하는 세력도 간혹 보였다.

．
．
．
．
．
．

D-3

HF는 빠르게 다가오는 미확인 비행체에 대해 중계하였으며 그들의 위협에 대해 전달했다. 미확인 비행체의 크기와 위협적인 모습 등을 구체적으로 생중계했으며 사람들의 시선은 생중계의 화면에 맞추어져 있었다. 사람들은 마음을 추스르고 화가 많이 사라졌다. 사람마다 지위를 떠나 서로의 말에 경청하고 서로의 마음을 이해해 줬다. 오해는 적극적으로 풀려고 노력했고 과거의 잘못은 먼 곳까지 찾아가 용서를 구했다. HF에서 발표하는 미확인 비행체의 정체에 대해 알아 갈수록 사람들은 불확실하게 남은 시간의 가치를 어떻게 실현할지 생각하기 시작했다.

.

.

.

.

.

.

D-2

거대한 인류의 대이동이 발생했다.

언더월드에 소속된 기술자나 필수 행정 기관의 시민들을 제외하고는 전부 언더월드를 빠져나오기 시작했다. 어린이와 보호자 한 명씩 그리고 대부분의 여성이 언더월드에 입주하기 시작했고 그 외의 인원은 언더월드를 빠져나오며 입주권을 양보했다. 나이가 많은 대부분의 시민은 언더월드로 들어가는 것을 거부했다. 지구에서는 이제 육안으로도 다가오는 비행체를 볼 수 있었고 사람들은 저 반짝이는 비행체가 멈춰 주기만을 기도했다.

.

.

.

.

.

.

D-1

전 세계에 사이렌이 울렸다. 실제 전쟁터를 방불하게 했고 군인들은 잔뜩 긴장하고 가족들을 위해 기도했다. 사람들 마음속에 경쟁심과 시기, 미움이 사라졌다. 누구인지는 중요하지 않았다. 모두가 아련했고 세상이 끝날 수도 있다고 생각하니 모든 세상이 소중해 보였다. 일부 시민은 VR로 들어 갔으며 뇌파 조작을 통해 시간을 늘려 보기까지 했다. 정해진 시간마다 잠깐 나와 HFF를 섭취하고 다시 VR로 들어가 자신의 뇌를 속여 시간을 최대한 연장시켜 보려는 사람들도 있었다.

불확실한 두려움에 사람들은 광장으로 모여들었고 인간 대부분의 탐욕스러운 욕구들은 사라졌다. 두려워하는 시민들에게 덤덤한 척하는 일부 청년이 다가가 위로했고 사람들은 저마다의 위로를 주고받았다. 세계 곳곳에서 사람들은 자신의 재능을 살려 서로를 위로했으며 아름다운 음악 소리가 세계에 울려 퍼졌다. 세상에서 가장 비싼 거주지에서도 부자가 빠져나와 시민들과 뒤섞여 세상의 종말을 직접 바라봤다. 모두가 자신의 삶을 돌아봤으며 마음속에 사랑과 세상에 대한 추억을 깊이 담았다. 일분일초가 아까운 상황이었고 광장에 나온 사람들은 모르는 사람에게 안겨 울기도 했다.

서울 광장에서 한 여인과 아이가 손을 잡고 밤하늘을 바라보고 있었다.

"엄마 왜 울어?"

밤하늘을 바라보는 엄마의 손을 잡고 네 살 아이가 물었다.

"너와 함께 손을 잡아서 그게 너무 기쁘고 다행이어서 눈물이 나네."

여인은 지구로 다가오는 미확인 비행체가 확인된 이후 임신을 했다. 출산을 해야 할지 낙태를 해야 할지 고민하다가 결국 출산했고 지금은 잘한 선택이라고 생각했다.

어떤 다리 위에서는 맥주를 마시며 두 청년이 대화를 나누고 있었다.

"그 일들과 행동들이 이렇게 우리가 영영 보지 않을 일은 아니었는데……."

한 친구가 말했다.

"평생 네가 나보다 타락하고 못나게 되어서 날 다시 찾고 후회하고 용서를 빌기를 바랐는데 얼마나 한심한 생각이었는지 이제야 알게 됐다."

옆의 친구가 말했다.

"멋지고 좋은 날이야."

"그러게, 멋지고 좋은 날이다. 오늘 너를 처음 만났던 그날 같아."

조지아 트빌리에 건설된 언더월드에서는 한 아기가 울고 있었다.

"엉…….엉엉! 엉엉엉……."

"괜찮아 아가, 아가……. 아가……."

아이의 할머니가 울음이 그치도록 아이를 한참 달랬다. 며칠째 아이는 엄마를 찾아 계속 울었는데, 보호자는 한 명만 언더월드에 들어갈 수 있었기 때문에 거동이 편치 않은 할머니가 엄마 대신 언더월드에 입주권을 얻은 것이다.

어느 한 남성이 다가오더니 아이와 할머니에게 이야기했다.

"아이가 며칠 동안 이렇게 우네요."

"죄송해요. 너무 시끄럽죠. 정말 죄송해요. 아이 엄마가 밖에 있어요. 제가 달래는데 아무래도 잘되지 않아서 피해를 주었습니다. 죄송해요."

할머니가 연신 사과했다.

이윽고 남성은 할머니와 아이를 이끌고 언더월드 입출국 관리소로 갔다.

"저는 조지아 트빌리 언더월드 건설부의 드레이크라고 합니다. 아이에게는 엄마가 필요합니다. 제가 지상으로 나가고 저의 입주권을 아이의 엄마에게 양도하겠습니다."

"절차상 행정 기관에 소속된 자를 함부로 출입하게 할 수 없습니다."

안내원이 말했다.

"이제 하루 남았습니다. 내일부터 언더월드의 출입이 자유로워질지 아니면 이 아이가 평생 엄마와 함께할 수 없게 될지 중요한 결정이 이루어질 것입니다. 절차보다 아이와 엄마에게 좋은 우주를 선물하고 싶습니다. 부탁해요."

잠시 고민하던 안내원이 말했다.

"행정 착오였다고 제가 서명해 드리죠. 당신은 아이의 보호자와 출입국에서 만나 젠슨 씨에게 가세요. 서로 교대될 것입니다. 문제가 있으면 조지아 트빌리 언더월드 출입국 관리자 더스에게 연락하세요."

"정말 감사합니다. 정말 감사합니다. 하지만 당신은 어떻게 하죠?"

할머니는 감사해하며 드레이크를 걱정했다.

"가족이 없습니다. 안 그래도 지구로 다가오는 저놈들의 낯짝을 직접 보는 게 낫겠다 싶었어요."

드레이크가 말했다.

수상한 천국

오후가 지나 출입국에서 드레이크와 아이의 엄마가 만났다. 할머니가 보낸 메시지를 받고 아이의 엄마가 미리 나와 있었고 아이의 엄마는 남자를 보자마자 왈칵 눈물을 흘리며 감사해했다. 남자는 출입국에서 여자를 잠시 안아 주고는 지상 세계로 발걸음을 옮겼다. 한편 HF 생중계는 가감 없이 미확인 비행체의 형태와 접근 양상을 밝혔다. 지구로 다가오는 미확인 비행체는 희망과 슬픔, 용서와 사랑으로 뒤엉킨 시민들의 마음을 알지 못하는 듯 거침없었다.

제17장

끝과 시작

D-Day, 드디어 그날이 밝았다.

정황상 미확인 비행체는 방향을 조정하여 지구로 오는 것이 분명했기 때문에 지구의 방어 부대에서는 면밀한 관찰이 필요했다. 근접한 미확인 비행체가 지구를 파괴하지 않고 다시 떠나가기만을 바랄 뿐이었다. 하지만 만약 지구에 대한 공격이 개시된다면 방어 무기들을 발동시킬 계획이었고 사실 그 파괴력은 지상의 시민들에게도 피해가 가기 때문에 공멸과 다름이 없었다. 각 국가를 대표하는 고위 관리자는 언더월드에서 지상군들에게 작전을 명령했다.

"형태가 이상합니다."

프랑스 우주 관측소에서 한 연구원이 말했다.

"미친 속도로군. 당연히 형태가 왜곡되어 보일 수밖에 없을 거야. 거의 빛만큼 빠르니 우리의 장비로는 제대로 보이지 않는 것이 당연하지."

프랑스 우주 관측소에서 연구소장이 말했다.

"그것이 아니라 HF에서 쏘아 올린 미사일 무더기와 비슷하게 생겼습니다."

"그게 무슨 말이야? 저 비행체들이 우리의 모양까지 복제라도 한 것인가? HF에서 중계하는 것과 다르긴 한데 말이야. 이게 뭐야?"

HF의 생중계에 맞춰 전 세계의 시민은 모두 중계 화면만을 바라보고 있었다. 고요하고 신중한 분위기에서 사람들은 서로의 손을 꽉 잡았다. 사람들은 기도했고, 책을 계속 읽었고, 맛있는 음식을 나눠 먹었고, 술을 마셨고, 자신의 그림을 그렸고, 아이에게 젖을 물렸고, 잔잔한 노래를 불렀다.

그렇게 저마다의 방식으로 운명의 날을 맞이했다.

이제 비행체 도달 10초 전이었다.

10

·

·

·

9

·

·

8

·

·

7

·

·

6

.

.

5

.

.

4

.

.

3

.

.

2

.

.

.

.

.

.

.

.

.

.

수상한 천국

·

　·

　·

　1

　전 세계의 카메라가 지구로 들어오는 물체에 초점을 맞추었다. 밤하늘이 터질 듯했고 하늘은 계속 주황색 화염으로 가득했다. 지상과 언더월드에서는 긴장해서 생중계를 지켜봤으며 시민들은 담담해지려고 노력했다. 하늘이 점점 화염에 휩싸일수록 이상한 일이 벌어졌다. 미확인 비행체는 HF에서 생중계한 형태와 달랐으며 하늘에서는 별똥별 같은 물체가 계속 쏟아져 내릴 뿐 비행체의 형태는 찾아볼 수는 없었다. 한참이나 지구와 충돌한 수백 개의 비행체는 이내 일부 잔해만을 남기고 전부 산화했으며 지구는 멀쩡했다.

　비밀 회담 장소와 언더월드, 지상 세계 곳곳에서 모두 당황하고 있을 때 어떤 생중계가 시작되었다.

　이재용이 등장했다.

　"이재용입니다. 여러분 모두에게 미확인 비행체가 접근하는 날을 속였습니다. 제가 송출해 드린 시뮬레이션 영상과 지구 도달까지 남은 시간은 거짓입니다. HF는 전 세계 정보기관과 모든 행정 기관 그리고 여러분을 상대로 속였습니다. 사과드립니다."

　전 세계 사람은 허탈해했지만 안도하며 이재용의 방송을 계속 바라보았다. 가족을 끌어안았던 일부 사람은 안도감에 하염없이 울었다.

　"여러분이 이렇게 최후의 날을 맞이해야만 저희에게 필요한 '연민'에 빠르게 다가갈 수 있을 거라고 감히 생각했습니다. 처음 미확인 비행체를 감지했을 때부터 여러분에게 예상 도달 시간을 속이기로 결심했고, 연민의 사상으로 도달하기 위해 다시 한번 다짐하고 실행했습니다.

'Technology Combination'에서 연민으로 가는 것이죠. 누군가 그러더 군요. 그다음 우리에게 필요한 건 아마도 '희생'이라는 차원의 사상이라고 요. 저들의 규모와 기술 수준을 생각했을 때 미사일 발사는 우리의 마지막 희망마저 사라지는 행위라고 생각했습니다. 저들이 고작 미사일 정도를 극복하지 못할 거라고 생각하지 않았습니다. 저는 이 모든 잘못에 책임을 지고 떠나려고 합니다. 저 불확실한 존재를 설득하기 위해 떠나고자 합니다. 지구에서 가장 깨끗한 아름다움을 우주선에 가득 싣고 저들에게 우리를 공격하지 말아 달라고 부탁하고 오겠습니다. 여러분에게 제 목숨을 바칩니다. 그러니 저에 대한 분노를 가라앉히길 바랍니다. 그리고 여러분은 이 위기 속에서 느꼈던 오늘까지의 감정을 잊지 말길 바랍니다. 아마 그 감정 중에 '연민'이 있었을까요? 그리고 이제부터의 D-Day는 진짜입니다. 새로운 시간이 다시 주어졌습니다. 꼭 설득하고 돌아오겠습니다. 그땐 지구의 여러분이 '희생'만큼의 높은 사상으로 변해 있을까요? 모두 안녕."

이재용은 이재훈 소장에게 보고를 받고 소식을 세상에 알렸을 때부터 예상 도달 시간을 절반으로 속였다. HF 속 정보기관 소속의 스파이들은 이미 선별되어 재단장에게는 별도로 보고가 되었고 명단마저 아주 잘 정리가 되어 있었다. 이재용의 정보력은 이 세상 어느 곳보다 강했다.

다른 기관에서 비행체 접근에 대해 갖는 의심을 없애기 위해 실제 무기가 탑재된 미사일 6발을 제외하고 나머지 무기가 탑재되지 않은 미사일이 다시 지구 궤도로 돌아오도록 AI에 입력을 했다. 해당 미사일 발사 기술은 향후 이재용의 우주선에 많은 정보를 제공할 2,994발의 시험 발사가 되어 주었다. 한편 합의되지 않은 시간을 갑자기 선물로 받은 전 세계의 시민은 복잡한 감정이었다. 믿었던 HF에 속았고 오늘날까지 고생했던 마음과 육체가 억울하기도 했다. 하지만 새로 주어진 시간을 싫어하는 사람은 아무도 없었다. 그렇게 인류의 운명은 끝에서 새로운 시작으로 바뀌었다.

이번 이재용의 발표 이후 정부 기관들은 HF를 연신 비판하고 부정적인 여론을 형성시켰다. 이번 기회를 바탕으로 행정과 정보기관들의 권위를 다시 한번 상승시키고 HF를 본격적으로 장악하기 위함이었다. 온라인 커뮤니티와 유튜브, 작가들은 이재용의 행위에 대한 이유와 다양한 해석을 쏟아 냈다. 희대의 지구 멸망 사기극에 대한 해석도 중요했지만, 인류는 이번 사기극을 통해 얻은 점도 많은 것이 사실이었다.

행정 기관들의 행정력과 언더월드의 구조, 시민 통제 방식에 대해 다양한 보완점을 발견할 수 있었다. 사람들은 이재용의 사기극에 분노할 시간이 별로 없었다. 사람들은 다시 주어진 12년의 세월을 후회 없는 시간으로 만들겠다고 단단히 다짐했다.

실제로 시민들은 여유롭고 관용적으로 변했다. 마치 새로운 수명이라도 얻은 사람들처럼.

"이 정도면 '연민'이 느껴졌을까요?"

이재용이 골든러에게 말했다.

"네, 하지만 두 번은 사용할 수 없는 방법 같아요."

골든러가 황당해하며 말했다.

"그럼 희생에 관한 책에 도움이 되었을까요?"

"연민의 가치가 충분히 전달되었을 테니 이젠 희생의 가치에 대한 글을 써도 많이 읽어 주시고 공감해 주실 것 같아요. 재단장님은 결국 떠나실 건가요?"

"도망이죠. 세상을 속였으니 도망가야죠. 우주 속으로."

"저도 가도 될까요?"

"세 자리 중 하나가 골든러 씨 자리입니다."

"네? 정말요? 저 정말 준비할게요! 저 정말 가는 거죠?"

골든러는 이재용의 말에 펄쩍펄쩍 뛰어다니며 좋아했다.

"그렇게 좋아요?"

"당연하죠! 거기에서 죽으나 여기서 죽으나 이왕이면 우주여행 중 죽는 게 좋잖아요!"

"좋아한다니 다행입니다. 골든러 씨가 재물이거든요."

"네?"

이재용은 그렇게 골든러와 우주여행을 기약하게 되었다.

며칠 후 이재용은 강윤서, 골든러와 함께 우주로 출발하기 위해 우주선이 있는 곳으로 이동했다. 궤도가 일치하는 어느 날, 바람 없이 어두운 밤하늘에서는 비가 부스스 내렸다.

비 오는 밤에 사람들은 저마다의 라이트를 온몸에서 밝혔으며 이재용의 Score 앱 프로필에는 응원의 글이 잔뜩 게시되었다. 우주선 발사장 한쪽에서는 이재용의 사기극을 비난하고 본인만 우주로 도피하는 것이라며 시위하는 무리도 있었다. 시민들은 시위하는 무리의 Score 앱 활동 내용과 점수들을 조회했고 행정 기관에서 고용된 것으로 의심되는 부분들이 존재했다. 결국 그들은 다수의 시민에게 저지당했다. 강윤서와 골든러는 함께 손을 잡고 우주선으로 비장하게 걸어갔다. 거대한 건물처럼 생긴 거대한 우주선으로 걸어가는 모습은 마치 영화 속 주인공 같았다. 골든러는 해맑게

수상한 천국

자신을 배웅하러 온 시민들을 향해 손을 흔들었고 이재용과 강윤서는 조금은 긴장된 모습이었다. 우주선에는 24개의 핵융합 추진체가 있었고 공간 활용을 위해 추진체를 2단계로 간소화하여 주거 공간을 늘렸다. 우주선 바닥과 땅 사이에는 강력한 자기장이 있어 우주선의 무게가 무거워도 바닥으로부터 우주선 띄우기가 가능했다. 이는 추진체의 간소화를 도울 수 있었고 우주선의 질량을 늘릴 수 있었다.

"지금 정말 영화 속 주인공이 되었습니다. 마지막으로 남기실 말 없습니까?"

한 기자가 이재용에게 물었다.

"대한민국 AL 그룹 생각 공원을 민간에게도 개방하겠습니다."

생중계를 바라보던 김범철 공원장은 순간 표정이 일그러졌다.

"재용 씨!"

옆에서 강윤서가 이재용을 황급히 잡아채며 혼냈다.

"잠깐만요! 제가 현재까지 대표 자리에 있었던 강윤서입니다. 부분적 개방을 허용하겠습니다. 요일과 시간을 정해서요. 김범철 공원장님 잘 부탁드립니다."

방송을 바라보던 김범철 공원장은 다시 한번 표정이 일그러졌다.

"한 가지 여쭤보고 싶습니다. 두 번째 비행체 접근 D-Day도 거짓이 아니냐는 이야기가 많습니다. 행정 기관에서 발표하는 것과 내용이 상이합니다."

기자가 물었다.

"비행체의 접근 시간은 규칙적이지 않습니다. 단 이번 12년은 아주 유력합니다. 여러분이 HF를 꼭 지켜 내셔서 정확한 정보를 얻어 내길 바랍니다."

"저도요! 저도 한마디 해도 될까요?"

골든러가 말했다.

"네 한 말씀해 주시죠!"

"아도르 할아버지! 저 우주 가요! 보살펴 주셔서 감사했습니다."

골든러는 자신을 숨겨 줬던 노인에게 인사했다.

이재용과 강윤서, 골든러는 HF의 최대 우주선으로 발걸음을 옮겼다.

HF에서는 생중계하지 않았지만 우주선 발사장 일대를 가득 채운 군중은 전 세계로 생중계됐다. 세계 곳곳의 광장에는 기도와 응원을 하는 시민으로 가득했다.

"이봐요! 여기 좀 봐 주세요! 이봐요!"

누군가 펜스 뒤에서 이재용에게 소리쳤고 저지를 당하고 있었다.

"재단장님, 위험합니다. 계속 걸어가시죠."

외침 소리에 놀란 이재용이 슬쩍 쳐다보자 최민식 기관장이 말했다.

지구에서의 마지막 한 걸음, 한 걸음을 소중하게 생각하며 걷던 이재용은 불현듯 누군가 떠올랐다. '그자'였다.

옅은 미소와 함께 지나갔던 문제의 '클래식 롤렉스' 시계에 당첨되었던 사람이었다.

"잠깐만요. 저자를 잠깐 보아야겠어요."

"재단장님, 위험합니다. 지금 군중 사이로 접근하지 마십시오!"

"잠깐이면 될 것 같아요. 이제 영원히 만날 일이 없을 수도 있는데 잠깐이면 됩니다."

"잠깐입니다."

최민식 기관장은 긴장한 채로 이재용 주변에 경호원들을 배치했다.

"당신은 HF 패션 대회에서 롤렉스 시계에 당첨된 분 아닙니까? 무슨 일이길래 그렇게 소리를 치는 겁니까?"

이재용이 물었다.

"이거 가져가세요."

남자가 짙고 영롱한 녹색을 뿜어내는 상자를 건넸다. 이재용은 직감할 수 있었다. 이것이 '클래식 롤렉스'라는 것을 말이다.

이재용은 상자를 건네받고 한동안 그 남자를 바라봤다.

"이걸 왜 저에게……."

"당신은 나와 인류에게 진정한 시간을 선물해 주었어요. 당신이 이 시계를 무척이나 가지고 싶어 한다는 사실을 알고 있었습니다. 저는 세상 무엇과도 바꿀 수 없는 더욱 가치 있는 시간을 선물로 받았습니다. 이게 제가 드릴 수 있는 최선의 선물입니다. 부디 무사히 귀환해 주세요."

이재용은 받자마자 손목에 시계를 차더니 날아갈 듯 기뻐했다.

"시계를 제대로 즐기기 위해서는 저 우주선이 아니라 지구에 있어야겠죠. 꼭 돌아오겠습니다."

이재용은 미소와 함께 발걸음을 옮겼다. 이제 정말 세상과 작별을 고하는 세 사람이었다. 우주선까지 발걸음을 옮기는 동안 어두운 길을 밝게 빛내 주는 군중이 보였고 이제 영영 돌아오지 못할 수도 있다는 생각에 덤덤함도 점점 무뎌질 때쯤 우주선의 발사 준비 또한 끝이 났다.

"재단장님이 만든 재단의 취지에 맞게 훌륭한 HF를 꼭 지켜 내겠습니다. 이건 무사히 궤도에 도착해서 열어 봐 주시길 바랍니다. 편지입니다."

김보경이 편지를 건네며 인사했다.

"지구에서 저의 우주는 여기까지인 걸까요. 많은 추억과 영감이 저에게 담겨 있습니다. 좋은 세상에 살아서, 그 세상이 너무 좋았었기에 이 좋은 세상을 지키기 위해 떠납니다. 잘하시겠지만 소외를 당한 인류 하나까지

다 찾아내어 이 세상이 좋았다고 누구나 느낄 수 있도록 멋진 세상을 만들어 주세요. 사람들에게도 그렇게 전해 주세요."

이재용은 마지막으로 마중을 나온 사람들에게 인사를 남기고 우주선으로 들어갔다.

"재단장님, 들리십니까?"

우주선 내부에서 소리가 들렸다.

"네, 잘 들립니다."

이재용이 말했다.

"편하게 입으신 채로 연습 때와 같이 착석해 주시면 됩니다."

해당 우주선에는 자동 증·감압 기술이 적용되어 우주복이 필요 없었다. 그리고 좌석은 진동을 덜 느낄 수 있도록 서스펜션이 온몸을 감쌌다.

우주선 내부는 집과 유사한 구조로 되어 있었고 장시간의 여행에 견딜 수 있도록 필수 시설이 다섯 개 이상씩 탑재되어 있었다. 인공 중력실에는 체력 단련실과 수면실이 있었고 우주선은 12개로 결합되어 있었으며 문제가 생기는 공간은 임의로 분리할 수 있었다.

원자력이 가장 기본 추진체였으나 추진체에 문제가 생기면 2차는 수소, 3차는 태양광의 에너지를 사용하도록 설계되어 있었다. 또한 추진체는 내부의 작동을 통하여 분리할 수 있게 설계되었다. 액체화된 산소 등의 기체는 20년 이상 생존하기에 충분한 수준이었으며 최신 패드와 디스플레이에서는 인간의 속도로 500년 동안 읽거나 시청할 수 있는 양의 영상과 책이 담겨 있었다.

어느덧 시민들이 우주선으로부터 멀리 떨어졌으며 우주선이 가동되기 시작했다.

수상한 천국

"프승!"

"프승!"

거대한 플라스마가 우주선 아래로 뿜어 나오기 시작했다. 우주선의 12개 엔진에 시동이 걸렸고 흐트러짐 없는 얇은 플라즈마 빛깔은 아름다웠다. 우주선은 안정적으로 지상으로부터 자리 잡았고 AI는 각 엔진의 출력을 제어하여 마치 무중력 상태에 떠 있는 것처럼 보일 정도로 안정된 모습이었다.

지상의 시민들은 저마다의 방식으로 우주선을 바라보았고 우주선은 이내 우주를 향해 순식간에 사라졌다. 어쩌면 공격 미사일보다 HF 우주선이 지구를 지켜 낼 가능성이 더 클 수도 있었다. 전 세계의 시민이 '그 미사일'을 각각의 방법으로 응원했다. 지구에서 벗어나 우주에 안착한 HF 우주선 내부는 각종 인공 지능의 소리로 시끄러웠다.

"혈압, BPM, 뇌파 전부 양호합니다. 혹시 기분이 어떻습니까? 세 분 모두 말씀해 주시기 바랍니다."

탑승자의 건강 상태를 확인하는 인공 지능이 물었다.

"괜찮아요."

강윤서가 말했다.

"기대되는군요."

이재용이 선물로 받은 시계의 시간을 맞추며 말했다.

"정말 신나고 설레고 너무 기뻐요."

골든러가 말했다.

"여러분의 기분까지 확인했습니다. 몸이나 정신 상태가 불안정할 때는 '도터'라고 말해 주세요. 그럼 행복한 우주여행이 되시길 바랍니다."

AI 도터가 말했다.

"우주선 외부, 내부, 압력, 온도, 비상 장치 전부 양호합니다. 저희는 앞으로 무동력 추진과 동력 추진을 번갈아 진행합니다. 저희가 명령을 받은 진행 방향은 'X 타깃'입니다. 무동력으로 추진하는 동안은 궤도에서의 루트 확보, 충돌 위험 예측, 궤도 수정 등의 과정을 거치며 동력 추진은 여러분의 건강 상태에 맞추어 주기적으로 진행됩니다. 인간의 기준으로 비상 상황이 발생하면 제가 알아서 우주선을 통제할 것이며 어떤 경우에도 3중 안정 시스템이 되어 있는 저의 지능이 더 우수하고 문제 해결 능력이 뛰어날 테니 섣부른 돌발 행동은 자제하시길 바랍니다. 그럼 이제부터 편안한 우주여행이 되시길 바랍니다. 저를 호출할 때는 '손'이라고 부르시면 됩니다."

마치 우주선의 선장처럼 인공지능 손이 말했다.

"저는 우주선 편의 AI입니다. 의료실, 운동실, 기술실 등 다양한 우주선 구조를 이용해야 한다면 '조이'를 불러 주세요. 이 우주선에는 여러분이 필요한 모든 게 존재합니다."

인공 지능 조이가 말했다.

우주선은 거대했고, 12등분으로 나누어진 우주선에는 전 세계에서 자발적으로 모여든 지원자들이 있었다. 그들은 의료실, 기술실, 연구실, 작전실, 암호실, 신호실 등 다양한 공간에 배치되어 있었다. 선별된 우주인들은 철저한 검증을 거쳐 장기간의 우주여행을 위한 성욕 제거술까지 거친 엘리트들로 구성되어 있었다. 그들은 수년 동안 지구에서 함께 숙소 생활을 하며 팀워크를 다졌고, 돌발 상황 등을 일으킨 지원자들은 탈락을 해서 모인 검증된 인원이었다.

우주선의 최종 결정권 행사는 이재용과 강윤서, 골든러 순이었으며 AI들은 철저하게 명령을 받아 혹여 이 세 명에게 전부 문제가 생긴다면 우주선의 통제는 우주선 자체 AI가 맡게 되었다. 우주선은 특별한 일이 없을 때는 각각의 우주선 분리 공간으로 통할 필요가 없을 정도로 넓고 쾌적했다. 우주선이 출발한 후 이재용의 호출로 모두 한곳으로 모이기도 했으며 안정적인 궤도에서 우주여행이 진행되었다. 정신없이 우주에서 나름대로 정돈을 마친 후 소파에서 편안히 쉬던 이재용은 김보경이 건네준 편지를 열었다. 편지 봉투 안에는 말린 달맞이꽃과 편지가 담겨 있었다.

"대표님, 우리가 함께 협력하며 지낸 것도 참 오래되었네요. 아마 마지막이 될 수도 있을 것 같아 이렇게나마 편지로 저의 마음을 전합니다. HF는 걱정하지 마세요. 저의 모든 것을 담아 대표님의 훌륭한 정신을 이어 가겠습니다. 저에게 결혼 안 하냐고 항상 질문하셨죠?

이렇게나마 저의 진심을 전합니다. 함께했던 시간이 불편해질까 두려워 그동안 말하지 못했습니다. 전 사실 대표님을 사랑했습니다. 하지만 윤서 씨가 옆에 있으니 그 모습은 더욱 완벽하더군요. 꽃잎은 저의 마음을, 편지에는 제가 숨겨 두었던 진실을 담아 전합니다. 다시 돌아오시면 또 함께 멋진 연구를 하고 싶습니다. 사랑했고, 감사했습니다. 안녕."

이재용은 김보경의 편지를 읽었다.

"무슨 내용이에요?"

강윤서가 묻자 이재용은 황급히 꽃잎과 함께 편지를 편지 봉투에 넣었다.

"아, 너무 감동적이네요. 잘 다녀오라고, 윤서 씨와 저를 응원한다고……. 그런 내용이에요. 나중에 함께 읽어요."

이재용은 애써 편지를 감추고 강윤서와 기대어 앉았다.

"이재용 씨, BPM이 불안정합니다. 무슨 일 있었나요?"

이재용이 편지를 읽고 맥박에 이상이 있자 도터의 음성이 들렸다.

"아닙니다. 옆에 윤서 씨와 우주여행을 한다고 생각하니 갑자기 설레서요."

이재용이 둘러대며 진정하려 애썼다.

그렇게 HF 우주선은 'X 타깃'을 향해 나아갔고 지구와 우주선은 지구를 지키기 위한 새로운 발걸음을 시작했다.

예상 접근 시간은 약 5년이었다.

제18장

시간과 사상

이재용을 태운 HF 우주선이 떠나고 몇 년이 흐른 후 지구의 모습은 많이 변했다. 과학자들은 시간에 관한 연구를 끊임없이 했고 철학자나 작가들은 시간의 정의와 사상에 대해 많은 연구를 했다. 전 세계의 기업과 과학자는 시간을 멈추는 연구는 미확인 비행체의 도달까지 달성할 수 없다고 판단했고, 현실성 있게 시간을 늘리려 시도했다.

시간을 늘린다는 것은 인류의 창의성과 활동량의 증가에 비해 시간을 적게 사용하는 것이었는데, 동일하게 주어진 시간 안에 10배의 생산적인 생각과 행동을 하게 된다면 10년이 100년으로 늘어난다는 계산이었다. 신체적인 활동이나 생산은 인공 인체를 이용하여 어려움이 없었으나 뇌의 만족감이 문제였다. HF는 많은 생각과 교감을 이끌어 낸 뇌에 실제 지난 시간 이상의 시간 가치를 주입하려 하였으며, 이는 하루의 보람된 만족감을 열흘만큼의 만족감으로 느끼도록 하여 뇌와 마음을 안심시키는 연구였다. 하지만 실제 시간의 양을 속여 만족감을 높이는 것이 과연 진정한 가치가 있는지는 의문이었다. 만약 이 실험이 성공한다면 하루만 살더라도 충분히 만족하면서 죽음을 맞이하는 것이 가능하다는 계산이었다.

한편 여러 임상 실험 결과 가족과 사회적인 교감, 업무의 양을 일반 대비 최대 30배까지 늘리고, 하루의 가치에 대한 뇌 이해를 최대 30일까지 느끼도록 조정한 결과 스트레스 지수만 낮춘다면 실제 행복도가 올라가는 결과가 나타났다. 한편 사람들은 지구의 발전만큼이나 사상과 올바른 마음가짐, 행위에 대한 연구와 공부를 많이 했다. 사람들끼리 나누는 말의 무게와 의미는 더욱 진지해졌고 나누는 대화는 의미가 가득한 대화였다. 불과 30여 년 만에 인류 최대의 관심사가 성형, 특허, 물질, 동물에서 시간, 사랑, 영원, 연민으로 바뀌었다.

전 세계 사람의 의식 수준과 기품은 지구인이 아니라고 생각될 정도로 많이 변해 있었다. 그때 HF에서 『희생의 가치』라는 책 한 권이 출간되었고 이는 많은 세계인에게 공감을 형성했다. 현재 사람들은 대부분 높은 수준의 인격과 연민을 갖추고 있었고, 골든러가 말한 대로 희생하여 세상을 살아가는 사람이 기하급수적으로 늘어난 것도 사실이었다.

따돌림이나 사회적 약자에 대한 차별, 경쟁 어린 마음속의 궁핍, 문제에 대한 방관 등의 모습은 이번 지구에서 벌어진 엄청난 사건 이후로 대부분 역사 속으로 사라졌다. 인류는 희망과 긍정, 연민과 화합을 추구하고 노래했다. 이제는 마음속의 궁핍을 드러내는 사람이 있다면 사람들은 이해할 수 없다는 듯 나무랐고 미친 사람으로 취급했다.

『희생의 가치』에서는 '희생+희생=희생×3'이라는 공식이 나오는데 세상 사람 모두가 희생적인 진보된 사상을 이해하고 동시에 행한다면 손해가 아니라 새로운 가치를 창출해 낼 수 있다는 공식이었다. 이 논리는 『희생의 가치』라는 책을 쓴 저자가 인문학 경진 대회에서 주장한 공식이었다. 사람들이 생각이 연민에서 희생으로 가지 않는 이유는 손해를 볼 것이 두려워서이지만 모든 사람이 희생한다면 내가 희생의 수혜자가 될 수도 있기에 손해가 아니며 그 희생을 모두가 행할 때 지구의 인류 모습은 긍정적으로 달라진다는 주장이었다. 해당 사상이 유행하게 되면서 교육 기관과 아동 가족학 등 다양한 분야에서 새로운 방향의 교육학이 자리를 잡았다. 남을 위해 희생하는 것이 아니라 자신을 위해 희생하라는 다소 생소한 방식의 교육이었다.

지구의 시간이 인간의 생애보다 짧다는 것은 엄청난 변화의 시발점이었다. 대부분의 많은 존재는 위기가 닥치게 되면 독을 내뿜거나 공격하려 하지만, 지구는 더욱 푸르고 눈부시게 빛났다. 기술 화합과 사람들의 이타적인 단합으로 과학 속도가 역사적으로 비교할 수 없을 만큼 발전했고, 서로에게 필요한 것에 대한 나눔은 아주 빠른 속도로 늘어나게 되었다. 지구 역사상 처음으로 국경이 사라졌고, 언더월드는 미확인 비행체가 지구에 도달하기 전에 전 세계 인구를 수용할 수 있을 만큼 만들어질 거라고 전문가들은 예상했다.

이렇게 희망적이고 평화로운 지구에도 어둠은 존재했다.

누군가 HFF를 빼돌린다는 것과 행정 기관을 중심으로 일반 민간인이 접근할 수 없는 별도의 언더월드가 존재한다는 제보가 HF 김보경에게 접수되었다. HF의 최민식 기관장은 즉각 정보망을 바탕으로 알려지지 않았던 거대한 비밀의 언더월드를 찾아냈고 그곳에서 충격적인 모습을 발견했다. 그곳에는 몰래 비축된 식량이 있었으며 민간인에게서 회수되거나 폐기된 살상 무기가 무기고에 가득 채워져 있었다. 인류와 사회를 위해 일을 하는 것이 아니라 특정 공간에 갇혀서 출산만을 하는 여성들도 있었고, 어떤 존재들이 그들을 지배하고 관리하고 있었다. 세계 속에서 각 국가의 정체성을 간직한 국제기관의 대표단은 일제히 해당 언더월드를 조사하고 무기를 압수했다. 차후 지독한 추적 끝에 이들의 목적은 지구가 생존하고 나서 국제적인 지배력을 행사하기 위함이었다는 것이 밝혀졌다.

마지막으로 남아 있던 프리메이슨이나 비밀 조직이 틀림없었고 대부분의 비밀 조직은 와해 되거나 사라졌다. 또 모두의 가치가 동일하거나 협조적인 것만은 아니었다. 급격한 사상과 가치의 변화는 일부에게 반감이 있을 수 있었고 종교를 믿었던 일부 국가나 집단에서는 본인들만의 방식으로 선과 악을 행하기도 했다. 여기서 HF는 사상의 강요와 통일성에 대해 극도로 경계했다. 행정 기관이 다수의 사상을 이용하여 정치에 활용한다면 역사적인 사례로 파괴적이고 악랄한 파시즘적인 지구가 될 수 있다며 걱정했다. HF는 '희생'의 가치는 '선'과 '악'을 나누는 경계가 아니라는 점을 분명히 했다. 다양한 이해관계 속에서 누군가 '평화'의 주체가 된다는 것은 아주 큰 위험을 동반하는 일임이 분명했다. 하지만 지구에 큰 위기가 닥쳤음에도 불구하고 다수의 투표권을 기반으로 권력을 위임받은 기관들이 아직 정비되지 못한 헌법과 정책으로 세계인 다수를 만족시키기란 쉽지 않았다.

다만, 현재 위기의 지구에서 Score 앱 등 소셜 애플리케이션이 정확하게 사람들의 역량과 업적을 기록해 주었다. 그 지표는 곧 사람과 사람 사이의 '인정'과 '판단 근거'가 되었기에 잘 살지 않으려는 사람보다 잘 살아 보려는 사람들이 더 많다는 것은 그나마 다행인 부분이었다.

하버드 대학교 사회학과에서는 현시대의 인류가 점차 기술적인 창의력보다 예술과 사상적인 창의력에 관심을 갖는다고 연구 결과를 발표했다. 기술의 대부분은 AI가 설계를 맡고 실현 가능성까지 제시하기 때문에 인간은 재료만 제공하면 되었고, 그로 인해 재료를 추출하는 토지나 국제 시설 이용에 대한 권한과 권위가 중요해지는 시대가 됐다. 하지만 권위가 낮다고 해서 기술적인 혜택을 누릴 수 없는 것은 아니었기에 과잉 권력 현상이 팽배하지는 않았다. 하루가 멀다 하고 지구는 진화해 갔으며 기술 융합과 실험은 과감하고 높은 실행력을 보이며 기이한 기술이 하나둘 생겨났다.

만약 이러한 인류의 진보가 진작 이루어졌다면 지구가 차원을 뛰어넘는 일은 진작 가능했을지도 모를 일이었다.

그렇게 시간은 계속 흘렀다.

"이번이 벌써 다섯 번째야. 시계의 시간은 그대로지만 이번에는 0.5광년이나 더 와 버렸어."

이재용이 말했다.

"손!"

이재용이 불렀다.

"말씀하십시오."

"이번에도 이동 이력이 기록되지 않았어?"

"맞습니다. 시간 기록은 그대로 흘렀고 궤도는 유지된 채 거리의 이동만 있었어요. 아마 순간 이동이 발생한 것 같아요."

"어떤 지점에 부딪힌 거라면 이동 궤도 또한 바뀌었을 거야. 하지만 이번에도 궤도는 바뀌지 않았고, 우리를 돕는 존재가 있는 것처럼 이번 일이 다시 발생했다는 거야."

"다만 이러한 다섯 번째 현상에서 공통점을 찾았습니다. 저희가 궤도를 분석하고 위험 예측을 분석하는 과정에서 해답을 내자 발생한 일이라는 점입니다."

손이 대답했다.

우주선에 탑재된 AI는 학습형 AI였으며 학습량이 늘어날 때마다 기존 데이터는 압축하고 남은 데이터는 포맷하는 과정을 반복하여 멈추지 않고 수학을 완성해 나갔다. 우주선이라는 한계가 있는 공간에서는 빅데이터를 전부 담을 용량이 부족했기에 선택한 방식이었다. 공교롭게도 궤도와 위험 예측 수학 방정식을 AI가 해결하는 순간 공간을 이동하는 일이 벌어졌다는 것이다. 우주선 12개 중 2개는 AI를 위한 공간으로 사용할 정도로 중요한 역할을 해 주고 있었다. 지구에서도 AI를 활용하여 행정과 시민 통제 정책 등에 활용했고 AI는 종교, 성별 등을 고려했을 때 가장 중립적인 선택을 할 수 있었다. 대부분의 AI는 다수의 흐름에 맞춰 흘러갔으나 때로는 소수의 방향으로 결정할 때도 있어 '파시즘'과 '전체주의'를 예방할 수 있는 중요한 역할을 하기도 했다. 지구는 하루가 다르게 분주했고 게으른 사람은 찾아보기 어려워졌다. 인류는 계속해서 연구에 매진했고 연구에 연구를 거듭해도 기술과 아이디어, 또 다른 난제들은 끝없이 나왔다. 인공 지능은 이를 인간보다 먼저 해결해 주었다. 그리고 그 문제 해결을 돕고 기술적 혜택을 얻는 사람들까지……. 이제 곧 노력의 결실들이 어떤 결과를 낳을지 확인할 차례였다. HF 우주선은 미확인 비행체의 코앞까지 다가갔다.

제19장

도달하다

"역추진이 되지 않습니다."

"손, 지금부터 속도를 줄여도 늦는단 말이야. 그럼 궤도라도 바꿔!"

"우주선은 아무 문제가 없는데 속도와 방향 조정 등 어떤 제어도 되지 않습니다."

"저 비행체가 우리를 제어하는 것 같아?"

"그것 말고 다른 것이 원인일 확률은 지극히 낮습니다."

"끌어당긴다면 이제 우리가 준비한 것도 내놔야겠군. 조이! 작전, 암호, 신호실 모든 책임자를 소집해 줘!"

"네, 알겠습니다."

우주선 내 회의실에서 회의가 열렸다.

"저들의 영역으로 들어온 것으로 판단됩니다. 계획대로 진행할 차례입니다."

이재용이 말했다.

"저희 이제 죽나요? 아니면 살까요?"

골든러가 서슴없이 자신의 호기심을 말했다.

"어쩌면 우리는 지금 죽음을 함께 겪고 있는지도 몰라."

이재용이 대답했다.

"신호실에서 아직 관측한 데이터가 없습니다."

"암호실 또한 마찬가지입니다."

"우리 작전실은 계획대로 지구 물질 방출을 준비하겠습니다. 12시간 내 지구 물질 선체가 분리되고 추진될 것입니다. 우주선이 흔들려도 당황하지 마시기 바랍니다."

"그나저나 정말 미친 크기입니다. 지구에서 겨우 한반도 크기라고 단정을 지었다니 황당하군요."

이재용이 혀를 내두르며 말했다.

"윤서 씨, 이렇게 우주에 있어서 좋긴 한데 지구 생각이 많이 나요."

이재용이 아련한 듯 말했다.

"저도요. 시간도 잊은 채 재용 씨와 주황색 포장마차에서 먹었던 국수가 정말 그립네요."

강윤서도 아련한 듯 말했다.

"우리는 지구인이니까 지구가 제일 좋은 환경이겠죠. 다시 돌아간다면 매일 여행하고 윤서 씨와 나무 탁자에서, 시멘트 탁자에서, 잔디밭에서 나란히 숨 쉬고 있을 거예요. 괜히 지금 더 간절하네요."

"저도 데리고 다니실 거죠?"

골든러가 옆에서 끼어들며 말했다.

"너는 자립해야지. 좋은 사람 만나서. 아마 골든러의 매력이면 세상에서 가장 마음이 따뜻한 사람을 만날 수 있을 거야."

이재용이 말했다.

"꾸웅!"

우주선에서 지구 물질 선체가 분리되었다.

지구 물질들은 타임캡슐에 각각 담겼다.

'곰 인형'

'각종 기체'

'각종 액체'

'DVD'

'각종 음악'

'술'

'각종 식물'

'안정적인 델타파'

'누군가의 가족사진'

'누군가의 결혼사진'

'아기 사진'

이재용은 지구에서 가장 깨끗하고 안정을 주는 것을 시민들로부터 공모를 받았고 상상도 못 할 것들이 도착했다. 당황스러운 사건도 있었다. 상자를 개봉하니 어떤 남성이 발가벗은 채로 있었는데 본인이 깨끗한 존재라 외계인이 받아들일 거라고 말했다. 이재용과 강윤서는 한 치의 망설임도 없이 반품했다.

해당 물질들은 마주한 미확인 비행체를 향해 쏘아졌다. 다시 우주선은 역추진 제어가 먹히지 않았다. 미확인 비행체가 형성하는 임의 중력은 HF 우주선을 빨아들였다. 미확인 비행체가 이재용의 우주선을 발견하고 생명체로 인지하는 것처럼 보였다. 그리고 우주선의 모든 시스템에 오류가 발생했으며 우주선 내부에 있는 사람들은 모두 본격적으로 이상이 생겼음을 감지했고 두려움에 몸을 맡길 수밖에 없었다.

"손 꽉 잡아요! 어떤 세상 속에서도 우리의 만남은 기적이었습니다!"

이재용이 소리쳤다.

우주선의 시스템만이 문제가 아니었다. 우주선 내부에 있는 사람 모두 자기 몸에 변화가 있음을 감지했다. 머리끝부터 발끝까지 무언가 하얀색의 메스꺼운 것이 뒤덮는 듯한 느낌이 들었다. 순식간에 소리, 시각, 인지 등 모든 감각이 사라지고 어두움으로 가득 찼다. 이재용은 의식을 잃은 후 잠시 뒤 무언가를 마주하는 꿈같은 상황에 처했다.

드디어 미확인 비행체의 주인공들과 마주하게 된 것이다. 덩그러니 서서 이재용을 바라보는 존재는 무표정이었다. 조금 멀리 있었지만 무표정이라는 사실만큼은 알 수 있었고, 어떤 미동도 없었다. 마치 슬픈 형태의 마네킹이 걸음마를 하는 이재용을 바라보듯 무언의 관찰을 하는 것처럼 느껴졌다.

"아, 이게 저들과의 만남인 건가? 정말 잘 도착했나 보군."

이재용은 저들과 만나게 된 것이라 확신하며 말했다. 한동안 위험한 상황인지 아닌지 파악이 되지 않은 상황에서 이재용은 멍하니 있었다. 그리고 이재용은 그 빛을 뿜어내는 존재를 향해 어둠에서 밝은 곳으로 한 발, 한 발 내디뎠다. 모르는 존재에게 성큼 다가갈 용기와 엄두가 나지 않아 천천히 걸어가는 것인지 저들이 이재용을 당기는 것인지 알 수 없었다.

"생각하던 형태와는 조금 다르군. 눈부셔. 결국 저들도 인간의 형태였나."

이재용이 혼자 중얼거렸다.

"그런데 왜 눈물이 쏟아지지. 슬픈 게 없는데 왜 눈물이 이렇게 쏟아지는 거야."

이재용은 눈물을 흘리며 계속 그 존재를 향해 다가갔다. 이재용은 눈부심 때문인지 아닌지 자신의 감정과는 크게 상관없이 눈물을 펑펑 흘렸다. 강렬하게 빛나는 존재에게 다가갈수록 사람의 형태가 또렷해졌다. 하지만 가까이 다가갈수록 마음은 안정되었고 처음 마주하는 어떠한 존재에게 갑자기 친근감까지 생겨났다.

이재용은 드디어 그 앞에 마주했다. 그리고 경악할 만큼 놀랐다. 그 존재의 눈빛은 자신을 가여워하고 있었다. 이재용은 확실히 알 수 있었다. 분명 가여워하고 있었고 안쓰러워하는 표정이었다. 이재용이 그 표정을 확실하게 읽을 수 있었던 이유는 '그 존재'가 바로 이재용 자기 모습이었기 때문이었다. 지구로부터 멀리 찾아 나선 존재의 모습이 바로 자기 자신이었다. 그래서 안심할 수 있었고 무슨 감정인지 금방 읽을 수 있었다.

'그 존재'와 이재용은 서로 어떤 말도 하지 않은 채 한동안 서로를 바라보았다. 이재용이 팔을 뻗어서 '그 존재'를 만져 봤지만, 허공이었고 만져지지 않았다. 잠시 멍하니 서 있던 이재용은 뒤를 돌아보았다. 본인이 걸어온 바닥, 벽도 온통 어둠이라 아무것도 보이지 않았다. 하지만 '그 존재'는 계속 빛을 뿜어내었고 마치 반딧불처럼 스스로 빛을 내뿜었다.

조금 진정한 이재용이 잠시 서서 '그 존재'의 표정을 계속 읽었다.

그렇게 시간이 조금 지났고 이재용은 다시 머리끝부터 발끝까지 매콤한 느낌의 어떤 것이 차오르는 것이 느껴졌다. 그리고 머리끝까지 다 차올랐다고 느끼는 순간 다시 눈물이 쏟아졌다. 이재용이 처음 눈물을 흘린 이유는 '그 존재'와 마주하는 따뜻한 느낌과 마주한 자기 얼굴의 아련한 표정으로 위로를 받는 느낌 때문이었다. 하지만 이번에 이재용이 눈물을 흘린 이유는 조금 다른 이유였다.

"알겠어. 이제 알겠어."

이재용이 눈물을 쏟으며 넋이 나간 듯 중얼거렸다.

그리고 잠시 뒤 이재용의 몸에서도 빛이 나기 시작했다. 그리고 이재용이 자기 몸에서 빛이 나오는 것을 보고 놀라 자신이 걸어온 곳을 바라보자 그곳은 아까와 다르게 밝아져 있었다.

이재용은 우주의 원리와 수학을 모두 알게 되는 경지가 되었다. 역사적인 사실과 차원에 관한 수학 방정식에 대해 이재용은 알 수 있었다. 그리고 미확인 비행체는 최소한 지구를 파괴하는 존재가 아니라는 것 또한 알게 되었다. 빛을 내는 또 다른 이재용으로부터 전달받은 것은 아마도 '앎'인 것 같았다. 이재용은 그 앎이 중력과 반중력 그리고 지구의 숙원인 시간에 대한 문제를 해결할 수 있는 최소한의 요소인 것을 알아차렸다.

그리고 다시 지구를 돌이켜 생각하며 눈물을 쏟아 냈다.

모든 것을 안다는 것은 슬픈 일인 것인지, 모든 것을 안다는 것은 기쁜 일인 것인지 모른 채 이재용은 어떠한 지적 능력과 에너지를 얻게 되었다.

"하나만 물을게. 모든 것을 알겠지만, 왜 오는 건지는 모르겠어. 무엇이 필요했던 거야?"

이재용이 넌지시 물었다.

"감정을 가지러 왔어. 시간이 한참이나 흐르면 우리는 감정이 닳아 버리지. 우리는 모든 차원을 드나들 수 있지만 감정은 제대로 만들어 내지 못해. 그래서 너희에게 주기적으로 도움을 받아. 그 대가로 너에게도 충분한 만큼의 앎을 주었어. 몇 시간 전에도 어떤 녀석에게 충분한 만큼 주었지. 그러나 금세 보이지 않았어. 아마도 너희가 제거한 것 같아. 넌 내가 주는 능력을 잘 활용해 보길 바라. 금방 제거당하지 말고 말이야. 언젠가 너희가 차원을 다룰 수 있게 된다면 그땐 대화가 더 가능할 거야. 곧 다시 만나자. 그때도 네가 와 줬으면 좋겠다."

무표정의 이재용이 말했고 이내 모든 것이 어두워졌다.

그렇게 이상한 꿈을 꾼 이재용은 얼마나 시간이 흐른 줄도 모르는 상태로 눈을 떴다.

"재용 씨, 괜찮아요?"

강윤서가 이재용을 흔들어 깨우며 걱정했다. 이재용이 정신을 차리며 아주 행복한 표정으로 강윤서를 바라보다 끌어안았다.

"우주선이 이제 정상으로 돌아왔어요. 이제 다시 지구 궤도로 돌아간다고 손이 이야기해 줬어요."

강윤서가 이재용을 안고 말했다.

"얼마나 눈을 감고 있었죠?"

"금세 깨어났어요. 몇 초인지는 모르지만, 너무 길고 끔찍해서 저에게는 긴 시간이었어요."

"걱정하지 마세요. 미확인 비행체는 이제 다시 사라질 거예요. 아무래도 지구는 지켜질 것 같아요. 이제 다시 집으로 돌아가요, 우리."

이재용이 말했다.

"그걸 어떻게 알아요?"

"저들이 저에게 알려 줬어요. 그리고 다른 많은 것도 선물해 주었어요, 손!"

이재용이 손을 불렀다.

"미확인 비행체는 어떻게 됐지?"

"탐지되지 않습니다. 궤도를 잃었습니다. 아무것도 탐색되지 않습니다.

현재 자동화 운행이 시작되어 지구로 귀환 중입니다."

"꿈을 꾸었어요. 내가 나를 만났어요."

"그게 무슨 말이에요?"

"저 미확인 비행체에 제가 있었어요."

"도터!"

강윤서가 도터를 불렀다.

"네."

"재용 씨가 이상해. 건강 상태 확인해 줘. 재용 씨, 조금 쉬고 오세요."

강윤서가 이재용을 걱정했다.

"저희 돌아가면 영웅인 거예요? 우와! 저들이 사라졌다니 정말 놀라워요! 가는 동안 책도 왕창 써 가야겠어요!"

골든러가 환호하며 좋아했다.

그렇게 그들은 다시 지구로 향했다.

제20장

시간의 상대성

"이제 6시간 뒤면 지구로 진입합니다."

손이 말했다.

"아니 저건 뭐야? 손!"

이재용이 화면에 보이는 지구를 둘러싼 거대한 물체를 보고 말했다.

"형태는 확인되지만, 무엇인지는 잘 모르겠습니다. 외부 표면에 우주 먼지가 잔뜩 붙어 있습니다."

"몇 년 만에 저렇게 거대한 우주선을 지구 궤도에 쏘아 올렸다는 건가? 무슨 일이 벌어진 거지?"

어느새 우주의 풍경들이 서서히 느려지고 지구 궤도에 진입하고 있는 HF 우주선이었다.

"정말 꿈같은 여행이었어요."

골든러가 말했다.

"나도 꿈을 꾸긴 했지."

이재용이 말했다.

"정말요? 무슨 꿈이요?"

"슬픈 꿈? 하지만 아름다운 꿈."

"저도 슬프지만 아름다운 꿈을 꾸었어요!"

"그래? 혹시 너도 네가 나왔니?"

"아니요! 그게 무슨 말이에요?"

"아…… . 아니야."

"엄마가 나왔어요! 몇 년 전 우주선이 잠깐 멈췄을 때 그때쯤이었을 거예요."

"안녕히 계시던?"

강윤서가 물었다.

"계속 웃으면서 저를 바라보셨어요. 저는 너무 슬프고 보고 싶고 답답한데 계속 저를 흐뭇하게 바라보셨어요."

골든러가 말을 이어 가다가 이윽고 눈물을 흘리며 말을 하지 못했다.

"이런 이야기 들어 본 적 있어? 어렸을 때 할머니께서 자주 해 주시던 말이었지. 지구에서 밤하늘을 바라볼 때면 저 별은 엄마 별, 저 별은 아빠 별이고 항상 나를 바라본다고 말씀해 주셨지. 언젠가 할아버지 별도 생겼고 이제는 우리 할머니 별을 내가 만들었어. 그런데 점점 어른이 되면서 말이야. 정말 그들이 저 어느 별에서 우리를 기다리거나 바라보면서 지낼 수도 있을 거라는 생각이 드는 거야. 이것 하나만큼은 분명해. 어머니는 너와 함께하고 있고 언젠가 반드시 만나게 된다는 것. 그러니까 어머니가 기쁜 표정으로 너에게 신호를 준거라 생각해."

이재용이 골든러를 안아 주며 말했다.

"재단장님, 지구에서 영상 신호가 들어옵니다. 연결할까요?"

수상한 천국

손이 물었다.

"응! 물론이지!"

드디어 지구에서 귀환하는 우주선을 발견한 거라고 생각한 이재용이었다.

"안에 사람이 있습니까?"

지구에서 영상을 송출하며 말했다. 화면 속에는 여러 명의 우주 연구원이 눈이 휘둥그레져서 놀랍다는 듯 바라보고 있었다.

"네! 잘 있습니다. 출발했던 전원 무사히 잘 귀환 중입니다. 하하!"

이재용이 기쁜 마음을 감추지 못하고 대답했다.

"오! 이런, 이게 무슨 일이야. 믿기지 않는군."

사람들은 무사히 귀환하는 이재용 일행을 보고 굉장히 놀라워했다.

"아니 왜 그렇게들 놀라세요? 하하. 김보경 재단장은 어디 있나요? 최민식 기관장은 어디 있나요? 이재훈 박사는⋯⋯. 전부 안 보이네요."

이재용이 물었다.

"우선 확인할 것이 여러 가지가 있습니다! 이재용 재단장님, 이제 곧 귀환 궤도와 착륙 장소를 선정해 드리겠습니다. Hey! 손!"

영상 속 연구원이 손을 불렀다.

"네, 말씀하십시오."

"좌표를 보낼 거야! 과거와 달리 하늘에는 장애물이 잔뜩 있어! 좌표에 맞춰 착륙해야 해! 꼭 재단장님과 다른 분들을 잘 모시고 돌아와 줘!"

"네, 물론입니다."

손이 대답했다.

이재용 일행은 영상 속 모르는 사람들이 환호하기보다 놀라는 모습에 조금 불안했지만, 곧 지구로 돌아간다는 생각에 잔뜩 기대했다.

"외계인을 물리친 게 그렇게 신기하고 놀라운가? 하하."

골든러가 머쓱한 듯 중얼거리며 웃었다.

몇 시간 뒤 HF 우주선이 화염을 내뿜으며 대기권에 도달했다.

"윽, 착륙만큼은 진동이 엄청나군. 돌아가서 우주선을 더 편하게 업그레이드할 수 있을 거야. 후후, 모두가 놀라겠군!"

이재용이 말했다.

지구의 광활한 초원에 HF 우주선이 도착했다.

"온다! 도착한다!"

한 청년이 HF 우주선을 가리키며 소리쳤다. 그 뒤로 나이가 어느 정도 들어 보이는 사람과 아이를 데려온 엄마가 즐비해 있었다. 인파는 넘쳐 났고 모두 경이로운 눈빛으로 HF 우주선을 맞이했다. 여러 명의 무리가 HF 우주선 출입구로 다가갔다.

"손! 도터! 조이! 그동안 정말 고마웠어. 다음 우주여행 때 다시 만나자!"

일행이 HF 우주선에 인사했다.

"먼저 내리세요, 윤서 씨."

이재용이 강윤서를 에스코트했고 강윤서는 골든러와 나란히 출입구에서 나갈 준비를 했다.

잠시 뒤 HF 우주선의 문이 열렸고 일행은 HF 우주선에서 내려왔다. 그리고 그 모습은 생중계되었으며 전 세계에 그들의 모습이 나타났다.

"어머, 정말 그 모습이에요."

한 여성이 입을 막고 놀라며 말했다.

"정말 역사적인 순간이군. 이건 또 다른 과학인 걸까."

한 남성이 말했다.

수상한 천국

"정말 신이라도 되는 거야?"

또 다른 청년이 말했다.

"재, 재용 씨, 사람들 반응이 뭔가 생각했던 것과는 조금 다르지 않아요?"

강윤서가 자신들을 마중 나온 인파를 바라보며 이재용에게 당황스러운 듯 말했다.

"조금 다르긴 하네요. 마치 귀신이라도 본 것처럼. 우리 혹시 지금 귀신이 되어 있는 거 아닌가요?"

이재용이 장난스럽게 말했다.

인파는 환호할 줄 알았던 이재용 일행의 예상과 달리 웅성거리며 놀라운 표정으로 그들을 바라보았다.

골든러는 당황한 듯 걸어 나오더니 이내 폴짝폴짝 뛰며 사람들에게 손을 흔들었다. 이재용 일행이 절반가량 계단을 내려오자 인파 중의 한 명이 고개를 저으며 손뼉을 쳤다. 이내 주변에서 함께 박수를 치기 시작했고, 그 박수는 점차 번져 나갔다. 천둥, 번개처럼 박수 소리는 번져 나갔고 HF 우주선 일행은 계단을 내려오며 웃음을 지었다.

마중을 나온 무리 중 가장 앞의 남자가 이재용에게 다가왔다.

"안녕하세요. 소속이 어떻게 되죠?"

이재용이 남자에게 물었다.

"현 HF 재단장입니다. 처음 뵙겠습니다."

남자가 말했다.

"김보경 재단장은 어디에 있죠?"

"75년 전 저에게 재단장 자리를 위임하시고 여행을 떠나셨습니다."

"75년이요? 제가 우주에 다녀온 지 10년밖에 지나지 않았는데요?"

이재용이 놀라며 물었다.

"지금 몇 년이 지났는지 아십니까?"

"……."

"240년이 지났습니다. 이재용 재단장님을 비롯해 다른 분들이 모두 살아 돌아온 것이 기적 같은 상황입니다."

이재용과 일행은 기절할 듯 당황했다.

"김보경 재단장님은 이재용 재단장님의 집과 엥가던 산맥의 별장, 돌아오실 땐 안전하게 오시라고 지구의 우주 먼지까지 청소해 두셨지요. 아마 시공간의 초월이 있었던 것으로 보입니다. HF 우주선의 기록들은 강력한 문명의 발전을 이루는 데 도움이 될 것입니다. 그리고 이재용 재단장님의 일행은 지금은 지구에서 사라졌지만 마치 '신'처럼 여겨지는 상황입니다. 생활하는 데는 아무 어려움이 없도록 저희가 도와드리도록 하겠습니다."

"최민식 기관장은 어떻게 되었습니까?"

"지금도 HF 기관장으로 지내고 계십니다. 몇 주 전 뇌 수술을 받으셔서 자리를 비우셨습니다."

"머리에 무슨 병이라도 생긴 건가요?"

"아니요. 재단장님이 계실 때부터 이어 온 의학의 발전으로 저희의 기대수명은 수백 년으로 늘어난 상황입니다. 주기적으로 행하는 뇌 정제술 중입니다. 아마 최민식 기관장님으로부터 많은 이야기를 듣게 되실 듯하군요. 이걸 받으시죠."

현재 HF의 재단장이 이재용에게 팔찌를 건네주었다.

"언제든지 그 팔찌로 저희를 호출하거나 지구를 이용하실 수 있을 겁니다. 이재용 재단장님의 지구에서의 권한력은 최고로 설정해 두었습니다.

수상한 천국

아마 지구에서 시민 대표만큼 가장 높으실 것입니다."

"권한력이 무엇인가요?"

"흠……. 아주 오래전 Score 앱을 개발하셨죠. 그것과 비슷합니다. 지금은 모든 사람이 가치를 만들어 내죠. 그 가치의 희소성과 양에 따라 지구를 이용할 수 있는 권한력을 부여받습니다. 일종의 돈이라고 할 수 있죠. 지금은 물론 사라졌지만요. 지금은 권한력이 과거의 돈입니다."

"이것 참……. 최민식 기관장님이 회복하고 저를 만나야 이 긴장감들이 조금 사라지겠어요. 마치 타임머신을 타고 돌아온 사람 같군요. 이런……."

이재용 일행은 온통 변해 버린 지구에 당황하며 그들을 배웅하는 수행원들과 각자의 집으로 향했다.

집으로 향한 이재용은 연못이 있는 본인의 집에 어색해하며 긴 여행 동안 지친 몸과 마음을 편안히 했다.

"우리가 미래로 온 건 분명한 것 같은데, 집에 있는 가구와 가전들은 그다지 미래스럽지는 않은데요? 이왕이면 최신형으로 모두 바꿔 놓지."

이재용이 강윤서에게 가벼운 농담을 했다.

"정말 혼란스럽지만 담담해지려고 해요. 우리가 정말 먹고 싶었던 고기와 소주 어떠세요?"

"아, 그러고 보니 고기와 소주가 아직 지구에 있을까요? 저기 못 보던 패드가 있군요. 아마 이게 배달 같은 걸 시킬 수 있는 그런 건가?"

이재용이 집에서 못 보던 걸 발견하고는 말했다.

"아무래도 지구 사용 방법부터 공부해야 할 것 같아요. 재료도 아무것도 없어요. 좀 쉬고 만찬은 나중에 하죠."

강윤서가 말했다.

그렇게 약 일주일 뒤 최민식 기관장이 이재용의 집에 방문했다.

"재단장님! 흑흑."

최민식 기관장은 이재용을 끌어안고 한참을 울었다.

이재용도 지구에서 처음으로 아는 사람이 나타나자 반가운지 최민식과 감격의 포옹을 나눴다.

"세월은 저 혼자 다 맞은 것 같네요. 흑흑. 200년 전으로 돌아간 것만 같습니다."

"몇 년 전과 얼굴이 다르지 않으시네요. 그나저나 시간 왜곡이 있었던 것 같습니다."

"재단장님의 우주선이 궤도에서 사라지고 미확인 비행체도 사라졌습니다. 그래서 돌아가셨다고 생각하고 있었는데 재단장님을 다시 뵙게 되니 세월이 모두 흘러내리는 것만 같습니다. 흑흑."

이재용은 최민식 기관장에게 자초지종을 듣게 됐다.

HF 우주선과 미확인 비행체는 예상 도달 시간이 되어도 보이지 않았다.

D-Day 이후 HF 우주선 일행과 이재용 재단장은 역사 속에 기록되었다. 이 시점 이후로 지구의 문화, 경제는 전혀 다른 방식으로 진화되었다. 지상의 부동산 시장은 무너졌으며, D-Day까지 언더월드가 지상보다 사람이 더 살기 좋은 환경으로 변모했다. 인공 자외선, 인공 대기, 안정적인 기온 등이 인류를 더욱 안전하게 하고 평균 수명 또한 높였다. 지상 세계의 가치가 하락하여 점차 관리가 소홀해지자 기존의 국가들은 지상 토지와 시설물을 임대를 놓거나 관광지로 활용하기도 하였으며 이는 지상 세계의 국경을 사실상 무의미하게 했다. 언더월드가 새로운 국가의 역할을 하였으며 각 언더월드 자치구마다 별도의 행정력이 동원되었다. 주요 의사 결정과 언더

월드의 행정은 언더월드 자치 시민 앱을 통해 이루어졌다. 과거 대통령과 국회의원을 선출하던 방식보다 간소하고 무게감도 줄어들었으나 행정력을 발휘하기에는 충분했다. 땅속에 구축된 언더월드는 다양한 인종, 문화, 종교가 뒤섞이게 됐는데 우려와는 달리 AI를 활용한 번역 시스템과 합리적 의사 결정 등이 빠르게 하나의 문화를 형성할 수 있게 했다. 전 세계 곳곳의 언더월드마다 기발한 문화가 형성되어 있었다. 전 세계 통합 앱인 언더월드 통합 앱을 활용하면 언제든지 언더월드 이주가 가능했다. 각 언더월드를 연결해 주는 하이퍼루프가 상용화된 지는 아주 오래되었다.

"김보경 재단장님은 이재용 재단장님이 돌아오실 거라고 확신했습니다. 언젠가 반드시 올 거라며 지구 외부에 늘어난 우주 쓰레기를 청소하려고 거대한 '클린 위성(자성과 점토 등의 재질로 되어 있어 우주 쓰레기가 달라붙게 하는 우주 왕복 위성)'을 지속적으로 왕복하게 하셨습니다."

"지금 어디에 있는지 아시나요?"

"어느 날 '엄청난 것'을 발견하고는, 지금은 사라졌습니다."

"엄청난 것이라뇨?"

"언더월드를 성공적으로 안정화하고 HF는 인류의 모든 역량을 결집한 기구가 되었습니다. 마치 인류의 가장 역할을 하는 것처럼 말이죠. 그러던 어느 날 학습형 AI를 업그레이드를 하던 때였습니다. AI가 반중력의 방정식을 풀려고 하자 연구 시설이 갑자기 과부하가 되어 모든 전기 신호가 사라졌습니다. AI가 반중력의 방정식에 도달했다는 것을 직감한 김보경 재단장님은 수은 반도체 물질을 AI의 신호와 결합하더니 이내 반중력 물체에 근접하는 것을 만들게 되었습니다. 그 반중력만 이용한다면 4차원이나 5차원에 근접할 수 있다고 생각했죠. 실제로 AI를 수은 반도체와 결합시켜 어느 정도 반도체의 성질까지 만들어 냈습니다. 지금은 혈액의 약 1~5%가량에 수은 반도체를 주입하여 인체가 반중력을 직접 실현할 수 있도록 하는 연구를 진행 중입니다. 그 임상을 김보경 재단장님의 몸에 직접 실시했고 재단장님의 지시에 따라 기존 예정된 5%가량의 수은 반도체보다 2배를 더 많이 주입하게 되었습니다. AI가 김보경 재단장님의 뇌 파장에 반응했고 김보경 재단장님은 현장에서 사라져 버렸습니다."

"그걸 지금 재단장은 여행이라고 표현했던 거군요."

"현재 반중력 연구는 아주 성공적인 수준입니다. 혈액에 수은 반도체 물질을 극소량만 주입 후 완전히 빛이 차단된 공간에서 AI에 반응시키면 역노화가 되는 연구 결과까지 얻은 상태이고 나이가 많이 늘어난 시민들이 자발적으로 임상을 진행하고 있습니다. 저 또한 그중 한 명입니다. 혈액에 어떤 물질을 주입하느냐에 따라 인간은 어떤 모습이 될지 알 수 없는 일이죠."

"정말 다른 행성에 온 것만 같군요. 인구도 아주 많이 증가했다고 들었습니다. 정말 행복한 인류가 된 걸까요?"

"하지만 한 가지, 수명이 증가하게 되면서 결핍되는 요소도 있습니다."

"그게 무엇인가요?"

"감정입니다. 연구 결과 어느 정도 나이가 들게 되면, 감정이 점점 닳게 되고 이에 따라 예술 중독에 시달리는 사람 또한 증가하게 되었죠. 하지만 이것이 과연 부작용 수준인지는 밝혀지거나 정해진 바가 없습니다. 사소한 문제는 나이가 들어 갈수록 기술 연구나 사회 문제의 해결보다는 예술 활동에 더욱 전념하려 한다는 것이죠."

"감정……."

이재용은 심각한 표정을 지었다.

"재단장님께서 만드시려던 그런 세상에 가까워진 건 맞는 것 같습니다. 인류의 사상과 문화적 진보를 억누르며 쾌락을 추구했던 '어떤 보이지 않는 세력'이 사라지면서 말입니다. 물론 미확인 비행체가 아니었다면 그 존재들은 끊임없이 지구를 정복하고 보이지 않는 곳에서 그들만의 극도의 쾌락을 위해 계속 인류를 좀먹었을 것입니다. 또 제대로 된 사상과 교육은 계속해서 인류를 범우주적인 경쟁력을 갖추게 하는 큰 원동력이 되어 주었습니다. 우주에서 지구보다 아름다운 행성이 과연 몇이나 될까 생각해 본다면 과거와 비교했을 때 이곳은 천국과 가깝습니다."

"기관장님."

"네?"

"걱정 없이 영원히 살 수 있는 게 행복할까요, 걱정 없이 주어진 시간만큼 살다가 죽는 게 행복할까요?"

"……."

한동안 대답 없이 고민하던 최민식 기관장은 한참 뒤 입을 열었다.

"재단장님이 떠나시고 긴 시간 동안 많은 일이 있었습니다. 치료도 잘 받고 보시다시피 이렇게 건강한 모습으로 재단장님을 만나 뵙게 되었습니다. 그런데 재미있는 사실이 있습니다. 재단장님을 HF 우주선에 태워 우주로 보냈을 때 혼자 온종일 울었던 기억이 납니다. 그리고 그 이후로 한 번도 울지 않던 저는 오늘 처음으로 다시 울었습니다. 저의 눈물에는 행복과 아련함, 이별과 그리움 그리고 추억이 담겨 있습니다. 그게 저의 대답입니다."

"오늘 몸에 안 좋은 음식을 무척 먹고 싶은데, 한국에 가서 먹을 수 있을까요?"

"아무래도 물회나 소주를 생각하시는 것 같군요. 대표님 정도의 권한력이라면 아마 가능할 것 같습니다.”

“권한력……. 그게 아주 높아야 먹을 수 있을 정도인가요?”

“가 보시면 아마도 깜짝 놀라실 겁니다.”

며칠 후 이재용은 한국의 동해에 도착했다.

“엄청난 인파군요.”

이재용이 감탄하며 말했다.

모래사장에 깔린 테이블과 촌스럽게 얽혀 있는 전등 장식은 이재용이 지구를 떠나기 전 모습 그대로였다. 사람들은 왁자지껄하게 분위기를 즐기고 있었고 다들 이재용을 알아보지 못하는 눈치였다.

“Pay.”

입구로 들어서는 센서에 최민식 기관장이 손목의 밴드를 가져다 대자 녹색 불빛과 함께 소리가 났다.

“손목을 여기에 대세요.”

최민식 기관장이 이재용의 팔을 잡고 말했다.

“Pass! Welcome!”

이재용이 손목의 밴드를 주막 입구의 센서에 가져다 대자 보라색 불빛이 번쩍하며 소리를 냈다.

“어? 누구지?”

술을 마시던 한 청년이 쳐다보며 말했다.

“어? 그 사람이야! HF 우주선의 주인공!”

한 여성이 입을 가리며 가리켰다.

이윽고 주변의 사람들은 저마다 수군거리기 시작했다.

“아니 저는 왜 다른 소리가 나죠? 뭐가 이렇게 요란해요?”

수상한 천국

이재용이 민망한 듯 당황하며 말했다.

"대표님은 아마 권한력을 차감하지 않고 들어가실 수 있도록 설정되어 있을 겁니다. 국제기구 대표와 거의 동일한 권한이죠."

"뭐, 감사하긴 한데 굳이 이렇게 화려해야 하나요? 어디를 가나 눈에 띄니까요."

"과거처럼 사용되는 화폐가 지금은 '권한력'이죠. 지폐나 동전 따위를 긁어모으는 것이 아니라 본인이 어떤 삶을 살고 어떤 노력을 했는지에 따라 정직하게 사람들에게 인정받고 그만큼의 권한을 누릴 수 있는 화폐지요. 권한력의 기축이 되는 것은 바로 '사람들의 인정'입니다. 그 기축을 더욱 공고히 하기 위해서는 더 화려하게 존중의 의미를 표현하는 것을 권장합니다. 이제 세계의 사람들은 '인정'을 받기 위해 열심히 살아갑니다. '권한력'이 없어도 불편함이 없는 세상이죠. 하지만 사람들은 불편함이 없는 세상보다 인정받는 삶을 더 추구하고 더 높은 인정의 무리에 속하고 싶어 합니다. '권한력'을 공고히 하기 위해서는 높은 권한력을 갖는 사람을 대우하고 존경하며 '권한력'에 대한 갈증을 증폭시켜 나가는 거죠. 그러기 위해 궂은 일을 마다하지 않고 열심히 행하며 지금과 같이 세상이 평화롭게 유지가 되는 것이죠. 하물며 세계 곳곳에 멋지게 차려진 최상위 라운지 바에 가기 위해 1년 동안 모은 권한력을 사용하는 사람까지 있다니까요."

최민식이 이재용을 자리로 안내하며 말했다.

"아! 인정."

이재용이 눈이 커지며 중얼거렸다.

"네?"

"아, 아닙니다. 아무래도 제가 한참 전 생각했던 그만큼까지 와 있는 것 같아서요."

"여기! 소주와 물회 잘 부탁드립니다."

최민식은 이내 미모의 여성에게 음식을 주문했다. 아마도 이재용이 올 때마다 반겨 주었던 주인의 딸임이 틀림없었다. 이재용과 최민식은 몸에 좋지 않을 음식을 다른 누구보다 최선을 다해서 즐겼다.

"그만 좀 우세요. 아으, 참."

"대표님이 떠나는데, 미확인 비행체와 함께 보이지 않았는데, 그때 지구에서 대표님을 생각하며 저 우주 속에서도 외계인과 어떤 어려움을 해결했을 걸 생각하면……. 모든 게 끝이라 생각했던 지구가 새 삶을 얻어 희망이 현실이 되었을 때 그때……. 흑흑."

"그렇게 슬프셨다는데 저만 시간 감이 없어 아쉽네요. 그런 시간을 모두 겪었다면 황홀한 기분일 텐데요."

"대표님께 한 가지 부탁드릴 것이 있습니다."

"말씀하세요."

"기관장 자리를 내려놓으려 합니다. 이제 은퇴하려고요."

"저 지금 재단장 아닌데요? 하하. 지금 재단장님한테 말씀하시죠."

"이미 말씀드렸습니다. 절차도 거의 완료되었고요."

"그런데 저한테 굳이 왜 말씀하세요?"

"대표님한테 일을 그만두겠다고 하고 승인받는 것이 저의 사명이자 목표였으니까요. 하하."

"지구는 계속 변할 거예요. HF도 계속 변할 거고요. 그 변화에 '악'이 서리면 정말 하루아침에 끔찍해질 수도 있습니다. 그 중요한 길잡이 역할을 지금까지 최민식 기관장님께서 해 주신 거죠. 그렇다면 저도 부탁이 하나 있습니다."

"말씀하세요."

"기관장 대체자로 골든러를 추천합니다."

"아마 큰 어려움 없이 대체자가 될 수 있을 겁니다. 그건 제가 잘 준비해 놓겠습니다."

"한 가지 확실한 건 이렇게 미확인 비행체 걱정 없이 기관장님이 우는 모습을 바라보면서 술을 마시는 순간이 정말 천국과 같다는 거예요."

"저도 계속 행복한 만큼 눈물이 나는 것 같습니다."

"아무래도 천국 같은 이 지구를 저의 권한으로 여행을 다니며 살펴봐야겠어요. 한잔하시죠."

이재용은 지구 여행을 기약하며 최민식과 술잔을 기울였다.

290년 전 과거 이재용의 집 거실.

이재용이 보드 판에 글자를 쓴다.

수익은? = '인정'

그리고 마침내 소파에 다시 눕는 이재용.

곧 전화벨이 울린다. 발신자는 '받아야 함'이다.

제 21 장

The Heaven

"정말 놀랍습니다. 아직도 어린 친구들이 이렇게 학교에 모여서 교육을 받는다는 사실이요. 지구가 많이 진보한 만큼 각자 집에서 수업을 들어도 될 텐데 말이죠."

이재용이 놀라워하며 그를 수행하는 교장에게 말했다.

"아이들의 사회적 교감의 폭발적인 발달은 아직도 학교가 가장 크게 성장시켜 주죠."

교장이 말했다.

"교육 체계는 지역마다 다른가요?"

"대부분의 학교가 HF의 시스템을 참고하고 있습니다. 교육에 관한 연구는 계속되고 있지만 HF의 방식이 아직 최고로 평가받죠."

"오후에 참관해도 괜찮을까요?"

"오후에 우수한 학생들로 자리를 마련해 드리죠. 그 정도는 가능하신 분이니까요. 아이들에게도 좋은 시간이 될 거라고 생각합니다."

수상한 천국

이재용은 과거 스위스 영토였던 르 로제 학교에 찾아가 현 지구의 교육 방식에 대해 질문했다.

"이건……. 생각 공원과 똑같잖아."

이재용은 학교 앞 광장에 나와 풍경을 바라보며 놀랐다.

"정말 그렇네요. 생각 공원에 돌아간 것 같아요. 역시 좋네요."

학교는 생각 공원을 모방하여 꾸며져 있었고 생각 공원은 현재 지구에서 유행하는 디자인이 되어 있었다.

"여기서 대화해도 되나요?"

이재용이 학교 관계자에게 말했다.

"대화해도 되냐는 게 무슨 말씀이시죠?"

학교 관계자가 의아해하며 되물었다.

"아, 아닙니다. 하하."

이재용과 강윤서는 서로 바라보며 머쓱한 듯 미소를 지었다.

한편에 자리를 잡은 이재용과 강윤서는 도란도란 무리를 지어 대화를 나누는 아이들을 바라봤다.

"아주 낯서네요. 뛰어다니는 아이들보다 앉아서 대화하는 아이들이 더 많다니."

강윤서가 신기해하며 말했다.

"돈도 사라진 마당에 투자 이야기는 아닐 텐데요. 하하."

이재용이 말했다.

"돈보다 더 대단한 걸 얻으려고 하죠."

학교 관계자가 말했다.

"아이들이 돈보다 더 대단한 걸 얻는다고요?"

강윤서가 물었다.

"전 세계의 아이들에게는 아이들만의 권한력이 별도로 있습니다. 다양한 경진 대회에서 수상하거나 평소 선행 점수를 많이 얻게 되면 수준에 맞는 학교에 갈 수 있죠. 이 학교가 전 세계 최고 수준의 학생이 모여 있는 학교입니다. 언제든지 이 학교에 오고 싶어 하는 학생은 많습니다. 점수가 낮아지면 자동으로 다른 학교를 선택해야 합니다. 생각 없이 달릴 시간은 아마 없을 겁니다."

학교 관계자가 말했다.

이재용과 강윤서는 나름대로 치열하다고 생각했다.

"이재용 님, 준비되었습니다. 역사 수업에 자주 등장했던 인물을 만난다고 하니 학생들이 기대하고 있습니다. 우리 학교 최고 성적의 학생들로 준비했습니다."

교장이 이재용을 마중 나왔다.

"은근히 떨리네요. 가시죠."

드디어 이재용과 강윤서가 강의실 문 앞에 도착하고 문이 열렸다.

"짝짝짝!!!"

최선을 다해 손뼉를 치는 모습은 여느 아이들과 똑같았다.

"안녕하세요! 200년 전 이재용 재단장을 복제해서 만든 복제 인간입니다. 반가워요, 여러분."

이재용이 농담하며 인사하자 갑자기 박수 소리가 멈추었다.

"농담입니다. 미안해요."

아이들의 반응이 진지해지자 이재용이 당황하며 사과했다.

"제가 여러분과 시간을 갖고 싶었던 것은, 여러분의 꿈에 대해 묻고 싶었기 때문이에요. 오늘 저와 재미있게 여러분의 꿈에 대해 이야기를 나눴으면 좋겠어요. 질문은 언제나 손을 들고 말하면 됩니다."

이재용이 말을 끝내기가 무섭게 모든 학생이 손을 번쩍 들었다. 수업 참여도에 이재용과 강윤서가 순간 당황할 정도였다.

"먼저 맨 뒤의 학생! 궁금한 게 있으면 말해 주세요."

"만나 뵙게 되어 영광입니다! 저는 코펜하겐 언더월드 출신 '노아'라고 합니다. 제가 궁금한 것은 HF 우주선을 타고 미확인 비행체를 만나고 오는 동안 제일 특별했던 순간이 궁금합니다."

"출발할 때 제가 가장 원하던 시계를 선물로 받은 경험이요."

"네? 아, 죄송하지만 그런 거 말고 우주선에서 있었던 이야기를 말씀해 주시면 감사하겠습니다."

"아, 그렇군요. 너무 많아서……. 한 가지만 말을 하자면 아마 여러분이 제일 궁금해할 것 같은 미확인 비행체를 만났을 때 이야기!"

이재용이 학생들이 원하는 이야기를 하려고 하자 학생들의 동공은 커졌고 모두가 극도로 집중했다.

"사실 우주선을 만났는지 우리 모두 잘 몰라요. 하지만 그 영역에 들어갔던 건 맞는 것 같아요. 우주선이 먹통이 되더니 순식간에 우리는 지구로 귀환하고 있었죠. 하지만 저는 미확인 비행체 안에 있던 '존재'와 만났습니다."

"어떻게 생겼나요?"

"말이 통했나요?"

아이들은 '존재'에 대해 흥분을 감추지 못하고 질문했다.

"그 외계인은 저와 똑같이 생겼어요! 그리고 저에게 감정을 가져가겠다고 했어요!"

"정말 재미없어요. 혹시 외계인 아니에요?"

"아마 제 몸속에 들어와 있을 수도 있죠. 그들은 차원을 다루고 3차원 세계의 형태와 중력을 다룰 수 있어요. 저에게 그 능력을 대가로 준 것 같아요. 아마 바다 정도는 저의 힘으로 가를 수 있을 거예요."

이재용의 이야기를 듣던 한 여학생이 손을 번쩍 들었다. 이재용은 여학생을 가리켰다.

"만나 뵙게 되어 영광입니다. 저는 서울의 언더월드 출신 '소영'입니다. 이재용 님께 질문한 '노아'는 VR 디자인 세계 랭킹 50위 안에 드는 훌륭한 학생입니다. 저희의 질문에 조금 더 진지한 태도로 임해 주셔서 이 시간이 의미 없이 흘러가지 않게 해 주신다면 좋겠습니다."

이재용은 고개를 가로저으며 조금 시무룩한 표정으로 중얼거렸다.

"정말인데……."

그리고는 고민 끝에 대답했다.

"HF 우주선이 지구를 떠난 지 약 1년 정도 지났을 때의 일이었죠. 어떤 작은 별빛 조각들이 우주선 주위를 감싸더니 우리 우주선을 노크했어요! 그리고는 자신들의 존재를 알리기라도 하듯 우리가 바라보는 창밖에서 다양한 불빛을 뿜었어요. 처음 보는 무지갯빛은 아주 황홀했어요!"

"재미없어요!"

"어렵네요. 그럼 저부터 질문할게요! '노아'의 꿈은 무엇인가요?"

"세계 최고의 VR 디자이너가 될 거예요. 저의 디자인 세계에 들어오려면 아주 많은 양의 권한력이 필요하게 될 거예요. 정말 상상하지도 못할 세계를 저는 만들 수 있거든요"

"아, 권한력이라……. 일종의 돈 욕심인가요?"

"돈이라뇨? 과거 시대에 세상을 지배했다는 수단 말씀이신가요?"

"아, 지배라기보다는 편의를 위해 만들어진 거였죠. 지금처럼 모든 게 풍족할 때가 아니다 보니까요."

"그다음은 오토로드(오토바이 따위의 핵융합 이동 수단)를 타고 지구의 모든 지상 세계를 다닐 거예요! 가장 높은 곳과 가장 험난한 곳까지 전부 다니면서 많은 친구를 사귈 거예요. 친구들에게 제가 도움이 될 수 있다면 모든 도움을 주면서 최고의 권한력을 갖고 모두로부터 인정받는 게 꿈이에요."

"아까 VR 디자이너가 꿈이라고 하지 않았나요?"

"네! 그것 말고 이건 그다음 꿈이에요! 아직 다섯 가지는 더 남았는데, 꼭 한 가지만 말했어야 했나요?"

"아, 모두 할 수 있군요. 아까 질문한 '소영' 학생은 꿈이 뭔지 물어봐도 될까요?"

"네! 한 가지요?"

"아, 가장 먼저 이루고 싶은 꿈 먼저 이야기해 주면 좋겠어요."

"저는 저만의 학교를 만들 거예요! 그리고 우리 학교 학생에게 저만의 교육 방식을 제공하고 싶어요."

"와! 멋진 꿈이군요. 어떤 교육 방식인지 물어봐도 될까요?"

"지금 다니는 학교에서도 자율 토론 방식과 역사 수업은 정말 재미있어요. 하지만 선생님들이 아주 유연하지는 않은 느낌이죠. 우리 학교에서는 학생이 곧 선생님이 될 거예요. 서로 규칙을 정해, 모든 학생이 번갈아 가며 선생과 학생의 역할을 하는 거죠. 주어진 학습 자료를 통해 저희의 성숙하지 않은 시각으로 새로운 발견을 할 거예요!"

"저도 아직 생각해 본 적 없는 정말 좋은 교육 방식이 될 것 같아요. 정말 놀라운 목표들이 있군요!"

이재용은 학생들의 높은 수준에 당황할 정도였고 자칫 토론에서 역부족일 수도 있겠다는 걱정이 생겨나기도 했다.

"이재용 님께 질문 있습니다!"

주황색 머리의 통통한 남자 학생이 손을 번쩍 올리며 말했다.

"네, 어떤 질문이든 좋아요! 말씀하세요."

"저는 워싱턴 언더월드에서 태어난 '에드먼드'라고 합니다. 과거에는 따돌림이라는 질병이 학교에서 흔하게 있었다고 역사책에서 배웠는데 정말인지 궁금합니다!"

"부끄럽지만 사실이에요."

"따돌림이란, 여러 명이 한 명이나 소수를 억압하고 의견을 무시하는 야만적이고 잔인한 행위이자 너무 무섭고 끔찍한 일이라고 생각해요. 이렇게 훌륭한 지구를 만들어 주신 분들께서 그런 짓을 했다는 게 저는 판타지 같다고 생각해요! 전염병처럼 따돌림 병이 생겨 여러 명이 감염되어 그런 건지 혹시 사실을 알고 계신가요? 어떤 것 때문에 타인의 아픔을 막아서는 것이 아니라 더 유발하려 했던 것인지 교과서에는 아직도 원인을 연구하는 중이라고만 나와 있는데 혹시 이재용 님께서는 따돌림을 목격하거나 겪은 적이 있으신가요? 또 그런 역사 속의 일들이 사실인가요?"

"저의 기억으로는, 따돌림 균이 원인이었던 것 같아요. 점점 나이가 들어야만 그 병이 나을 수 있었죠. 하지만 후유증이 심해서 그 병에 당한 피해자도, 가해자도 나중에 극심한 마음의 상처를 입는 병이죠. 여러분은 따돌림과 비슷한 경험 없나요?"

이재용이 애써 학생들의 눈높이로 둘러대며 말했다.

학생들은 비슷한 경험이 없는 듯 아무도 말을 하지 않았다.

잠시 후, 앞자리에 앉은 한 학생이 말했다.

"따돌림 균이 퍼져 당하는 학생이 있다면 따돌림 균에 감염되지 않도록 위생 마스크를 쓰고 괴롭힘을 당하는 학생의 손을 잡고 항상 함께 다닐 텐데요. 저뿐만 아니라 여기에 있는 학생 모두 그렇게 할 거예요. 그렇게 되면 더 이상 따돌림이 아닌 것 아닌가요? 역사 수업 중 따돌림 이야기가 가장 믿기지 않는 사실이에요."

"해결책을 알고 있군요! 따돌림 바이러스를 이겨 낼 방법을요!"

"해결책이 아니라 너무 간단한 수학 공식 아닌가요? 따돌림의 원칙은 혼자일 때니까 하나가 더 합쳐지면 더 이상 따돌림이 아니게 되는 거죠. 설마 이걸 존경하는 재단장님께서는 그 당시에 알지 못했다는 건가요?"

학생은 당연하다는 듯 말했다.

학교를 빠져나온 이재용은 강윤서와 손을 잡고 학교 주변의 숲속을 걸었다.

둘은 나이가 어린 학생들이 모여 있는 학교에서 나온 것이 아니라 검찰 조사라도 받고 나온 것처럼 지쳐 보였다.

"마치 원시인이 된 기분이었어요. 그런 시대를 살았던 게 조금은 부끄럽기까지 했다니까요?"

이재용이 나긋하게 말했다.

"당신은 부끄럽지 않아도 괜찮아요. 지금의 세상을 이미 예측하고 설계한 건 당신이잖아요."

강윤서가 이재용을 다독였다.

"단지 한 명이지만, 어떤 시대의 증인이라는 것은 정말 고독하고 중요한 일 같아요. 미래의 누군가에게 현재의 모든 잘못된 일에 대해 증언을 할 때

결국 그 책임으로부터 회피할 수 없으니까요."

"아! 그나저나 지금쯤이면 골든러와 최민식 이사가 별장으로 출발했겠군요."

이재용은 약속 시간에 맞추기 위해 서둘러 이동했다. 이재용과 강윤서는 이윽고 엥가딘 산맥 별장에 도착했다. 별장 입구에는 골든러가 신기한 듯 별장의 시설물들을 기웃거리고 있었다. 먼발치에서 바라본 골든러의 모습은 마치 젊은 도둑처럼 보였다. 이재용은 골든러의 뒤로 조심스럽게 다가가 골든러의 어깨를 꽉 움켜잡았다.

"으악!"

골든러가 기겁하며 놀랐다.

"뭐가 그렇게 궁금해?"

"정말 보고 싶었어요!"

골든러는 이재용이 반가운 듯 달려와 안겼다.

그 모습을 본 강윤서는 흐뭇하게 웃었다.

"모두 여행은 즐거우셨나요?"

최민식 기관장이 한자리에 모인 모두에게 말했다.

"네! 저는 정말 좋았어요!"

골든러가 만족한 듯 대답했다.

"아! 찾았어?"

이재용이 물었다.

"아니요. 찾지는 못했어요. 하지만 더 중요한 요소들을 발견했거든요! 그리고 마음도 조금 더 편해졌어요."

"더 중요한 요소라니?"

"비록 예상대로 우리 가족은 없었지만 앞으로 희생이라는 사상 다음으로 중요한 사상을 찾을 만한 요소예요!"

"무슨 일이 있었는지 정말 궁금하구나."

이재용이 궁금해했다.

지구에 도착한 뒤 골든러는 이재용과 마찬가지로 최고의 권한력과 출입 자격을 얻었고 원하는 곳으로 여행을 떠났다.

여행을 떠나기 전, 골든러는 최민식 기관장에게 간곡히 자기 가족과 과거 자신을 공격했던 군인들을 찾아 달라고 부탁했다. 최민식은 간신히 그 당시 현장에 있었던 군인 한 명을 찾았고 나머지는 전부 생사를 알 수 없었다. 최민식은 골든러가 어릴 적 살았던 마을의 상태를 충분히 확인했고 마을의 어느 안전한 장소에 자리를 마련했다. 어느 마을에 들어서자 사람들이 골든러를 보기 위해 줄지어 길에 나와 있었다. 그리고 그 인파 사이로 골든러와 최민식 기관장은 계속 걸었다.

"정말 불편해요."

골든러가 말했다.

"하지만 불쾌하지는 않죠?"

최민식 기관장이 말했다.

골든러는 이곳에서 있었던 과거의 기억이 전부 좋았던 것은 아니었기 때문에 두려움이 마음속에 있었다. 그리고 사람들이 이렇게 많이 모여 있을 거라고는 전혀 생각하지 못해 적지 않게 당황했다.

대부분의 사람은 골든러에게 큰 잘못이라도 한 것처럼 손을 가지런히 모으고 눈물을 흘렸으며 눈빛은 하나같이 모두 애처로웠다.

소리 없는 아우성을 지나 이내 골든러는 마을의 낡은 카페테리아에 들어섰다.

한 노파가 우두커니 서 있었다.

골든러는 그 노파를 한동안 자세히 들여다보더니 가까이 다가갔다.

그리고 이내 골든러는 그 노파가 과거 트럭에 앉아 웃고 있던 군인임을 알 수 있었다.

"쿠스크 마을에 살던 율리아가 맞습니까?"

그 노파는 골든러가 예전 마을에서 살던 시절의 이름을 말했다.

"네. 그리고 저의 어머니는 '나티아'입니다. 혹시 본 적 있나요?"

골든러의 말이 끝나기 무섭게 노파는 사시나무처럼 몸을 떨며 곧 바닥에 쓰러졌다. 그리고 본인의 심장을 움켜쥐고는 울부짖으며 소리쳤다.

"하찮은 용서 따위로 당신을 대할 수 없습니다. 영원한 사죄의 마음에 대한 봉인 또한 당신에게 어떠한 도움도 되지 않습니다. 아마도 저는 당신 어머니의 한 마리 개가 되어 다음의 인연을 겪어야만 그날의 아픔에 아주 조금 다가설 수 있을 것 같습니다. 저에게 미안하다는 말조차 결코 들어서는 안 됩니다. 율리아, 당신에게 미안하다는 말조차 하지 않을 겁니다. 당신을 위해서요."

노파는 알아들을 수 없는 말을 했다. 노파는 자기 가슴을 움켜쥐고 계속 소리쳤다.

한동안 그 모습을 바라보던 골든러는 노파에게 다가가 헝클어진 머리를 쓰다듬으며 말했다.

"괜찮습니다. 전부 다 괜찮으니 진정하세요."

노파는 계속 울부짖으며 좀처럼 흥분을 가라앉히지 못하는 상태였다.

한참 뒤 노파는 자기 손을 잡고 자신을 안쓰럽게 바라보는 골든러를 올려다보며 말했다.

"나를 더 위로하십시오. 그것만이 제가 더 벌을 받는 방법입니다."

"많이 아프게 돌아가셨나요?"

"저희는 애초에 절뚝이는 여자가 당신의 어머니라는 것을 알았습니다. 그녀만 잡으면 당신이 돌아올 거라 생각했습니다. 얼마 지나지 않아 거대한 자작나무 한 그루에 등을 기댄 채 손바닥만 한 돌 세 개를 움켜쥐고 있는 그녀를 발견했어요. 체념한 듯 우리에게 돌조차 던지지 못하는 그녀를 붙잡아 그날 밤늦게까지 마을의 높은 나무에 그녀를 묶어 놓고 가족이 돌아오길 기다렸습니다. 날이 아주 어두워지자 그녀의 딸이 마을로 내려왔고 더 잘 보이도록 그녀의 옆에 딸까지 함께 묶어 놓고 당신을 기다렸습니다. 분명 세 명이 도망가는 것을 보았기 때문입니다. 하지만 더 이상 아무도 오지 않았고 다음 날 아침 자고 일어나 보니 거꾸로 매달린 그녀와 딸은 싸늘하게 죽어 있었습니다. 그게 제가 기억하는 마지막 그녀와 딸의 모습입니다."

이야기를 전부 들은 골든러는 눈물 한 방울 흘리지 않고 다시 한번 노파를 쓰다듬으며 말했다.

"그랬군요. 있는 사실 그대로 말해 주어 고맙습니다."

골든러가 노파를 위로하고 카페테리아를 나오려고 할 때였다.

"왜 물어보지 않습니까? 왜 그랬는지 말입니다."

노파가 떠나가는 골든러에게 소리쳤다.

"지금 당신은 후회하고 있지 않습니까? 그거면 된 겁니다. 아마 그날의 시간은 당신이 아니라 그날의 시간이 잘못되거나 좋지 않았던 거니까요. 그래서 당신이 밉지 않습니다. 그저 좋지 않은 시간의 한 부분이었던 거겠죠."

"당신에게 최악의 시간을 주었지만, 오늘 당신에게 최고의 시간을 받았습니다. 그날 그리고 저의 인생에 용서를 구해야 할 모든 살아 있는 사람 중 아직 용서를 구하지 못한 사람은 당신 한 명뿐이었습니다. 그런 당신에게 용서는커녕 어떠한 것을 받다니……. 이제 이 시간 위에서 저는 할 일을 다한 것 같습니다. 어울리는 말은 아니지만……. 고맙습니다. 그리고 전 아마 죽은 자들을 찾아 떠나야겠죠."

그렇게 골든러는 다시 카페테리아 밖으로 나갔다.

카페테리아 밖에서 기다리고 있던 최민식 기관장은 카페테리아까지 잔뜩 몰려든 마을 사람 중 한 명과 이야기를 나누고 있었다. 그리고 밖으로 나온 골든러를 발견하고는 가까이 다가갔다.

그리고 최민식은 어떤 말도 할 수 없었다.

분명 표정 없는 얼굴을 하고 있었지만 골든러의 눈에서 마치 폭포처럼 눈물이 쏟아지고 있었기 때문이다.

골든러는 최민식을 알아봤는지 크게 씩 웃어 보이며 함께 마을의 회관으로 이동했다.

"우리가 그 군인들의 가족과 친척이자 자손들입니다. 과거 이 지역의 기득권을 가졌던 자들과 전부 관련이 있다고 볼 수 있습니다."

마을을 대표하는 것처럼 보이는 청년이 말했다.

"아직도 그런 일들이 존재하나요?"

골든러가 물었다.

"물론 그런 끔찍한 일들이 사라진 것은 오래전입니다. 당신들이 우주로 떠나고 정말 지구는 많이 변했습니다. 그 문명을 저희도 결국은 받아들이기 시작했고, 이 마을의 젊은이들을 중심으로 새롭게 시작하고 있죠."

"그렇군요. 당신들에게는 오래전 일이겠지만 저에게 이곳은 불과 얼마 전까지 지옥이었죠. 저를 바라보는 눈빛은 마치 배고픈 악어 떼 같았고, 저는 아마도 조그마한 먹이로 보였을 거예요. 그런데 그런 곳에 다시 돌아와서 보니 거짓말처럼 달라졌어요."

"미확인 비행체가 사라졌다는 소식이 들렸고 점점 저희가 믿는 종교가 힘을 잃기 시작했어요. 저희는 문명을 마지막까지 받아들이지 않았고, 얼마 지나지 않아 마을에 지독한 전염병이 돌았어요. 의료 시설이 마비되고 속수무책으로 사람들이 죽어 나가기 시작했는데, 어느 날 마을에 특수 복장을 한 자들이 순식간에 들이닥쳤어요. 그리고 순식간에 의료 시설을 다시 활성화했고, 사람들을 치료해 나가기 시작했죠. 처음에는 생김새가 많이 다른 그들을 받아들이지 않았어요. 하지만 아직 젖도 떼지 않은 아기가 피부가 흘러내려 죽어 가는 엄마를 보며 울고 있었죠. 그리고 그 엄마가 다시 건강해지자 젖을 먹으며 평온을 찾는 모습을 보게 되었죠. 종교를 믿을 만큼 자유 의지가 없는 아기조차 저들의 도움 없이는 불행하다는 사실을 인지하고 나서 저를 비롯해 몇몇 젊은 사람은 종교를 원망하며 분노하기 시작했어요. 나중에 알게 된 사실은 그 마을에 잠복해 있던 저희와 같은 인종의 사람이 있었고 그는 HF 소속으로 마을의 문제가 발생하자 HF에 보고하고 도움을 주게 되었다고 했어요. 저희 마을 사람들은 점차 HF를 받아들이기 시작했고 확실하게 과거보다 더 평화롭고 행복감을 느낄 수 있었어요. 그리고 HF의 골든러에 대해 알게 되었고 저희 마을 사람들은 엄청난 슬픔을 느끼고 반성했어요. 그리고 골든러가 이 마을에 돌아오기만을 기다렸어요."

"왜 돌아오기만을 기다렸죠?"

"저희는 하루하루 다른 사람을 돕고 심지어 희생까지 하며 골든러 씨의 사상적 가치를 잘 이행하려 노력하고 있어요. 그런 사람에게 아픔만을 주었으니, 어떻게든 진심 어린 용서를 구해야 저희 마을 사람 모두가 조금이

나마 위안을 얻을 수 있기 때문이에요. 이기적인 생각이죠."

"그럼 이렇게 마을 사람들에게 전해 주세요. 그날은 이렇게 오늘이 되기 위한 하나의 '점'과 같은 시간이었다고. 그리고 그 '점'과 같은 시간에 대한 당신들의 반성과 용서는 아주 잘 받아들이고 돌아간다고 말이에요."

"감사합니다, 골든러 씨."

스위스 엥가딘 산맥에 모여 있던 이재용과 강윤서는 골든러의 이야기를 다 듣고 나서 앉아 있던 테이블이 전부 젖을 만큼 눈물을 흘렸다.

"정말 너다웠구나."

강윤서가 골든러에게 말했다.

"그래서 말이지, 부탁할 게 있어."

이재용이 긴장하며 말했다.

"무슨 부탁이요?"

"HFR(Heaven Foundation Road) 알고 있지?"

"물론이죠! 지금 최민식 아저씨가 운영하는 기관 아닌가요?"

"앞으로 네가 맡아 줬으면 해. 기관장으로서 말이야."

날벼락 같은 부탁에 골든러는 아무 말도 하지 못했다. 그리고 최민식 기관장은 기대되는 얼굴을 한 채 골든러의 답변을 기다렸다.

"HF는 정말 강하고 위험한 기관이 되어 버렸어. 지금까지 거대한 악당이 되지 않을 수 있었던 건 최민식 기관장이 HF의 방향성을 올바르게 이끌었기 때문이야. HFR에는 정말 대단한 검증을 거쳐야만 뽑히는 최고의 인재들이 소속되어 있지. 조금이라도 어둠을 감춘 누군가가 HF에 잘못된 길을 제시한다면 아마 지구의 미래는 더 이상 천국이 아니게 될지도 모르지. 책을 계속 쓰는 것도 좋지만, 골든러 네가 만들고 싶은 세상과 네가 진하고 싶은 메시지를 HF를 통해 만들어 보는 건 어때?"

잠깐 고민하던 골든러는 입을 열었다.

"네, 그렇게 할게요. 두 번 다시 끔찍한 시간의 점을 만들고 싶지 않아요. 사실 너무 아픈 시간이었거든요. 세상 누구에게도 그러한 시간을 결코 보여 주고 싶지 않아요. 꼭 그렇게 할 거예요."

골든러가 마침내 이재용의 제안을 수용했고 최민식은 세상을 얻은 듯 정말 행복해했다.

그도 그럴 것이 HFR의 업무량은 엄청났다.

"언젠가 정말 너만큼 좋은 사람이 나타난다면 그때 오늘처럼 이곳에서 직위를 인수인계하길 바라. 그리고 계속해서 좋은 책을 많이 써 주길 바라. 그 책들은 세상을 올바르게 유지하는 데 있어 도움이 되어 줄 거야. 그리고 그 책들을 읽으면 나는 어디서나 너의 소식을 알 수 있을 거야."

"재단장님은 이제 어떤 일을 하실 거예요?"

"시간에 대해 연구할 생각이야."

"타임머신이요?"

"아니, 시간을 통제할 수 있다는 게 좋은 건지 아니면 지금처럼 시간의 흐름에 잘 적응하는 게 좋은 건지 아직 그 답을 내리지 못했거든."

"시간을 통제할 수 있는 게 당연히 좋은 거 아닌가요? 만약 그렇게 판단하신다면 5차원에 대해 연구하시겠군요."

"이미 그 이상의 결과물을 가지고 있지."

"네?"

강윤서와 최민식 그리고 골든러는 황당하다는 듯 이재용을 동시에 바라보았다.

"장난이야! 하하!"

그렇게 그들은 엥가딘 산맥 속에서 최고의 하루를 보냈다.

그리고 이재용은 시간을 통제했을 때와 시간의 흐름에 맡겨졌을 때 중 어느 순간이 더 행복한지에 대해 끊임없이 연구했고 세계를 여행했다.

그렇게 다시 수십 년이 흐른 어느 날, 깊은 호수 근처에서 강윤서는 집에서 보이지 않던 이재용을 한참 동안 찾고 있었다.

"여보! 도대체 어디를 간 거야."

강윤서는 이곳저곳 두리번거리며 이재용을 찾아 헤맸다. 날씨가 정말 좋은 어느 날, 그녀의 손에는 연어 살 샌드위치가 담긴 바구니가 들려 있었다. 맑은 공기와 온통 푸르른 초원 속에서의 날씨는 최고의 풍경을 만들어 냈다.

그리고 강윤서는 맑은 날씨 속 호수 위에서 무언가 발견했다.

"어? 신기루인가? 저게 뭐야?"

강윤서는 푸른 물결 위에 우두커니 서 있는 이재용의 뒷모습을 발견하고는 매우 놀랐다.

"여보! 지금 물 위에 있는 거야?"

강윤서가 있는 힘껏 이재용을 불렀다.

이재용은 뒤를 돌아봤고 강윤서를 보자 눈이 휘둥그레졌다. 그리고는 당황한 듯 바로 호수에 풍덩 빠졌다. 그건 신기루가 아니라 분명 깊은 호수 위에 서 있는 이재용이었다.

수상한 천국

1판 1쇄 발행 2022년 5월 2일

지은이 타마

교정 주현강 편집 유별리
마케팅 박가영 총괄 신선미

펴낸곳 하움출판사 펴낸이 문현광

이메일 haum1000@naver.com 홈페이지 haum.kr
블로그 blog.naver.com/haum1007 인스타 @haum1007

ISBN 979-11-6440-970-9 (03800)